Dagmar Chidolue

Aber ich werde alles anders machen

Roman

BELTZ
& Gelberg

Dieses Buch ist auf Papier aus
chlorfrei hergestelltem Zellstoff gedruckt

Gulliver Taschenbuch 730

Programm Beltz & Gelberg, Weinheim

Reihenlayout und Einband von Wolfgang Rudelius
Gesamtherstellung Druckhaus Beltz, 69494 Hemsbach
Printed in Germany
ISBN 3 407 78730 8
1 2 3 4 5   98 97 96 95 94

Gulliver Taschenbuch 730

1,75

Dagmar Chidolue, geboren 1944 in Ostpreußen, ist im westfälischen Gütersloh aufgewachsen. Nach einer Ausbildung im wirtschafts- und steuerberatenden Beruf machte sie Abitur und studierte Jura und Politische Wissenschaften. Heute lebt sie mit ihrem Mann und ihren zwei Töchtern in Neu-Anspach. Im Programm Beltz & Gelberg erschienen (neben mehreren Kinderbüchern) die Jugendromane *Aber ich werde alles anders machen, Ein Jahr und immer, Fieber oder Der Abschied der Gabriele Kupinski* (Hans-im-Glück-Preis), *Lady Punk* (Deutscher Jugendliteraturpreis) und *London, Liebe und all das.*

1.

Sicher, mir geht's gut. Wenn ich ehrlich sein soll. Bei uns ist alles so, wie es sein soll. Mein Vater verdient das Geld, fährt morgens mit dem Auto ins Büro, abends, zum Essen, ist er wieder da. Er klagt nicht. Nicht über zuviel Arbeit, nicht über zuwenig Geld. Er ist zufrieden. Abends ißt er belegte Brote oder, wenn ihm das Mittagessen in der firmeneigenen Kantine nicht geschmeckt hat, noch eine Suppe oder ein Stück Fleisch, das meine Mutter zubereitet.

Meine Mutter klagt über zuviel Arbeit. Sie sagt, sie sei kaputt vom Rackern. Sie besorgt den Haushalt, das ist das Haus innen und außen, und den Garten. Zum Haushalt gehört auch das Einkaufen, das sie mit dem Fahrrad erledigt, und das Kochen. Abends klagt sie über die Arbeit.

»Fünfzig Pfund Erdbeeren habe ich gepflückt«, sagt sie. »Jede Staude fast ein halbes Pfund.« Und mein Vater sagt: »Hmhm.«

Ein bißchen stolz ist meine Mutter schon. Das Eingekochte läßt sie einen Tag lang in der Küche stehen, damit man es auch ja sieht.

»Früh morgens muß ich die Bohnen pflücken«, sagt sie, »bis ich Kopfschmerzen bekomme.«

»Kannst's ja lassen«, sagt mein Vater.

»Aber Bohnen eßt ihr alle gern«, sagt meine Mutter.

Abends sitzen wir im Wohnzimmer vor dem Fernseher. Mein Vater ist schon um sieben Uhr soweit. »Wegen der Nachrichten«, sagt er. Den Teller mit den Broten hat er mitgenommen. Er hält ihn dicht unter sein Kinn, damit die Brotkrumen auf das Porzellan fallen können. Er will sich mit meiner Mutter wegen der Krümel nicht anlegen. Meine Mutter kramt weiter herum. Sie wäscht auch das Geschirr vom Abendessen ab. »Ich kann nichts rumstehen sehen«, sagt sie. Sie ist bis zum Abendprogramm mit ihrer Arbeit fertig. Auch die Acht-Uhr-Nachrichten läßt sie aus. »Sie bringen ja doch nur schlechte Nachrichten«, sagt sie. Viertel nach acht läßt sie sich in den Sessel fallen. Sie stopft ein Kissen hinter den Rücken. »Meinen armen Rücken muß ich entlasten«, sagt sie. Sie zupft noch die Fransen des Dralonläufers auf dem Couchtisch gerade. Dann nimmt sie sich die Fernsehzeitung. »Was bringen sie denn heute?« fragt sie. Aber es antwortet ihr keiner.

Wenn ich die Nachrichten sehe, denke ich, daß es mir schon gut geht. Wir haben unser Essen und ein Haus. Morgens gehe ich zur Schule. Meine Mutter schleppt sogar mein Rad aus dem Keller hoch. Sie steckt mir meine Schulbrote in die Tasche und hält einen Becher Schnellkakao parat. Mittags wartet immer ein warmes Essen auf mich. Es steht schon auf dem Tisch, wenn ich komme. Manchmal ist es ein Fertiggericht, dann, wenn meine Mutter im Garten oder mit der Wäsche viel zu tun hatte. Wenn sie mehr Zeit hat, besonders im Winter, kocht sie selber für mich. Das schmeckt dann auch besser. Wenn ich esse, sieht meine Mutter mir zu. Sie sagt nichts, wartet, bis ich fertig bin, erst dann fragt sie mich, wie es in der Schule war. Sie weiß, wann ich ansprechbar bin.

Wenn ich die Nachrichten aus aller Welt sehe, dann könnt's mich manchmal direkt schütteln. Sie zeigen immer arme Leute, die sind so arm, wie man es sich kaum vorstellen kann. Ich betrachte mir das wie einen Abenteuerfilm, es ist spannend und ganz unwirklich. Man kann doch nicht tagelang von nichts leben! Manche befinden sich auf der Flucht. Um sie herum wird geschossen. Sie sterben durch Gewehrkugeln oder ertrinken im Meer. Oder sie bekommen Typhus und Lungenentzündung. Nur die kräftigsten kommen durch. Ein Abenteuer! Nur, daß man nicht weiß, wie es ausgeht. Ich sitze im Sessel und betrachte die bunten Bilder. Ich sehe ein Gesicht. Manchmal zeigt es Angst. Ich weiß nicht, was aus dem Menschen, zu dem das Gesicht gehört, wird. Nach zwei Minuten wird der Fernsehfilm geschnitten. Ich vergesse das Gesicht. Der Fernsehmoderator wirkt beruhigend. Es ist alles nicht so schlimm.

Manchmal stelle ich mir vor, sie würden die Nachrichten so sprechen, wie ich es aus alten Tonfilmen oder Wochenschauen kenne. Auch die Fußballreporter im Radio berichten noch so. Es müßte alles ganz hektisch gesprochen werden. In Gedanken synchronisiere ich den einen oder den anderen Bericht. »Meine Damen und Herren«, sage ich, »Sie werden es nicht für möglich halten, aber diese Leute laufen um ihr Leben, sie rennen, sie flüchten, um ihre Ohren fliegen die Kugeln der Feinde. Werden sie es schaffen? Werden sie überleben? Wir drücken ihnen die Daumen. Alles Gute, Leute.« Ich steigere mich hinein, die Tränen kommen mir hoch. Dann schäme ich mich. Ich gehe in die Küche, damit meine Eltern nicht denken, daß mit mir etwas nicht stimmt. Aber ich brauche mich eigentlich nicht zu beunruhigen, sie würden sich nicht mal nach mir umdrehen. Auch wenn ich in die Küche gehe, drehen sie sich nicht um oder fragen mich, was ich vorhabe. Aus der Küche hole ich mir eine Tüte Erdnüsse oder ein Mars. Das darf ich, nur auspacken muß ich das Zeug in der Küche. Wegen des Knisterns. Da würden sie sich dann doch umdrehen.

Um halb zehn Uhr muß ich ins Bett. Wenn ich ausprobiere, ob ich länger aufbleiben darf, dann werde ich spätestens nach einer Minute hinausgeschickt. Auf die Uhrzeit achten sie sehr. Ist es einundzwanzig Uhr einunddreißig, dreht mein Vater sich nach mir um. Ich weiß, was das bedeutet. Ich stehe auf. »Nacht«, sage ich. »Nacht«, sagt mein Vater. »Nacht«, sagt meine Mutter.

Ich schlafe nicht sofort ein. Ich liege im Bett und schaue an die Decke. Es geht mir alles mögliche durch den Kopf. Manchmal der letzte Fernsehfilm. Da steige ich in eine Szene, die mir besonders gefällt, voll ein. Ich übernehme die

Hauptrolle. Aber nur bei spannenden Stücken. Bei den Streifen, die sie Gegenwartsfilme nennen, mach ich nicht mit. Da ist oft alles so wie um mich herum. Da gibt's eine Stadt oder ein Dorf und die hellen Neubauten. Es ist wie bei uns. Das kotzt mich an.

Ich stelle mir vor, ich wäre die arabische Prinzessin in diesem Piratenfilm. Ich verstecke mich hinter dem Vorhang und zittere und warte. Und dann kommt Kirk Douglas und rettet mich vor dem Feuer. Er nimmt mich auf seine Arme und springt mit mir auf das rettende Schiff. Ich fühle mich wohl. Ich rieche seinen Schweiß und Tabakgeruch und fühle mich wohl.

Oft aber fällt mir kein passender Film ein, oder ich habe die weibliche Hauptrolle zu oft gespielt. Dann nehme ich einen Abenteuerbericht aus den Nachrichten. Ich bin in Kambodscha oder Vietnam oder schon in Thailand. Ich bin tapfer und unverwundbar. Manchmal rette ich ein Baby. Das nehme ich mit mir über die Grenze. Oder ich binde es auf meinem Rücken fest und schwimme im Chinesischen Meer. Ich schwimme und schwimme und warte auf ein rettendes Schiff. Viele Boote treiben vorbei, ohne sich um mich zu kümmern. Ich habe kaum noch Kraft. Aber ich lasse das Abenteuer noch nicht enden. Es kann passieren, daß ich einschlafe. Dann mache ich am nächsten Abend weiter, sinke wieder in das Chinesische Meer und rette mich schließlich, mich und das Baby. Manchmal wartet die Mutter des Säuglings am Ufer auf uns. Die schreit vor Freude. Vielleicht bleiben wir aber auch allein. Dann binde ich das Kind von meinem Rücken und rede ein ernstes Wörtchen mit ihm, vom gemeinsamen Lebensweg und meiner Verantwortung ihm gegenüber. Anschließend gehen wir auf Nahrungssuche. Meistens betteln wir.

Wegen der Abenteuer, die ich vor dem Einschlafen erlebe, freue ich mich auf das Zubettgehen. Ich beeile mich mit dem Waschen, lege mich voller Spannung in mein Bett. Ich warte auf meine Träume, auf die bunten Bilder. Ich bin gern ein asiatisches Flüchtlingsmädchen.

Morgens weckt mich meine Mutter sanft. Sie zieht vorsichtig die Rolläden einen Spalt auf. Sie weckt mich viermal und öffnet dabei die Jalousien jedesmal ein Stückchen mehr. Ich benutze das Bad nach meinem Vater, der etwas eher als ich abfahren muß, weil sich das Büro der Speditionsfirma, für die er arbeitet, in der nächsten Stadt befindet. Wir leben in einem reinen Wohngebiet. Da gibt es nichts als Häuser, in denen man schläft und die die Frauen putzen. Fast alles findet im nächsten Ort statt. Meine Schule aber liegt in unserer Siedlung. Habe ich mich angezogen, setze ich mich an den Frühstückstisch. Mein Vater ist dann schon fertig mit seinem Fünf-Minuten-Ei und dem Toast. Ich bin froh, daß er aufsteht, weil ich den Anblick der flüssigen Fünf-Minuten-Eier nicht ausstehen kann. Ich wüßte auch nicht, was ich mit meinem Vater reden sollte.

Meine Mutter rennt ständig zwischen Küche und Eßecke hin und her, um uns zu bedienen. Sie ißt erst später, wenn wir aus dem Haus sind. Sagt sie. Weil meine Mutter mich so oft wecken muß, bin ich spät dran. Ich schlürfe meinen lauwarmen Kakao. Inzwischen geht meine Mutter schon in den Keller, um mein Rad bereit zu halten. Ich haste durch die Haustür hinaus und fahre ab. Wir küssen uns zum Abschied. Wir treffen aber beide nur die Luft neben unseren Gesichtern.

Die ersten Stunden in der Schule bin ich ein Morgenmuffel. Ich hasse die meisten Gesichter. Es ist immer das gleiche, die Lehrer, die Mitschülerinnen, der Unterricht. Alles gleich, wie gehabt. Und das schon jahrelang.

Ich gehe in die zehnte Klasse, die Abschlußklasse. In diesem letzten Jahr ist der Unterricht umgestellt worden. Es gibt viele berufsbezogene Probleme zu besprechen. Man konfrontiert uns plötzlich mit Dingen, die aus einer anderen Welt zu kommen scheinen, aus einer perfekten Welt, in die wir bald eintreten sollen. Ich habe das Gefühl, daß alles, was wir bis jetzt gelernt haben, sinnlos ist. Was hat die römische Plebs mit der Anmeldepflicht zur Angestellten-Rentenversicherung zu tun? Rom sehe ich vor mir, Romulus und Remus mit der Wölfin, auch später noch die Volksversammlungen, das ist plastisch, in das Bild kann ich eintauchen, ich könnte ein Römer – oder besser: eine Römerin – sein. Aber was ist ein Rentenversicherungsträger? Darüber hören wir jetzt Vorträge. Sie schicken uns Leute von der AOK und von den Ersatzkassen. Dann fällt der Deutsch-Unterricht aus. Unser Deutschlehrer sitzt auf der Fensterbank und sieht in den Hof. Er ist gelangweilt. Wir sehen nach vorn und hören von dieser anderen Welt. Und langweilen uns auch. Man bietet uns diese Vorträge richtig brutal an. So, jetzt setzt euch hin und haltet still. Das ist das Berufsleben. Das ist die Welt eurer Väter. Schaut euch das genau an, dann wißt ihr, wie gut ihr es hier hattet. Das ist das moderne Leben, draußen, ob Männlein oder Weiblein, heut geht's allen gleich. Da draußen braucht ihr Ellenbogen, ihr habt welche, benutzt sie. Mit dem Herumsitzen hier ist bald Schluß, wir haben euch noch alles erklärt, einmal, zweimal, fünfmal. Den Lehrsatz des Pythagoras habt ihr ein Vierteljahr lang vorgesetzt bekommen. Wir erklären es dem, der es noch nicht kapiert hat, auch noch einmal. Aber da draußen: da ist die Berufswelt, da geht's hart her. Wenn ihr es mal so weit bringen wollt wie eure Eltern, müßt ihr euch dranhalten. Keine langen Fragen, keine langen Erklärungen. Gleich eins auf's Dach. Paßt gut auf, spitzt die Ohren. Und denkt an eure Anmeldung zur Rentenversicherung.

Ich meine, das geht dem Deutschlehrer so durch den Kopf, wie er da auf der Fensterbank sitzt und in die

Kastanienbäume schaut. Ich denke mir, wieso haben Schulhöfe immer Kastanienbäume? Man merkt daran so schön die verschiedenen Jahreszeiten. Die riesigen Blütenstände im Frühjahr, in Rosa gibt es sie und in einem hellen Gelb. Im Herbst können die, die früh auf dem Schulhof sind, die nachts gefallenen Kastanien sammeln. Wir haben alle Kastanien gesammelt, auch noch im letzten Jahr, obwohl wir schon fast zu erwachsen dafür waren.

Der AOK-Mensch beleuchtet kurz die Geschichte des Sozialversicherungsträgers. »In der Antike kennen wir keine Einrichtungen, die der heutigen Form der Sozialversicherung entsprechen«, sagt er. »Die Menschen waren aber nicht schutzlos. In Griechenland gab es staatliche Armenfürsorge, es gab auch Handwerkergilden, deren Mitglieder sich gegenseitig halfen. In Rom findet sich etwa der gleiche Zustand. Seit Beginn unserer Zeitrechnung sind hier Krankenkassen- und Sterbekassenvereine bekannt.« Wozu Sterbekasse? In Kambodscha kommt man umsonst unter die Erde, da wette ich.

Ich schalte ab, es interessiert mich nicht. Wir schalten alle ab, ich merke es an dem sturen Gesichtsausdruck der anderen. Sie haben sich alle einen Punkt an der Wand ausgesucht, an dem sie sich festhalten. Manche kratzen auch tiefe Rillen in die Bänke. Mit einer Nagelfeile oder mit den Kammzacken. Da muß man sehr langsam sein, damit es keinen Lärm macht. In den unteren Klassen haben wir manchmal Rupfbilder hergestellt, wenn es langweilig wurde. Bei Synthetiksachen ist das schwierig, mit Wolle geht es am besten. Man kann die Flusen leicht vom Pullover rupfen und hübsche Muster legen. In der ganzen Klasse haben wir uns die Wollfasern ausgeliehen. Man muß schon mit dem Spender etwas befreundet sein, um eine genügend große Portion Flusen reißen zu können. Die einzelnen, verschiedenfarbigen Flöckchen haften aneinander. Man kann sie zwischen zwei Buchseiten legen. Ich habe heute noch die gepreßten Muster in den Büchern aus der sechsten und siebten Klasse. Ich wette, sie liegen im Reli-Buch und im Seydlitz an der Stelle, wo sie über die Urstromtäler schreiben. Das haben wir nämlich dreimal mitgemacht, die Schilderungen über die Eiszeit und die norddeutsche Seenplatte, weil wir jedes Jahr einen neuen Erdkundelehrer bekamen. Auf die norddeutsche Seenplatte legten alle großen Wert. Wir haben es schließlich auch im Kopf behalten, obwohl das schillernde Eis sehr schwer vorstellbar ist. Ich kann mir eine Länge von einem Kilometer vorstellen, das ist von uns zu Hause bis zum evangelischen Gemeindehaus. Aber eine Dicke von einem Kilometer sehe ich nicht vor mir. Ich schaue in den Himmel und habe kein Gefühl für Entfernungen. Ich sehe die Wolken, sie bringen Regen oder einen schönen, rötlichen Abend. Und der gleiche Himmel biegt sich über Asien und das Chinesische Meer. Mit dem Rad fahr ich nach Hause, der Wind bringt mein Haar durcheinander. Mit dem Wind im Rücken sause ich mittags nach Hause. Ich rede kein Wort. Innendrin bin ich irrsinnig glücklich.

Meine Schularbeiten können lange dauern. Nicht, weil ich soviel daran arbeite. Ich mache dabei den Schulfunk an. Das soll lehrreich sein. Meine Mutter streicht mir, bevor sie in den Garten geht, mit der Hand über den Kopf. Ich höre mir alles im Schulfunk an. Dabei kann ich nicht arbeiten. Auch die Radiosendungen kommen wie aus einer anderen Welt. Manchmal ist diese schon vergangen, wenn sie zum Beispiel über Forscher berichten, Amundsen und Scott am Südpol oder die Entdecker. Ich stelle mich manchmal auf die andere Seite, bin eine von den Entdeckten. Da kommt Columbus, 1492, und hat mich entdeckt. Endlich. Aber mich gab's doch schon vorher, denke ich, ich habe auch ohne

Entdecker gelebt. Wie habe ich gelebt? Ich bin fünfzehn Jahre alt geworden, ohne entdeckt zu sein. Es hat mich auch ohne Columbus gegeben. Ich male es mir aus: Amerika ohne die Europäer, Australien ohne die Briten, Afrika ohne die Buren. Ich bin auch eine Inka-Frau und kämpfe gegen die Spanier. Ich bin aufgeregt und wütend. Der Nachmittag geht vorbei, meine Mutter kommt herein, um das Abendessen vorzubereiten. Gleich wird mein Vater kommen. Ich beeile mich mit den Schularbeiten. Es ist bald Fernsehzeit. Wenn ich allein lebte, ganz allein, könnte ich gut ohne Fernsehen auskommen. Aber in einer Familie ist es schon besser, einen Apparat zu besitzen. Dann fällt es nicht so auf, daß es abends eigentlich sehr still ist.

Mit meinem Vater habe ich noch nie sehr viel geredet. Wenn überhaupt, dann ist es immer ein Satz von ihm zu mir gewesen, ein Befehl, ein Auftrag. Ich frage mich, ob sie im Büro auch so reden, ob sie sich die Sätze gegenseitig an den Kopf werfen. Mein Vater ruft mich auch mit vollem Namen: Christina. Meine Mutter nennt mich Kiki, weil ich, als ich sprechen lernte, meinen Namen nur so aussprechen konnte. Das erzählt sie jedem, der mich noch nicht so gut kennt. Danach nennt der mich auch Kiki. Als unser Haus in der Siedlung gebaut wurde und die Nachbarn sich allmählich vorstellten, hat meine Mutter auch ihnen die Geschichte meines Namens erzählt. Sie redet liebend gern über die Zeiten, als ich noch klein war, sie trägt Kinderwagengeschichten vor und Kindergartengeschichten. Ich schäme mich dann.

In letzter Zeit kommt es allerdings öfters vor, daß mein Vater mich anspricht. Das Wissen, daß ich in der letzten Klasse bin, scheint ihn unruhig zu machen. Er nimmt die Hefte in die Hand, die wir von der Berufsberatung bekommen haben. Er blättert und sagt: »Hmhm.«

»Hast du dich schon entschieden, Christina?« fragt er.

»Nö«, sage ich. Ich will auch nicht mit ihm darüber reden. Es kommt doch nichts raus dabei. Aber er scheint sich zu freuen, daß er einen Gesprächsstoff gefunden hat.

»Diesen Schritt muß man gründlich überlegen«, sagt er. »Nicht, daß man es überbewerten soll. Aber ein paar Jahre mußt du schon damit zubringen. Dich selbständig machen, Geld verdienen. Klamotten kaufen, die du brauchst. Ein paar Jahre schon, bis du heiratest. Und auch später, zum Einspringen.«

Es ist klar, daß es irgendein Büro sein wird. Was es sonst noch gibt? Die Stellen für Sprechstundenhilfen sind schon längst weg. In der Stadt gibt es zwei Buchhandlungen. Die Lehrstellen sind auch schon besetzt. Zwischen unserem Ort und der Stadt gibt es Industriegebiete, Kleinbetriebe, die alle ihre Büros haben, da kommt man am ehesten unter.

»Ob es sonst nichts gibt?« frage ich.

»Ja, wenn du ein Junge wärst«, sagt mein Vater.

Jaja.

Aber aufgeregt ist er doch, als ich das Heft *Speditionskaufmann* liegen habe. Da befallen ihn dynastische Träume.

»Der Spediteur hat die Aufgabe, Güterversendungen im Auftrag der Versender von Gütern zu besorgen«, sagt er.

Ich muß lachen, mein Vater hört sich wie der AOK-Mensch an.

»Wenn es dich nicht interessiert«, sagt mein Vater, aber er doziert weiter. »Der Spediteur hat die Möglichkeit, neben den öffentlichen Transportmitteln nach den gesetzlichen Bestimmungen die Güter selbst zu befördern. Jeder Auftrag erfordert eine vielseitige Tätigkeit, die Annahme des Speditionsauftrags, die Kontrolle der übernommenen Sendung, die Erstellung der Transportdokumente, die Überwachung der Ausführung, die buchungsmäßige Erfassung, und so weiter, und so weiter, die Frachtberechnung, die Schadenskontrolle, und so weiter, und so weiter.«

»Das ist alles?« frage ich.

»Es sind alles wesentliche Einzelaufgaben«, sagt mein Vater.

»Das machst du?« frage ich. Ich habe keine Ahnung, was mein Vater macht. Er hat auch keine Probleme damit, er spricht nie über seine Arbeit, alles läuft, wie es läuft, die Mutter hebt das von ihm verdiente Geld vom Konto ab und gibt es aus.

»Einen Teilbereich davon bearbeite ich«, sagt mein Vater.

»Das ist alles?« frage ich.

»Na ja«, sagt er und liest den Lokalteil der örtlichen Zeitung. Er läßt sich nicht provozieren, da ist er sehr verläßlich. Er liest jetzt die Zeitung, um Ärger auszuweichen, so, wie er abends den Brotteller unter sein Kinn hält, um die Krümel aufzufangen.

Meine Mutter hat von der Küche aus gehört, wie im Wohnzimmer gesprochen worden ist. Sie möchte vermeiden, daß das Gespräch abstirbt. Mit dem Geschirrtuch kommt sie ins Wohnzimmer. »Beraten tust du auch«, sagt sie zum Vater. »Beraten tut er auch«, sagt sie zu mir. »Er berät die Kunden hinsichtlich der Verpackung und Versicherung der Ware.«

»Es interessiert sie doch nicht«, sagt mein Vater.

»Es interessiert sie schon«, sagt meine Mutter. »Einer muß den jungen Dingern von heute doch was erklären. Sie haben doch keine Ahnung von der Welt. Interessant ist es im Speditionsbüro. Er ist Mittler, der Papa, zwischen den Versendern von Gütern und den Firmen, die Transportleistungen anbieten. So heißt es doch, Papa. Erklär es ihr doch. Interessant ist es, die Ware geht in alle Welt, sie kommt aus aller Welt. Er weiß, was er damit machen muß, wo es hingeht und was man mit den Papieren machen muß. Es ist nicht einfach, ich habe es gesehen, als ich damals dort gearbeitet habe. Rechnen kann er, der Papa, er kann dir ausrechnen, was die Kiste kostet, wenn sie verschickt wird, bis ans Ende der Welt. Ich hab's gesehen. Interessant ist es. Erklär es ihr doch.«

Mein Vater hat die Zeitung auf den Schoß gelegt. »Es ist alles Routine«, sagt er. »Routine und Erfahrung, die man über Jahre hinweg sammelt. Das macht einen versiert, versiert und unentbehrlich. Selbständiges Arbeiten, guter Verdienst, daß man ohne Angst in die Zukunft blicken kann. Verantwortungsbewußte junge Leute können wir gebrauchen, gerade, wenn sie Englisch können. Wer zielstrebig ist und tüchtig, kann was werden. Gute Chancen haben sie, Jungen und Mädchen, gleichermaßen.«

Ah ja.

Ich stehe auf, ziehe meinen Pulli lang. »Noch 'ne Runde dreh ich«, sage ich. »Mit dem Rad.« Was soll ich sonst tun?

»Du kannst doch nicht so einfach aufstehen. Er spricht doch mit dir, der Papa«, sagt meine Mutter.

Aber mein Vater hat schon die Zeitung genommen.

Draußen ist es dämmrig, der Himmel ist voll dunkler, bewegter Wolken. Der Wind treibt mich. Ich radle auf der stillen Straße. Nach achtzehn Uhr sind die Straßen hier fast unbefahren, der Berufsverkehr ist vorbei, die Väter sind zu Hause.

Aus den Luftabzugschächten der Häuser sieht man die Kochdünste hochsteigen. Man kann die verschiedensten Gerichte riechen: Bratkartoffeln, Röstzwiebeln, auch Currywurst. Sonntags um halb zwölf riecht es überall nach Braten, sonnabends duftet der selbstgebackene Kuchen nach draußen.

Abends sind die Straßen leer. Sie haben sich alle in die Häuser geflüchtet. Ich lasse den Wind um meine Stirn wehen, es vertreibt auch meine Gedanken. Ich bin ganz sorgenlos.

So, wie sich die Erwachsenen abends in die Häuser zurückziehen, so kommen die Jugendlichen um diesen Zeitpunkt herum aus den Kellern mit ihren Rädern. Wir fahren zu irgendeinem unbebauten Grundstück, jagen uns mit den Rädern oder setzen uns auf die Gepäckträger und reden. Über nichts Besonderes. Nur so. Es gibt keine tollen Gesprächsthemen. Wir kennen uns alle aus der Schule oder vom Kindergottesdienst. Wir Mädchen gehen in die gleiche Realschule im Ortskern. Die Jungen-Realschule liegt am Ortsrand. Die Jungen bilden eine Clique, sie sondern sich ab, fahren später auch in den nächsten Ort. Manche haben Mofas.

Wir bleiben noch ein Weilchen stehen, bis die Wolken schwärzer geworden sind. Wir reden über das Fernsehprogramm. Eine sagt, sie wolle am Sonntag ins Kino. »Was soll's«, sage ich, »sie bringen doch alles im Fernsehen, irgendwann.« Das habe ich von meinem Vater gehört.

»Ja, irgendwann«, sagt jemand. »Aber was ist heute?«

Ich zucke mit den Schultern, setze mich auf mein Rad, ich will keinen unnötigen Krach zu Hause.

Die Ulli geht mit. Sie wohnt in der gleichen Straße. Wir gehen auch in dieselbe Klasse, sind nicht sonderlich befreundet, aber reden miteinander, wenn es sich ergibt. Die Ulli ist zwei Jahre älter als ich, wohl einmal sitzengeblieben am Anfang, sie benutzt Lidschatten und schürzt ihre Lippen, als ob sie sich immer beobachtet glaubt. Einmal in der Woche geht sie zur Kosmetikerin in die Stadt. Die Ulli fährt nicht mit dem Rad. Sie bummelt abends zu Fuß herum, bis sie einen von uns auf den Rädern sieht, auf irgendeinem unbebauten Grundstück. Ihre Haare wäscht sie mit *colouring lotion.* Sie ist schön.

Ich weiß nicht, was ich mit ihr reden soll. Aber die Ulli ist selbstbewußt. »Was machst im Sommer?« fragt sie. Ich weiß nicht. Ich weiß nichts.

»Ich fahre an die Côte«, sagt sie. So etwas sagt sie gern. Das soll sie weltbewandert aussehen lassen. Ich hasse es, wenn sie so was sagt. Ich will nicht für dumm angesehen werden. Ich weiß, wo die Côte d' Azur ist. Ich will es ihr nicht auch noch beweisen müssen. Ulli ist schön, aber ein bißchen dumm. Luxemburg hat sie zu den Ländern der Bundesrepublik gezählt. Wir haben alle gelacht, aber der Ulli hat es nichts ausgemacht. Wir kamen uns später selber dumm vor wegen des Lachens. Haltung hat die Ulli. Sie weiß, was sie will.

»Vier Wochen Frankreich, bevor der Ernst des Lebens beginnt«, sagt Ulli. Sie lacht dabei. Bei ihr hat das geklappt mit einer Stelle. Keine Lehrstelle, das hielt sie für unter ihrer Würde. ›Assistentin‹ wird sie, so hat sie erzählt, in einem Fotoatelier. Sie paßt da hin, denke ich. Bei ihr weiß man, wo sie hinpaßt. Bei mir weiß man nichts. Ich setze mich auf mein Rad. Ulli schiebt mich an, drückt meine Schulter, fast freundschaftlich. Ich bin froh darüber, einen Augenblick male ich mir Ferien mit Ulli an der Côte aus.

Die ersten erleuchteten Fenster sehe ich in unserer Straße, die wie leergefegt ist. Außer mir ist nur noch der Versicherungsvertreter draußen. Er holt die Beiträge direkt ab. Trotz aller Reklame: bei uns wird noch viel mit Bargeld bezahlt.

Der Versicherungsmensch kommt monatlich oder vierteljährlich, je nachdem. Meine Mutter hat das Geld bereit liegen, in einer schwarzen Plastiktasche mit Reißverschluß. Es ist genau abgezählt. Versichert sind wir gegen Feuer. Für Sterbegeld wird auch eingezahlt. Meine Eltern haben noch eine Aussteuer-Versicherung auf meinen Namen abgeschlossen. Wenn ich achtzehn Jahre alt sein werde, ist das Geld fällig. Meine Eltern haben es schon eingeplant. Das Haus soll in drei Jahren renoviert werden. Dafür ist die Aussteuer-Versicherung gedacht.

Ich mag den Versicherungsbeamten nicht. Er gibt immer Heiterkeit vor, meine Eltern auch, wenn er da ist. So lustig ist es nämlich nicht bei uns, wie es vorgegeben wird. Es kotzt mich an. Deshalb bleibe ich draußen, als ich ihn an unserer Haustür klingeln sehe. Durch die Glastür sieht man das Flurlicht aufblenden. Meine Mutter erscheint. Ich tue so, als ob ich nichts sähe. Meine Mutter läßt den Versicherungsmenschen eintreten. Sie begrüßt ihn mit Handschlag. »Kommst auch?« ruft sie laut. Ich weiß, daß ich damit gemeint bin. Ich tue so, als ob ich nichts höre.

Den Bürgersteig fahre ich entlang. Ich sehe mir die Reklametafeln an, die an dem Baugrundstück gegenüber aufgestellt sind. Ich betrachte die Bilder und Texte genau. Sie machen Zigarettenreklame. *Milde Sorte – das Leben ist hart genug.* Ein Mann im dunklen Anzug sitzt erschöpft vor einem Konferenztisch. Eine Hausfrau ruht nach anstrengendem Einkauf auf dem Küchenstuhl in ihrer Supereinbauküche. *Das Leben ist hart genug.* Ich sehe mir das so an. Es sind Traumfiguren, die sie uns da vorhalten. Mein Vater war noch nie so schick angezogen wie der Konferenzmann. Er trägt auch keine Fönfrisur. Mein Vater wäscht sich die Haare samstags in der Badewanne und frottiert sie trocken. Er trägt die Haare straff zurückgekämmt. Er würde gern, meine ich, an so einer Konferenz teilnehmen. Orangensaft gibt es da auch, das kann man auf dem Plakat sehen. Das Leben für meinen Vater ist schwieriger zu ertragen, weil es langweiliger ist.

Einkaufen, könnte ich mir denken, ist auch nicht so hart. Meine Mutter hetzt sich zwar ab, weil sie das mit dem Einkochen gleichzeitig noch hinkriegen muß, aber daran liegt's nicht. Daß es keine Höhepunkte gibt für sie, das ist es.

Ich sehe die Bilder an, nein, so schwer haben die auf den Plakaten es nicht. Der eine macht das Geld, der andere gibt es aus, darauf läuft es im Endeffekt hinaus. Ob Konferenztisch oder Speditionsschreibtisch, ob Superküche oder vom Tischler angepaßte Holzschränke – sie machen alle das gleiche. Ich kenne das in- und auswendig, den Alltag, das Broteschmieren, das Abzählen des Geldes für den Versicherungsvertreter. Ein Traumleben? Kein Traum.

Ich fahre noch eine Runde, schnell und im Stehen. Es wird kalt draußen. Nein, Sorgen habe ich nicht, ein geregeltes Leben wartet auf mich, selbstverdientes Geld für den Frühjahrspullover und später die Einbauküche. Ich werde gut erzogen, man sorgt für mich, man hegt mich, man pflegt mich. Und doch habe ich Angst davor. Ich rase mit dem Rad, den Bordstein hinunter, den Bordstein herauf. Ich flüchte vor den Schüssen der Verfolger oder den Fluten der überschwemmenden Flüsse. Ich habe nichts zu essen. Auf dem Rad fahre ich durch feuchte Tropengebiete. Ich bin ein asiatisches Flüchtlingsmädchen, ich fürchte um mein Leben, ich rase los, zurück, an den Plakaten vorbei. *Das Leben ist hart genug* – o wie gut habt ihr es da oben, alles geregelt, solide, versichert und langweilig.

Meine Mutter ist an der Haustür. »Kiki«, ruft sie.

»Ich komme«, schreie ich zurück.

Der Versicherungsmensch ist noch da. Sie sitzen im Wohnzimmer am Eßtisch neben der Durchreiche. Am Eßtisch lassen sich Papiere besser ausbreiten.

»Christina«, sagt mein Vater. »Herr Fuchs hat interessante Vorschläge zu machen.«

»Guten Tag, Fräulein Hegewald«, sagt Herr Fuchs. Auf einmal bin ich ›Fräulein‹, jahrelang hat er mich nicht angesehen.

»Versicherungskaufmann«, sagt mein Vater. »Hörst? Das wär was. Versicherungskaufmann.«

Solche Sorgen machen sie sich um mich. Auf einmal. Alle interessieren sie sich für mich. Lange, zehn Jahre lang, war egal, was aus mir wurde. Jetzt ist es brenzlig geworden wegen der wenigen Lehrstellen, die es gibt, wegen der doppelt schlechten Chancen, die man in diesem Neubaugebiet hat. Jetzt müssen sie mich unterbringen, irgendwo, ganz egal wo. Zehn Jahre lang hat mein Vater stumm meine Zeugnisse unterschrieben, er brauchte sich um nichts anderes, was mich betrifft, zu kümmern. Nur die Unterschrift als gesetzlicher Vertreter hatte er zu leisten, bei den Zeugnissen. Das war seine Aufgabe, das hat meine Mutter als Erziehungsrecht an ihn abgetreten, zweimal im Jahr, die Unterschriftsleistung.

»Wissen Sie«, sagt meine Mutter, »wenn sie sich mehr bemühen würde! Aber sie ist so lasch. Läßt sich alles vor der Nase wegschnappen. Der größte Teil ihrer Klasse hat einen Ausbildungsplatz. Sie weiß nicht, was sie will.«

Natürlich weiß ich nicht, was ich will. Weil sich alles, was sie anbieten, gleich anhört. Im Grunde sind ihnen meine Vorstellungen auch egal. Hauptsache, ich bekomme einen Ausbildungsplatz, Hauptsache, ich bin irgendwo untergebracht. Dann sind sie ihre Verantwortung los. Ich müßte selber sehen, was ich draus mache. Ich wäre meine eigene Angelegenheit geworden.

»Ich hab mich für sie umsehen müssen«, sagt meine Mutter. »Die Sprechstundenhilfe vom Zahnarzt im Ort habe ich zur Frühjahrskirmes mit einem Freund gesehen. Da zähle ich eins und eins zusammen. Klar, daß die bald heiratet und aufhört. Da hab ich mich drum gekümmert. Habe einfach angerufen, weil sie es nicht wollte. Und richtig, abzusehen ist es, wann das Fräulein aufhört. Aber andere waren schneller, die Lehrstelle ist schon weg, zum Frühjahr nächsten Jahres vergeben. Solange hätte die Kiki schon warten können, da hätten wir sie weiter über Wasser gehalten, es hätte sich schon was für die Zwischenzeit ergeben. Aber da muß man flink sein, wissen, was man will.

Alle Beziehungen muß man spielen lassen, was man so hat. Ständig am Ball bleiben.«

»Versicherungskaufmann ist eine interessante Tätigkeit«, sagt Herr Fuchs. »Gerade die vielfältige Spartengliederung bietet die Möglichkeit, persönlichen Interessen und Neigungen zu folgen. Wer in der Lage ist, abstrakte Sachverhalte zu erfassen und zu denken, wird vielleicht in der Haftpflichtversicherung das optimale Betätigungsfeld finden.«

O Gott. Ich schalte ab, sehe auf den angestellten Fernsehapparat im Wohnschrank gegenüber der Sitzecke. Der Ton ist abgeschaltet. Die Tagesschau läuft. Einmal bin ich meinem Vater wichtiger als die Acht-Uhr-Nachrichten. Ich blicke auf meinen Vater. Er hört Herrn Fuchs eifrig zu, nickt zustimmend, als ob ihn selbst das alles beträfe. Herr Fuchs überschlägt sich fast, um die Vorzüge einer Ausbildung in der Versicherungssparte darzustellen. Vom Verständnis für juristische Tatbestände spricht er, von medizinischen Fragen, von der Begabung für Sprachen und Geographie, die sich in der Transportversicherung bezahlt macht.

»In Englisch hat sie eine Zwei«, sagt meine Mutter.

»Wer kontaktfreudig ist, gut und sicher auftreten kann, eine stabile Gesundheit hat und nicht gerade zu den Maulfaulen gehört, hat im Außendienst Chancen«, sagt Herr Fuchs.

Da lenken meine Eltern schnell ab. »Und die Verdienstmöglichkeiten sind auch gut?« fragt mein Vater.

»Während der Ausbildungszeit beträgt die Vergütung zwischen siebenhundert und neunhundert Mark«, sagt Herr Fuchs. »Der ausgebildete Versicherungskaufmann bekommt anfangs circa tausendachthundert. Dann spielen die Erfahrungen und die Perfektion eine große Rolle. Wer auf der Karriereleiter nach oben klettern will, kann viel erreichen, besonders durch spezielle Weiterbildung. Bis zum Versicherungsfachwirt kann man es bringen, im Außendienst zur Position ›Leiter einer Direktion‹.«

»Soweit wollen wir gar nicht denken«, sagt mein Vater. »Es soll was Solides sein, eine sichere Stelle, mit der man sein Geld verdienen kann. Ob Sie sich einsetzen können?«

Ich habe die ganze Zeit über gewußt, worauf das alles hinläuft. Aber Herr Fuchs kneift. »Das gilt natürlich alles nur, soweit entsprechende Ausbildungsplätze zur Verfügung stehen«, sagt er.

Das verstehen auch meine Eltern. »Na denn«, sagt mein Vater. Man sieht, daß er enttäuscht ist.

»Ist doch ein kleiner Kacker«, sagt mein Vater, nachdem Herr Fuchs sich verabschiedet hat.

»Was sonst?« sagt meine Mutter.

Mir fällt ein, daß auch mein Vater mich nicht in seinem Speditionsbüro hat unterbringen können.

Meine Mutter räumt die Beitragsmarken in das schwarze Geldtäschchen und dieses in die Sideboardschublade unter der Durchreiche. Mein Vater stellt den Ton des Fernsehers wieder an. Es beginnt das Abendprogramm.

Ich sitze auf der Wohnzimmercouch. Im Sessel links von mir sitzt mein Vater. Meine Mutter reicht ihm, verspätet, den Teller mit den Wurstbroten. Mein Vater hält den Teller während des Essens dicht unter sein Kinn. Meine Mutter setzt sich in den Sessel, der rechts von mir steht. Sie zupft schnell noch die Fransen des Couchtischläufers gerade.

Ich weiß nicht, warum sie sich solche Sorgen machen. Eigentlich kann mir nichts passieren. Mehr Geld als jetzt werde ich meine Eltern auch in Zukunft nicht kosten. Mehr als ein Schnitzel kann man nicht essen. Und später, viel später? Wenn meine Eltern Rente beziehen? Wenn sie einmal tot sind? Ich bin jetzt schon gesichert. Ein Haus werde ich haben, abgezahlt wird es bis dahin sein. Ich kann drin sitzen, ohne Miete bezahlen zu müssen. Ich habe ein

Dach über dem Kopf. Ich lebe von der Fürsorge, die ist dafür da, oder vermiete ein paar Räume in diesem Haus. Es kann mir doch nichts passieren. Was regen sie sich auf?

Auf das Fernsehprogramm kann ich mich nicht konzentrieren. Sie bringen was Lustiges, aber zum Lachen reizt es mich nicht. Ich gehe eher ins Bett, vielleicht werde ich ein paar schöne Gedanken haben. »Nacht«, sage ich. »Nacht«, sagt mein Vater. »Nacht«, sagt meine Mutter.

Ich habe keinen Film, mit dem ich mich beschäftigen könnte. Ich stelle mir die Ulli vor und rede mit ihr ein paar Worte. Aber die packt ihre Koffer für die Côte. Vor ein paar Jahren führte ich einen Briefwechsel mit einem japanischen Schüler. Da konnte ich mich abends mit ihm unterhalten oder den nächsten Brief vorbereiten. Es war eine schöne Zeit gewesen.

Einmal hatte ich ihm ein Bild von mir geschickt. Er war ganz entzückt gewesen, nannte mich seine Prinzessin. Es waren schöne Briefe gewesen, die ich in- und auswendig kannte. Einmal im Leben, so schrieb er, muß jeder Japaner auf den Fujiyama steigen. Er wollte damit warten, bis ich ihn besuchen käme. Ich habe vor Freude geheult, abends, heimlich, im Bett. Er erzählte viel von den japanischen Feiertagen, die ich einmal miterleben würde. Er träumte von mir. Ich träumte von ihm. Ich freute mich auf die Zubettgeh-Zeit, hatte dann meine Gedanken. Eines Tages beantwortete er meinen Brief nicht mehr. Ich habe keinen zweiten Versuch unternommen. Ich war wütend, zerriß nach einigen Monaten seine Briefe. Ein Buch japanischer Märchen in englisch, das er mir als Gegenleistung für die von mir gesandte Hohner-Mundharmonika geschickt hatte, habe ich meiner Erdkunde-Lehrerin ausgeliehen. Sie hat es nie zurückgegeben. So blieb am Schluß nichts mehr übrig, nur ein paar flache Erinnerungen und ein vager Traum vom Fujiyama.

Meine Mutter, die meine Enttäuschung mitgemacht hatte, versuchte, mich zu trösten.

»Das ist auch nichts«, sagt sie. »Über solche Entfernungen und über Jahre hinweg. Da wird nie was draus. All diese Geschichten mit Ausland und so, da wird nie was draus.«

Ich aber wäre ganz gern auf den Fujiyama gestiegen.

Mein Vater kennt die Japaner genau.

»Die Japse machen alles nach«, sagt er. »Keine Eigeninitiative. Die gehen in andere Länder und fotografieren alles. machen sie es nach.« Er kennt sich darin aus, weil seine Spedition auch japanische Geräte importiert. Mit den Jahren hat er seine Meinung aber ändern müssen. »Keine Wertarbeit«, sagt er, als die Geräte und Kraftfahrzeuge aus Japan kommen. »Alles Plastik, wie aus Hongkong. Kommen mit unserer Qualitätsarbeit nicht mit. Der Lack ist schlecht, der Motor zu einfach. Und die Geräte halten keine Belastung aus.« Später, als unser Auto acht Jahre alt war und nicht mehr durch den TÜV kam, sah er sich die Prospekte der japanischen Autos an. Schließlich kaufte er sich einen japanischen Kleinwagen. Wegen der Raten für die Hypothekentilgung konnten wir uns nichts Teureres leisten.

»Preisgünstig und doch solide«, sagte mein Vater. »Und der Motor ist einfach. Das spart Reparaturkosten. Hat nur Vorteile.«

Meine Mutter durfte die Farbe des Autos wählen. »Kein Rot«, sagte sie, »und auf keinen Fall gelb.«

»Grün?« fragte mein Vater.

»O Gott«, sagte meine Mutter, »bloß nichts Auffallendes.«

Unser Auto ist beige.

Auch die Stereoanlage, die wir uns vom dreizehnten Gehalt meines Vaters angeschafft haben, ist ein japanisches Modell. »In der Elektronik sind die Japaner führend«, sagt mein Vater. Da kennt er sich aus. Nur vom Fujiyama weiß er nichts.

Keinen ordentlichen Gedanken kann ich heute fassen. Alles zerfließt. Es gibt nichts Konkretes. Ich versuche, an den Sommer zu denken. Aber der Gedanke stört mich. Bis dahin muß ich irgend etwas gefunden haben, was ich in Zukunft tun könnte. Fotografieren wäre was, vielleicht. Ist bestimmt besser als Fragebogen für Versicherungsscheine auszufüllen. Man kann es dabei zu etwas bringen. Es gibt Fotografen, die sind für ihre Arbeit ausgezeichnet worden. Es gibt den besten Fotografen der Welt. Von dem besten Versicherungskaufmann der Welt habe ich noch nie etwas gehört. Ich möchte einmal was Wichtiges machen, ja, das wäre etwas, der beste Taucher der Welt, der beste Fotograf der Welt. »Hiermit wird Christina Hegewald für ihr Gesamtwerk ausgezeichnet.« Man klatscht. Ich verbeuge mich. Ich lächle. Oder nein, ich bin ernsthaft, furchtbar ernsthaft. Ich bin eine wichtige Person. Was werden Sie mit dem Geld machen? Pfandbriefe für eine gesicherte Zukunft? Sparbriefe ohne Kursverluste? »Ich werde mir einen Jugendtraum erfüllen«, sage ich. »Japan. Der Fujiyama. Einmal im Leben muß der Mensch dort hinauf.«

Ach, Ulli ist mir zuvorgekommen. Es gibt keine Lehrstellen für Fotografen mehr, alles ist ausgebucht, auf Jahre hinaus verplant. Ich bin zu langsam gewesen. Wieder einmal.

2.

Unser Ort ist wie eine Brutstätte. Die Mütter brüten die Kinder aus. Sie versuchen, die Jugendlichen flügge zu bekommen. Dann werden diese hinausgeschickt, in die Stadt, wo sich das Leben abspielt, was immer man darunter verstehen kann. Die Arbeitsplätze jedenfalls gibt es in der Stadt, die Ausbildungsplätze, die höheren Schulen, die Berufsschulen. Fortbildungslehrgänge werden in der Stadt durchgeführt, Tanzkurse und Volkshochschulveranstaltungen. Auch Kino gibt es sonntags in der Stadt.

Vor dem Winterschlußverkauf, vor dem Sommerschlußverkauf machen meine Mutter und ich am Sonntagnachmittag einen Schaufensterbummel in der Stadt. Wir fahren mit dem Bus hinaus, bei gutem Wetter mit den Rädern. Oder mein Vater bringt uns mit dem Auto hin, wenn er gute Laune hat. Aber meistens ist er Sonntag nachmittags schläfrig. Er döst lieber auf der Couch im Wohnzimmer herum, bis die Sportsendungen im Fernsehen beginnen.

Wir betrachten die Auslagen in den Schaufenstern. Vielleicht bekomme ich einen billigen Wintermantel oder einen nicht eingeplanten, besonders preiswerten Pulli. Die Jagd danach beginnt am Montagmorgen. Meine Mutter läßt sich von meinem Vater in die Stadt mitnehmen, um bei den ersten zu sein, die am Schlußverkauf teilnehmen. Auch neue Unterwäsche für meinen Vater kauft sie im Ausverkauf. Manchmal bringt sie für meinen Vater zwei Paar Schuhe mit. Für ein Paar kann er sich dann entscheiden. Die Schuhe, die mein Vater nicht behalten möchte, bringt meine Mutter am nächsten Tag zurück. Das macht sie schon beim Aussuchen der Schuhe im Geschäft mit dem Inhaber ab.

Mein Vater sieht sich die Sachen, die meine Mutter für mich kauft, genau an. »Damit ist aber Schluß«, sagt er. »Vom nächsten Jahr an kauft sie ihre Klamotten selbst.«

»Ist ja schon gut«, sagt meine Mutter. Sie fährt mit den

neuen Schuhen für meinen Vater über ihren Rock, als ob sie das Leder noch blanker putzen möchte. »Ist ja schon gut«, wiederholt sie, »ist ja bald Schluß damit, sowieso.«

Sonntags ist es im Ort und in der Stadt ruhig. In unserem Ort gibt es Spaziergänger, die bis an den Waldrand laufen, so zwischen Kaffeetrinken und dem Abendbrot. Sie gehen meistens paarweise auf den Wegen, Mann und Frau, oft auch zwei ältere Frauen zusammen. Wenn Eltern spazierengehen, nehmen sie die kleinen Kinder mit. Die müssen dann vor ihnen herlaufen. Die unbebauten oder sich im Bau befindlichen Grundstücke dürfen die Kinder nicht betreten, wegen des Schmutzes oder der allgemeinen Verletzungsgefahr. Auf das Mitnehmen der größeren Kinder oder der Jugendlichen wird verzichtet. Das klappt, wenn man genug mault. Es ist die beste Methode, ein bißchen Freiheit zu bekommen: maulen und im Gesicht die Langeweile ausdrücken. Eltern wollen glückliche Kinder zeigen.

Zum Schaufensterbummel nehmen die Mütter ihre Töchter mit. Das macht die Mütter froh. Die Stadt ist voller Frauen und alter Leute. Nur an den Kinos stehen Jugendliche herum, in Gruppen, mit Mofas oder als Pärchen. »Daß du mir nicht so herumstehst«, sagt meine Mutter. »An den Ecken, mit Jungen, das will ich nicht von dir sehen. Hörst du?«

»Das braucht der Mensch«, hat meine Mutter gesagt, »Stenographie und Schreibmaschine braucht der Mensch. Erstens kann es nie schaden, und zweitens wirst du es brauchen.«

Die Kurse veranstaltet die Volkshochschule in der Stadt. Sie finden in der kaufmännischen Berufsschule statt. Ich mußte mich anmelden, Dienstag abends fahre ich hin, besuche zuerst den Stenokurs, danach für eine Stunde den Schreibmaschinenlehrgang für Anfänger. Ich konnte mich nicht davor drücken, weil mir kein Grund, den ich dagegen hätte anführen können, einfiel. Zu mir selber sage ich auch, es kann ja nicht schaden.

Ich fahre gegen sechs Uhr mit dem Rad los. Der Stenokurs, den ich belege, wird von einem älteren Lehrer geleitet. Er ist begeisterter Stenographieanhänger und versucht, uns zur Mitgliedschaft im Stenographenverein zu bewegen. Wenn er über Stenographie spricht, hört es sich an, als sei es Philosophie. Stenographie ist für ihn eine Weltanschauung.

Wir sind ungefähr zwanzig Mädchen, die am Kursus teilnehmen, und ein Junge. Der hat schon eine Lehrstelle in einem Rechtsanwalts- und Notariatsbüro in Aussicht. Er scheint auch ein fanatischer Anhänger der Stenographie werden zu wollen.

Ich weiß im Grunde nicht, warum ich Gesprochenes schnell niederschreiben soll. Das sage ich auch zu Hause. »Es ist wichtig«, sagt meine Mutter. »Wenn dein Chef dir etwas diktiert, mußt du das korrekt wiedergeben können.« Muß ich das? Es scheint mir so wenig sinnvoll. Chef: das ist ein graubekleidetes Ungeheuer, das seine Briefe nicht selber schreiben will und sich deshalb Lehrlinge hält. Ich will mich nicht darum reißen.

»Im Nachgang unseres letzten Fernschreibens vom 26. des Monats können wir Ihnen mitteilen, daß nunmehr in den letzten Tagen eine Teilmenge des Materials für obige Druckfedern bei uns eingegangen ist. Im Augenblick befindet sich der Werkstoff in der Labor-Prüfung. Nach Freigabe werden wir die Fertigung der Federn im Laufe der nächsten Woche aufnehmen können, und wir haben selbstverständlich veranlaßt, daß die einzelnen Arbeitsgänge angesichts Ihrer uns geschilderten Dringlichkeit mit allen Mitteln beschleunigt werden. Trotzdem wird es uns aber zu unserem Bedauern vor Ablauf von 14 Tagen leider kaum gelingen, Ihnen mit Teillieferung an Hand zu gehen. Wir hoffen jedoch gerne, daß Sie sich solange noch gedulden können und zeichnen hochachtungsvoll«, übersetze ich. Der Sinn des Textes ist mir kaum verständlich. Ich blicke mich um. Wir sehen alle gleich gequält aus.

Nach fünf Minuten Pause beginnt oben, eine Treppe höher, der Schreibmaschinenkursus. Wir arbeiten immer im gleichen Takt. »ASDF JKLÖ«, der Lehrer gibt den Rhythmus vor, indem er mit einem Schlüssel auf eine Schublade schlägt, die er in der Hand hält. Beim Taktschlagen läuft er vor der Klasse auf und ab. Mal sind die Schläge leiser, mal eindringlicher. Die Tastatur der Schreibmaschine ist nicht gekennzeichnet. Wir blicken starr geradeaus auf die Tafel, an der ein überdimensional großes Tastenfeld abgebildet ist. Dort stehen die Buchstaben. Die dürfen wir, Reihe für Reihe, auf das eingespannte Blatt Papier unserer Schreibmaschine übertragen: »QWERT ZUIOPÜ«. Das ist ›Blindschreiben‹.

Dann werden die Texte komplizierter: »Wenn Sie im nächsten Herbst einen Waldspaziergang machen, versuchen Sie doch einmal beim Betrachten der Eichen und Birken, Rotbuchen und Ulmen, Kiefern, Linden und Lärchen über die Hauptfarben hinauszugehen und den Schattenstufen und Farbübergängen, die Sie sehen, gleichwertige Namen zu geben: Sie sollten nicht nur von weiß, rot, grün, schwarz, blau und gelb sprechen, sondern von goldfarben, flammenfarben, korallenfarben, von bräunlich, rötlich, weißlich, schwärzlich, von braunschwärzlich, dunkelgrünlich, von flachsfarbig, aschenfarbig, silberweiß, kastanienbraun, kohlschwarz, grasgrün, meergrün, wassergrün, saftgrün, dottergelb, schwefelgelb, safrangelb, wachsgelb, goldgelb, feuerrot, rosenrot, ziegelrot, kirschenrot, von braunrot, dunkelrot, gelbrot, grünrot, schwarzgelb, bleichgelb, blauweiß, fahlweiß, rötlichweiß, dunkelgrün, dunkelbraun, schwarzbraun, braunschwarz, schwarzblau, dunkelblau, gelbflammig, rotgesprenkelt und braunstriemig ...«

Das müssen wir gleichmäßig und rhythmisch schreiben. Der Kursusleiter drillt uns mit seinem hämmernden Schlüssel. Wir dürfen keinen Schlag auslassen, uns durch Fehler nicht ablenken lassen, immer durch, päng, päng, bis zum Ende. Dann werden die Fehler gezählt. Wer mehr als fünf Fehler in einem Dreiminuten-Text macht, muß aufstehen. Alle blicken sich um. Auch Schreibmaschinenschreiben ist eine Geisteshaltung.

Um neun Uhr abends nehme ich mein Rad aus dem überdachten Fahrradständer der Berufsschule. Es ist dämmrig, und ich fahre die baumbestandene Allee durch das Industrieviertel hindurch nach Hause. Es ist still draußen. Der Dynamo scheuert am Fahrradreifen. Es gibt ein heulendes Geräusch, das sich meiner Geschwindigkeit anpaßt, an- und abschwillt, je nachdem, ob ich fest zutrete oder das Rad im Freilauf lasse.

Manchmal geht mir diese Stille auf die Nerven. Es ist so hoffnungslos. Bis zehn Uhr kann ich in die Zukunft blicken, oder bis morgen früh, allerhöchstens noch die paar Monate bis zum Ende des Schuljahres. Was dann? Was erwarten sie von mir? Wer erwartet etwas von mir? Nicht einmal die Lehrer interessiert es, wie es weitergehen soll. Meine Eltern wollen mich untergebracht sehen, nach erfolgreich absolviertem Steno- und Schreibmaschinenkursus. Dann habe ich alles erreicht. Mehr erwarten sie nicht von mir. Daß ich meine Klamotten selber kaufe, daß ich den Führerschein mache, mit achtzehn, sicher, das erwarten sie von mir, und daß ich einen anständigen Freund ins Haus bringe. Der auch mal im Garten mit anpacken und einen Nagel in die Wand schlagen kann.

Aber das alles hat nichts mit mir zu tun. Ist unwirklich, fremd und weit weg. Meine Radfahrten sind wirklich, der

Wind, der mir die Haare nach hinten bläst, meine Gedanken. Aber heute kann ich nicht mein Spiel spielen. Es ist nichts passiert in letzter Zeit. Irgendwo haben sie einen Kindergarten überfallen, irgendwo einen Staatsmann umgebracht. Alles nichts für mich. Es geht mich nichts an. Ich habe damit nichts zu tun. Zu oft habe ich schon das Kambodschamädchen gespielt. Es langweilt mich heute. Ich mache mir was vor. Hier ist kein Abenteuer, auf der Landstraße nach Hause passiert nichts.

Ich halte mein Rad an, steige ab. Das Rad schiebe ich. Es wird noch stiller. Der Himmel ist blaudunkel. Ich mag diese kühle Luft. Alles wird einfach. Wenn ich allein bin und so gedankenlos, werde ich glücklich. Ich merke richtig in mir, wie das Glück in meiner Mitte sitzt. Ich fange an zu summen. Ich singe. »I'd like to tell my story before I turn in the gold«, singe ich, immer lauter wird es. Es hört keiner. Die Fabriken hinter den Bäumen sind geschlossen, haben Nachtruhe. Kein Mensch da. »And some of us are, are very hungry now«, brülle ich. Das Fahrrad schiebe ich mit einer Hand. »O yes, I'd like to tell my story as you know I feel like turning into gold.« Es geht mir gut. Ich laufe den ganzen Weg nach Hause.

»Ich dacht schon, es ist was passiert«, sagt meine Mutter. Das Fernsehen läuft. Meine Eltern schauen sich ›Delvecchio‹ an. »'n Abend«, sage ich.

Donnerstag nachmittags haben wir Tanzstunde. Im Grunde wollte keiner aus der Klasse daran teilnehmen, aber auf einem Elternabend waren sich alle Anwesenden einig, daß ihre Töchter doch eine Grundausbildung im Tanzen erfahren sollten. Die ganze Klasse hat rumgemotzt, weil viele sowieso schon samstags in die Stadt zur Disco fahren, wo man machen kann, was man will. Bei uns im Ort gibt es aber einmal jährlich Schützenfest, das die Eltern mit den Jugendlichen aufsuchen wollen. Da spielt die Kapelle langsamen Walzer und ähnliches. Die Eltern sehen ihre Kinder gern paarweise und ordentlich tanzen, und zwar mit einem Partner, der ihnen auch bekannt ist. Auch zu Betriebsfesten wird getanzt. Da wird Disco ohne Anfassen nur aus Jux getanzt. »Das kannst du dir nicht vorstellen«, sagt meine Mutter, »wie der Papa da losgelegt hat. Gebogen hat der sich wie Gummi. Wir haben alle herumgestanden und geklatscht. Du kannst dir das gar nicht vorstellen.«

Ich kann's mir vorstellen.

Eben deswegen wollte keiner in die Tanzstunde. Händchenhalten und Ringelpiez. Mir stecken die Schützenfeste, zu denen ich mitkommen mußte, heute noch in den Knochen. Als ich zwölf war, durfte ich von sieben bis neun Uhr abends mit. Meine Eltern sind ständig auf der Tanzfläche gewesen. Sie haben Wange an Wange getanzt, vor allen Leuten. Ich habe mich schrecklich geschämt. Sie machen sowas nur an solchen Festen, sonst ist es so, als ob sie sich nicht anfassen würden.

Dann hat mich auch jemand aufgefordert, wohl, weil ich wie bestellt und nicht abgeholt herumgesessen habe. Es war ein älterer Mann, der als etwas beschränkt gegolten hat. Mir ist der Schreck in die Glieder gefahren, von oben bis unten, wie ein elektrischer Schlag. »Nein«, habe ich gesagt, »danke. Ich kann doch nicht. Ich bin doch nur ein Kind.« Da hat der Mann sich verbeugt und »Entschuldigung« gesagt. Ich habe mich wieder geschämt. Schützenfeste mag ich seit damals nur von weitem sehen. Tanzveranstaltungen auch.

»Wie wär das schön«, sagt meine Mutter. »Wir könnten in Zukunft zusammen beim Betriebsausflug mitgehen oder zum Betriebsfest, je nachdem. Der Papa tanzt mit seiner Tochter. Die jungen Männer aus der Firma reißen sich um dich. Neues Kleid gibt's. Wär das nichts? Wiener Walzer mit der Tochter. Ach, ich kann mir das vorstellen.«

»Kleid gibt's?« sagt mein Vater. »Klamotten kauft sie selber. Das ist abgemacht. Nichts gibt's, wenn die Schule vorbei ist.«

»Auch neues Kleid nicht?« sagt meine Mutter. »Und wie du stolz wärst auf deine Tochter.«

Mein Vater brummt etwas, er ist nicht zu verstehen.

So haben wir donnerstags Tanzstunde. In der Stadt. Zusammen mit einer Jungenklasse aus der Stadtschule. Aus dem elften Schuljahr.

Meine Mutter schaut meinen Hals und die Ohren nach.
»Laß das doch«, sage ich.

»Es ist sehr wichtig, daß du sauber bist«, sagt meine Mutter. »Ich kann dir auch die Ohren mit Glyzerin saubermachen. Damit du ganz sicher bist. Hast du deine Achseln gewaschen?«

»Herrgott«, sage ich. »Ich gehe gleich gar nicht mehr hin. Sowieso. Mir stinkt es.«

»Was für ein junges Mädchen bist du!« sagt meine Mutter. »Nur herummotzen, grantig sein. Ihr könntet doch strahlen von morgens bis abends.«

»Worüber?« frage ich. »Ist doch alles beschissen.«

»Liebe Zeit«, sagt meine Mutter. »Was ist das heute für eine Welt.«

Fast alle sind aufgeregt, bis auf ein paar Ausnahmen, wie Ulli zum Beispiel. Die hat ihre Erfahrungen, sie spricht mit den Jungen wie mit ihresgleichen, als ob nichts dabei wäre. Mir macht es schon was aus. Immer waren wir nur Mädchen in der Klasse. Auch den Konfirmandenunterricht gab es getrennt von den Jungen. Es hat sich so eingespielt, abends, auf den Grundstücken, stehen wir mit unseren Rädern auch abseits von den Jungen.

Ich habe einen Kloß im Hals. Es ist wie Fieber. Ich denke, ich überlebe diesen Tag nicht.

Frau Schlüter, die Tanzlehrerin, läßt uns voll reinlaufen. So, wie wir sitzen, werden wir den uns gegenüberstehenden Jungen zugeordnet. Eine nach der anderen steht auf, wenn ihr Partner sich vor ihr verbeugt. Ich bekomme einen kräftigen Typ. Im blauen Anzug. Rötliche Haare. Er ist etwas größer als ich. Wir müssen uns anfassen. Ich schwitze an den Händen. »Enger zusammen«, sagt Frau Schlüter. »So kann man nicht tanzen. Meine Herren, Sie müssen Ihre Damen führen. Bisserl näher alle.«

Ich denke, ich sterbe. Alles ist durcheinander. Ich weiß nicht, wo ich hinschauen soll, blicke schließlich auf den blauen Anzugstoff vor mir. Der Mensch sagt nichts. Ich sage nichts. Könnte ich auch nicht, krieg nicht mal Luft zum Atmen.

Es riecht nach Seife. Der ganze Raum riecht nach Seife. In meiner Nähe ist der Geruch sehr stark. Scharf, durchdringend. Wie Kernseife, mit der meine Mutter die Gartenarbeitssachen im Keller abschrubbt. Mir wird schlecht.

»Eins, zwei, drei«, müssen wir zählen, mit Betonung auf ›eins‹. Dann die Schritte dazu. Meine Beine sind wie abgestorben. Ich wußte, daß es zwecklos sein würde, das geben sie umsonst aus, das Geld für den Tanzkursus.

Später sind wir erlöst, trinken in der Pausenhalle Limo. Getrennt von den Jungen. Bis auf Ulli. Die lacht laut. Ein paar Jungen scharen sich um sie. Sehen ihr ins Gesicht, direkt hinein. Sie blickt genauso zurück. Offen, weit, irgendwie aufsaugend. Ich muß immer hinsehen, mein Mund wird ganz trocken.

Weiter geht es mit freier Wahl. Der Rothaarige fordert mich wieder auf. Ich stehe da und grinse. Ganz automatisch. Der Rothaarige grinst zurück. Seine Hand ist schwitzig, wie meine. »So habe ich mein Lebtag noch nicht geschwitzt«, sagt er. Ich lache, ganz laut, wie Ulli. Ich auch nicht, will ich sagen. Aber ich krächze nur. Der Kloß im Hals ist echt. Ich räuspere mich, huste. »Ich auch nicht«, kann ich endlich sagen.

»Ein blöder Kram, dies«, sagt der Rothaarige.

»Ja«, sage ich, »ein blöder Kram.«

Wir müssen erneut zählen. Es geht besser, meine Beine haben wieder Gefühl. Sie finden auf dem Boden Halt. Wenn es bei Kurven kritisch wird, hält der Rothaarige mich. Seine Hand drückt fest auf meinen Rücken. Ich finde nichts dabei.

»Ich heiße Alfred«, sagt er.

»Ja«, sage ich.

Ich zähle weiter.

»Und du?« fragt er.

»Ja«, sage ich. »Ach, Kiki.«

Wir drehen uns, wir kreisen, wir rutschen durch den ganzen Saal. Es geht schon ganz gut. Meine Temperatur sinkt. Aber es riecht immer noch ganz stark nach Seife.

Die Donnerstage bleiben aufregend, obwohl wir fast ständig mit dem gleichen Partner tanzen. Man hat sich aneinander gewöhnt. Das zweite Mal will Alfred mich nach Hause bringen. Ich wohne aber nicht in der Stadt. Außerdem bin ich mit dem Rad. Das habe ich an der Kirche abgestellt. Ich erkläre Alfred, daß ich ziemlich weit weg wohne, auch das mit dem Rad an der Kirche. Alfred bringt mich zum Fahrrad. Den ganzen Weg über sprechen wir nicht miteinander. Mir fällt nichts ein. Ihm wohl auch nicht. Ich bin froh, beim Rad angelangt zu sein. Alfred wartet, bis ich aufgeschlossen habe.

»Tschüs«, sage ich.

»Ja«, sagt Alfred.

Der dritte Donnerstag spielt sich genauso ab. Der gleiche blaue Anzug, ich im T-shirt und Folklore-Rock.

Langsamer Walzer, Wiener Walzer, rechts herum, links herum, Limo in der Pause. Zählen mit Alfred. Foxtrott.

Dann der schweigende Marsch von Alfred und mir zum Fahrrad an der Kirche.

»Tschüs«, sage ich.

»Ja«, sagt Alfred.

Dann ändert sich alles. Alfred fordert die Rothaarige aus unserer Klasse auf. Helga heißt sie. Sie tanzen den ganzen Nachmittag zusammen. Ich sehe sie zusammen reden. Meine Partner wechseln ständig. Da kann man ja auch kein vernünftiges Gespräch anfangen. Es ist ein beschissener Tag.

Alfred und Helga gehen am Schluß miteinander fort. Ich laufe allein zur Kirche, schließe mein Rad auf. Als ich am Busbahnhof vorbeifahre, sehe ich Alfred der Helga beim Einsteigen helfen. Klar, Bus ist schon schicker als Fahrrad. Ich bin echt sauer, fahre ganz langsam die Allee nach Hause. Am liebsten würde ich keinen Menschen sehen.

Ich blicke mich um, während des Tanzens, wenn wir auf den Stühlen sitzen, in der Limopause. Alles langweilige Typen. Manche haben Pickel. Ich nenne sie ›Streuselkuchen‹. Ich kann Pickel nicht ausstehen. So jemanden könnte ich nicht anfassen, jemanden, der vorher noch an den Pickeln herumgequetscht hat. Ich habe auch Pickel, unter meinem Pony. Ich achte genau darauf, daß meine Haare die Stirn bedecken. Das ist sehr wichtig, daß man meine Pickel nicht sieht.

Alfred hat sich mit Helga zusammengetan. Es berührt mich nicht.

Es ist sehr laut im Pausenraum. Jeder überschlägt sich, übertönt sich. Alle wollen auffallen, sich bemerkbar machen. Ich ziehe durch den Strohhalm den Zitronensprudel hoch, sehe an der gegenüberliegenden Wand in den Garderobenspiegel. Sehr ernst sehe ich aus, habe traurige Augen, tiefsinnig. Ich drehe langsam meinen Kopf, so daß ich mich aus den Augenwinkeln im Spiegel betrachten kann. Schwermütig. Eine interessante Frau. Faszinierend?

Ich sehe noch ein Paar traurige Augen, hinter mir. Im Spiegel kann ich es genau erkennen, Augen, traurig wie meine. Ich drehe mich langsam um, wie gelangweilt, suche diese Augen im Raum.

Der Junge ist mir noch nie aufgefallen. Eigentlich ein unscheinbarer Typ. Wirkt grau, schmal. Irgendwie anders, einfach anders. Ich sehe ihn an, es treibt mir die Tränen in die Augen. In mir wird alles weich, nicht aufregend, schwitzig. Butterweich.

Ich dränge mich durch zur Ulli. Die Horde, die sie umgibt, sehe ich nicht. »Bitte«, sage ich, »wer ist das?«

»Wer?« fragt Ulli laut. Zu laut.

»An der Säule«, sage ich, »und bleib ruhig. Es muß nicht jeder hören.«

»Kenn ich nicht«, sagt Ulli. »Ist mir noch nicht aufgefallen.«

Ich bin froh, sie hat ihn noch nicht aufgesaugt.

»Ich mach das schon«, sagt Ulli.

»Okay«, sage ich. Ich wußte nicht, daß ich so mutig sein kann.

Bei Damenwahl fordert Ulli ihn auf. Er sieht sie mit seinen traurigen Augen an. Ulli redet wie ein Buch, sie redet mir zuviel. Sie lacht. Ich habe Angst, daß sie ihn doch noch in sich hineinzieht.

Ulli managt, daß sie bei Schluß des Tanzes neben mir steht. »Engelbert«, sagt sie.

Ich fürchte, sie hat es zu laut gesagt. Ich schäme mich. Aber Engelbert fordert mich zum nächsten Quickstep auf. Klar, weil ich direkt daneben stehe. Und Quickstep kann ich überhaupt nicht. Dafür habe ich ein Bein zuviel, oder eines zu wenig. Wir hopsen über die Tanzfläche. Es klappt überhaupt nicht. Ich möchte ihn ablenken. »Die Ulli tanzt viel besser«, sage ich. »Bestimmt. Sie ist irgendwie souverän, wenn du verstehst, was ich meine. Selbstbewußt. Ein Kumpel auch. Klar, daß sie überall ankommt.« Ich weiß nicht, warum ich die ganze Zeit über Ulli reden muß. Wieder mache ich einen falschen Sprung. Der verdammte Quickstep.

»Ich mag sie nicht«, sagt Engelbert.

»Was?« frage ich. »Was meinst du?«

»Diese Ulli. Ich mag sie nicht«, sagt er.

Noch nicht aufgesogen.

»Aha«, sage ich. Jetzt weiß ich nicht mehr weiter. Wir tanzen Quickstep. Sehr schlecht. Engelbert ist so groß wie ich. Kein Anzug vor meinen Augen. Sein Gesicht. Ein kleines Ohr. Kein Seifengeruch. Ich wage es, seine Augen anzusehen. Braun sind sie. Und traurig. Das wußte ich schon. Seine linke Hand ist trocken und schmal. Engelbert. Mich stört gar nichts. Pickel hat er auch nicht.

Wir drängen uns hinaus zum Schluß der Tanzstunde. Ich gehe einfach neben ihm her. Im Gedränge fällt das nicht auf. Oder fällt es auf? Ich würde gern noch einmal seine trockene, kleine Hand anfassen. Verrückt bin ich. Meinen Kopf möchte ich an sein Gesicht legen. Einfach so. Verrückt bin ich.

Wenn er fragt, ob er mich nach Hause bringen könnte, also, das Rad laß ich stehen, da fahr ich doch glatt mit dem Bus. Hole das Rad morgen nachmittag, wird schon keiner klauen. Ich sage einfach, es hat einen Platten, konnt es doch nicht schieben, nicht den ganzen Weg hindurch, innen ist die Luft herausgegangen, blieb mir nichts anderes übrig, als den Bus zu nehmen.

Vor der Tür sehe ich auf. Engelbert. Aber Engelbert geht nach rechts. In die Stadt. Ich muß nach links. Zur Kirche. Na ja, was habe ich erwartet. Ist ja der erste Tag.

Ich nehme mein Rad. So schnell bin ich noch nie gefahren.

Ich merke gar nichts. Keinen Wind, keinen Verkehr, rein gar nichts.

Zu Hause schmiere ich mir ein Brot, dick mit Erdbeermarmelade. Meine Mutter sagt etwas.

»Hmhm«, sage ich.

»Ja?« sagt meine Mutter.

»Was hast du gesagt?« frage ich zurück.

»Hörst nicht, was?« fragt meine Mutter. Sie hat die Hände voller Gartenerde.

»Hmhm«, sage ich. Ich starre fasziniert auf ihre braunen Hände. »Weißt du was?« frage ich. Ich muß es einfach sagen. Sonst platze ich. »Engelbert heißt er.«

»Aha«, sagt meine Mutter. Sie geht in die Küche, wäscht sich die Hände mit Kernseife. Der Geruch stört mich. »Aha«, sagt meine Mutter noch einmal.

Ich bereue schon, ihr überhaupt etwas erzählt zu haben.

Mein Vater hat Skatabend bei einem Kollegen. Meine Mutter dreht den Fernseher an. »Und?« fragt sie. »Wie ist er?«

»Na ja«, sage ich. »Lieb, irgendwie. Richtig lieb.«

»Aha«, sagt meine Mutter wieder. »Die erste Schwärmerei.«

»Das ist es nicht«, sage ich. »Auf keinen Fall. So ein blödes Wort. Schwärmen. Lieb ist er. So sieht er aus. Sanft und grau und braun. Und Gedanken hat er.«

»Was du so alles weißt«, sagt meine Mutter. »Jaja, die erste Schwärmerei.«

Jetzt halte ich den Mund. Ich lege mich auf die Couch, sehe auf die Zimmerdecke. Im Fernsehen läuft Wim Thoelke oder so etwas.

Donnerstag. Ich sehe nur noch Engelbert. Drehe mich um nach ihm, will ihn nicht aus den Augen verlieren. Es fängt wieder an, das Schwitzen an den Händen, der würgende

Kloß im Hals. Aber bei Damenwahl stehe ich vor ihm, fordere ihn auf. Das muß ich, wäre sonst gestorben. Ich stehe vor ihm und bin gar nicht traurig. Wir fassen uns an. Ich lege meine linke Hand auf seine Schulter. Engelbert berührt meinen Rücken. Meine rechte Hand ist wie tot. Ich wage es nicht, Druck auf seine Finger auszuüben. Wir tanzen irgendwas, Foxtrott vielleicht. Die ganze Zeit über, die Tanzstunde hindurch bleiben wir zusammen. Er sagt nichts, er fordert niemand anders auf. Es ist alles selbstverständlich. Ich stehe neben ihm, höre irgendwelche Anweisungen der Schlüter, ich bin zufrieden, wie alles ist, sehe schnell und heimlich auf seine Augen, ja, braun und traurig wie eh und je. Atemlos ist es und gleichzeitig beruhigend, wie in einem dicken, rosa Pudding stecke ich. Die Welt ist schon in Ordnung.

Von der Schule bekomme ich nichts mehr mit. Rein gar nichts. Die Welt ist in Ordnung.

»Wenigstens mußt du ein paar Bewerbungen schreiben«, sagt meine Mutter. »Wenigstens das.«

»Ja?« frage ich.

»Wenigstens das«, sagt meine Mutter. »Setz dich hin, schreibe deinen Lebenslauf, lies die Zeitungen durch nach Anschriften, nach Firmen. Versuch doch was.«

»Ja«, sage ich. Der Pudding klebt jetzt in mir. Von oben bis unten, alles ist schwer und zäh und weiß. Und ich warte auf Donnerstag.

»Meine Herren«, sagt die Schlüter, »laden Sie die Partnerin Ihrer Wahl zum Abschlußball ein.« Aber Engelbert sagt nichts. Wir tanzen zusammen, stehen in den Limopausen nebeneinander. »Tag«, sage ich. »Tag«, sagt er. Sonst nichts.

Wir üben Polonaise für den Abschlußball. Ich halte Engelbert an der Hand. Wir schlüpfen durch Bogen, die die Arme der anderen bilden, wir formen selber einen Durchgang. Wir hören den Anweisungen für den Abschlußball zu. Mensch, sag doch was.

»Ob ich ein neues Kleid brauche?« fragt meine Mutter.

»Das vom Betriebsfest ist noch gut«, sagt mein Vater.

»Ach«, sagt meine Mutter. »Es ist nur einmal im Leben Abschlußball.«

»Muß mein Anzug in die Reinigung?« fragt mein Vater.

»Ich werde ihn nach draußen hängen, gut lüften und ausbürsten«, sagt meine Mutter. »Das müßte genügen.«

Sie freuen sich auf diesen Abschlußball.

»Ich habe keine Lust«, sage ich.

»Das fehlt uns noch«, sagt meine Mutter.

»Ich habe keine Lust«, schreie ich. »Es ist so beschissen.«

Sie brauchen noch Freiwillige für den Reigen am Abschlußball. Ich melde mich. Wir üben in hellblau glänzenden Kleidern, die uns von der Damenriege des Turnvereins ausgeliehen werden. Donnerstags nach der Tanzstunde üben wir nach Kassetten-Musik.

Immer noch hat er nichts gesagt. Statt dessen fragt einer der Streuselkuchen mich in der Limopause. »Machst mit?« fragt er. »Den Abschlußball mit mir?« So einfach kann man das sagen. Ich stehe neben Engelbert und muß mir das anhören. Einen roten Kopf bekomme ich. Ich mag keine Jungen mit Pickel. Sowieso nicht und außerdem nicht und überhaupt nicht.

»Oh«, sage ich. Was soll ich sagen?

»Ich bin schon«, sage ich, »ich meine, ich werde schon, jemand wird schon, also, vielen Dank, aber es ist zwecklos.«

»Aha«, sagt der Streuselkuchen.

Mit meiner Mutter suche ich in der Stadt nach einem Abschlußballkleid.

»Nein«, sage ich, »nichts mit Rüschen, nichts mit Flitter, ganz einfach, ohne alles.«

Wir sehen uns die Auslagen eines Geschäftes an. Engelbert stellt zwei Läden weiter sein Rad an einen Laternenpfahl. Ich greife nach dem Arm meiner Mutter.

»Das ist er«, flüstere ich, »schnell, sieh hin. Er ist es.«

»Wer?« fragt meine Mutter, blickt sich um.

»Engelbert«, flüstere ich.

»Den muß ich mir aber genauer ansehen«, sagt meine Mutter. Sie geht einfach auf ihn zu.

»Nein«, schreie ich. Um Gottes willen, nein.

Engelbert sieht sich die Waren im Ladenfenster an. Meine Mutter stellt sich neben ihn. Sie blickt auch auf die Auslagen. Ich stecke meine Faust in den Mund, beiße auf meine Knöchel. Die Schaufensterpuppen sehe ich mir genau an.

Auf der Straße ertönt knallend die Fehlzündung eines Autos. Ich drehe mich um. Engelbert geht zum Fahrrad zurück, meine Mutter lacht, kommt auf mich zu.

»Bist du verrückt?« frage ich.

»So zusammengefahren ist er«, sagt sie. Sie schüttelt sich vor Lachen. »So zusammengefahren ist er, als das Auto knallte. Dein Engelbert.«

»Sehr komisch«, sage ich.

»Fehlte nicht viel, und er hätte in die Hosen gemacht«, sagt meine Mutter. »Also wirklich. So ein kleines, schmächtiges Kerlchen. Zuckt zusammen, als wär eine Bombe eingeschlagen. Also wirklich.«

»Herrgott nochmal«, sage ich.

Wir kaufen ein zauberhaftes Kleid. Blau, blümchenbedruckte Baumwolle mit besticktem Oberteil. Ein Folklorekleid aus Ceylon. Ein Traumkleid, zart und wehend, überwältigend.

»Frag ihn«, sage ich zur Ulli. »Mensch, frag ihn bloß. Sag ihm, daß ich auch, ich meine, ich setze das voraus, es ist selbstverständlich. Sag ihm, daß du glaubst, daß ich mich freuen würde, oder so etwas.«

»Daß du deinen eigenen Kram nicht erledigen kannst«, sagt Ulli.

»Mensch, frag ihn bloß«, sage ich.

Die Ulli geht tatsächlich hin. Ich kann's kaum erwarten.

»Er hätt nicht groß Lust«, sagt Ulli.

»Was heißt das?« frage ich. »Was meint er damit?«

»Zum Abschlußball«, sagt Ulli. »Er hätt nicht groß Lust.«

»Hat er das gesagt?« frage ich. »Ich meine, hat er was von mir gesagt?«

»Nö«, sagt Ulli.

»Herrgott«, sage ich. »Hast du was von mir gesagt?«

»Mensch, erledige doch dein Zeug selbst«, sagt Ulli.

»Kommt er nun oder kommt er nicht?« frage ich.

»Groß Lust hätt er nicht«, sagt Ulli.

Kommt er nun oder kommt er nicht?

Noch einmal Generalprobe der Polonaise, später der letzte Schliff am Reigen. Abends hänge ich mein Folklorekleid außen an die Schranktür. Ich kann nicht einschlafen. Es ist ein hinreißendes Kleid.

Wir ziehen uns um. Meine Mutter war noch beim Friseur. Sie hat einen haarspraysteifen Kopf. Da bewegt sich auch kein Härchen mehr.

Mein Vater läßt das Auto an. Ich muß vorne sitzen.

»Das gehört sich so«, sagt meine Mutter. »Du bist die Hauptperson heute.« Sie hat mir ihre schwarzlederne Unterarmtasche geliehen. Zwei Tröpfchen 4711 hat sie mir hinter die Ohren getupft. Das Fläschchen darf ich behalten.

Es ist festlich. Glanzlichter an der Saaldecke, weißbetuchte Tische für jeweils vier Personen. Sie haben Weingläser und kleine Blumensträuße draufgestellt. Die Eltern sitzen von den Schülern getrennt. Sie schauen aufgeregt und strahlend auf ihre Sprößlinge.

Die Schlüter hat für die nicht vergebenen Damen einige Herren besorgt. Die Zuordnung erfolgt im Vorraum zum Eßsaal. Gott sei Dank bin ich die erste, die ausgewählt wird. Der Mensch sieht ganz gut aus, ist aber älter, viel älter als ich. Die Polonaise wird eine Katastrophe, weil er sie nicht eingeübt hat. Mein Kleid, ja, mein Kleid rettet mir den Abend. Und den Streuselkuchen, der mich ein paar Tage vorher gefragt hat, sehe ich den ganzen Abend überhaupt nicht an.

»Ach«, sagt meine Mutter später im Auto (jetzt sitzt sie auf dem Vordersitz), »was für ein wundervoller Abend. Ein schönes Fest. Ein schöner, junger Mann, was, Kiki?«

Ich beiße mir auf die Knöchel.

»Ein bißchen haperte es an der Polonaise«, sagt meine Mutter.

»Hab nichts gemerkt«, sagt mein Vater. »Der Wein war gut, nicht wahr?«

»Und wie du rauskamst, dann«, sagt meine Mutter, »unter den hochgehobenen Armen hindurch, also, das war schon ein Bild. Werd ich mein Lebtag nicht vergessen.«

Es ist spät, Mitternacht durch. Mein Vater fährt vorsichtig die dunkle Allee nach Hause.

»Und wie wir getanzt haben«, sagt meine Mutter. »Was, Papa? Links herum und rechts herum. War doch schön, was?«

Zu Hause hänge ich mein Kleid ganz hinten in den Schrank. Ich lege mich ins Bett und heule die Kissen voll. So richtig beschissen fühle ich mich.

»Dein Engelbert ist in der Zeitung«, sagt meine Mutter eine Woche später.

»Geh«, sage ich. Ich schau mir den lokalen Teil der Zeitung genau an. Da gibt es ein Bild ›Die Schüler der elften Klasse vor der Abreise zu ihrem dreiwöchigen Aufenthalt in Großbritannien‹. Vor dem Bahnhof stehen sie, die ganze

Tanzstunde, die Streuselkuchen und die ohne Pickel, alle. Und Engelbert. Ganz rechts außen. Still und schmal und ernst, mit traurigen Augen.

»Geht mich ja nichts an«, sage ich. »Interessiert mich nicht.«

»Ich mein ja bloß«, sagt meine Mutter. »Vielleicht willst es dir ausschneiden, das Bild.«

»Seh ich so aus?« frage ich.

»Ich mein ja bloß«, sagt meine Mutter.

Abends hol ich mir die Zeitung aus der Mülltonne, ich reiße die Seite heraus. Auf meinem Zimmer schneide ich das Foto sorgfältig aus. Den Ausschnitt lege ich in mein Englischbuch. Ich stehe oft auf von meinem Bett, schaue mir das Bild an. Manchmal minutenlang. Die Stelle rechts außen sauge ich auf, mit den Augen, solange, bis der Pudding wieder in mir drin klebt, mich ausfüllt, süß, von oben bis unten.

»Gut beworben ist halb eingestellt«, sagt meine Mutter, Sie legt mir den unlinierten Schreibblock vor. Ich sitze am Eßtisch, an dem alle Schreibarbeiten unserer Familie abgewickelt werden. »Hier«, sagt meine Mutter. »Die Samstagszeitung. Es gibt genug Adressen. Es sollte doch mit dem Teufel zugehen, wenn nichts dabei herausspringt.«

›Sehr geehrte Damen und Herren‹, schreibe ich.

»Nein«, sagt meine Mutter. Sie sieht mir über die Schulter. »Schreib nur ›Herren‹. Das ist so'n neumodisches Zeug, das mit den Damen und Herren in der Anrede. Kennst doch die Firmen an der Allee. Wo gibt's da Damen in der Personalabteilung, wenn's so'ne Abteilung überhaupt gibt? Hier gibt's 'nen Chef, und das ist ein Mann. Und wenn's so groß ist, daß auch sie 'ne Personalabteilung brauchen, wie beim Papa, dann sitzt da auch ein Mann. Also: Sehr geehrte Herren.«

Ich reiße die erste Seite vom Block und beginne mit ›Sehr geehrte Herren‹. Vor mir liegt die zurückgeschlagene Tischdecke. Mit blauem Faden ist ein Muster eingewebt. Mit dem Füller fahre ich die Webstreifen entlang.

»Weiter«, sagt meine Mutter.

»Was weiter?« frage ich.

»Herrgott«, sagt meine Mutter. »Bewerb dich. Habt ihr doch gelernt in der Schule, wie man das macht. Nimm die erste Anschrift, hier, vielleicht die Maschinenfabrik Beuler. Jetzt bewerb dich.«

›Betr.‹, schreibe ich.

»Soll ich mich auf die Anzeige hin bewerben?« frage ich.

»Mein Gott«, sagt meine Mutter. »Die suchen doch keine Auszubildenden. Keiner sucht heute Auszubildende. Du mußt so tun, als ob.«

»Als ob?« frage ich. «Als ob was?«

»Hat man's schwer mit dir«, sagt meine Mutter. »Du mußt so tun, als ob du von nichts weißt. Frisch, fromm, fröhlich, frei schreibst hin und bewirbst dich um einen ihrer Ausbildungsplätze. Als ob du von nichts weißt. Von der Knappheit, von den Beziehungen und so weiter.«

›Wie mir bekannt wurde, stellen Sie Auszubildende ein‹, schreibe ich.

»Gut«, sagt meine Mutter. »Das ist gut so.«

›Ich bewerbe mich deshalb um eine Ausbildungsstelle‹. »Als was?« frage ich.

»Als was«, sagt meine Mutter. »Das mußt du doch wissen. Das, wofür du dich interessierst.«

Im Moment interessiere ich mich für Großbritannien.

»Okay«, sage ich. »Also: zur Zeit besuche ich die zehnte Klasse der und der Schule. Im Juni verlasse ich sie und so weiter.«

»Gut«, sagt meine Mutter. »Und deine Interessen mußt du aufführen.«

»Interessiert doch keinen, was ich lese«, sage ich.

Am liebsten spiele ich ›Kambodscha‹. Oder ich denke, einfach so, manchmal ohne Gedanken.

»Du hast festgestellt, daß dich neben Tätigkeiten wie Organisieren, Planen, Kalkulieren auch technische Probleme interessieren. Das ist wichtig«, sagt meine Mutter. »Das hat der Papa extra gesagt, daß so was sein soll. Das weist auf die Datenverarbeitung hin, daß du da Interesse hast, daß du dich davor nicht fürchtest, daß du aufgeschlossen bist.«

»So'n Quatsch«, sage ich.

»Sag das nicht«, sagt meine Mutter. »Mußt dich schon bemühen, mußt schreiben und dich bemühen. Was willst denn machen? Ab Juni?«

Ja was?

Ich schreibe. Auf unliniertes Papier setze ich Bewerbungsschreiben auf. Bewerbungen an Maschinenfabriken, an Speditionsgesellschaften, an Versicherungsbüros, an Zahnärzte, an Kaufhäuser, an Rechtsanwälte, an den Kraftfahrzeughandel. Ich schreibe ein Dutzend Lebensläufe mit der Hand.

›Christina Hegewald.

Mein Vater heißt Erwin Hegewald, meine Mutter Helga Hegewald, geb. Kirsch.

Grundschule, Mädchen-Realschule. Abschlußzeugnis. Mittlere Reife. Zur Zeit besuche ich Kurse für Maschinenschreiben und Stenographie.

Meine Lieblingsfächer sind Deutsch, Englisch und Mathematik. In meiner freien Zeit lese ich gern, außerdem liegen mir kunsthandwerkliche Arbeiten.

Während der letzten Wochen hatte ich Gelegenheit, mich über Aufgaben und Tätigkeiten eines Kaufmanns zu informieren. Mir gefallen diese Arbeiten, deshalb möchte ich diesen Beruf erlernen.‹

Ich möchte meinen Lebenslauf anders schreiben.

Christina Hegewald, genannt Kiki.

Im Juli wurde ich in der Stadt geboren. Wir sind dann aufs Dorf gezogen, in ein Einfamilienhaus. Eigentlich ist es kein Dorf, gibt keine Bauern da und keine Tiere. Kleine Häuser gibt es für eine Familie oder für zwei. Am Ortsrand gibt es Häuserblocks. Wenn neue Häuser gebaut werden, sind sie stets breiter und höher als die alten. Wir leben in einer Vorstadtsiedlung.

Am liebsten träume ich. Vom Regenwetter, von Erdbeerpudding, vom Hinausschauen auf die Straße. Ich laufe gern durch die Stadt, wenn es hektisch ist, so um vier, fünf Uhr. Ich sehe mir die Menschen an und esse italienisches Eis dabei.

Mir ist bekannt geworden, daß Sie Flüge zum Fujiyama organisieren. Da das schon immer mein Herzenswunsch gewesen ist, bewerbe ich mich zur Teilnahme an diesem Flug.

Oder nein.

Mir ist bekannt geworden, daß Sie nach Großbritannien fahren. Ich möchte mit. Ich stelle mich auf den Trafalgar Square in London, besehe mir die Tauben und warte auf jemanden mit braunen Augen. »Hallo«, sage ich. »Hier bin ich.« Und Engelbert lacht mich an.

»Beeil dich, daß die Sachen noch zur Post kommen«, sagt meine Mutter.

›Daher würde ich mich über eine Einladung zu einem persönlichen Gespräch sehr freuen.‹

Zwölfmal unterschreibe ich. Sorgfältig mit dem Füller. Meine Mutter hilft mir beim Couvertieren. Sie leckt den gummierten Briefumschlag. Ich klebe die Marke drauf. Mit der Zunge befeuchte ich die Rückseiten, drücke sie auf die rechte Seite des Briefumschlages. So, wie sich das gehört. Zwölfmal das Ganze. Einige Male schlage ich mit der Faust kräftig auf die Briefumschläge. Der Frühlingsstrauß in der Keramikvase auf dem Eßtisch zittert leicht.

Meine Mutter bringt die Briefe persönlich zur Poststelle.

Einige Antworten treffen bald ein.

›Unsere Ausbildungsplätze sind schon vergeben‹, ›wir stellen keine Auszubildende ein‹, ›wir könnten Sie für nächstes Jahr vormerken‹, ›leider haben wir uns für jemand anders entschieden‹, ›müssen wir Ihnen leider mitteilen, daß wir keine geeignete Stelle für Sie frei haben‹. Ganz vornehm: ›wir haben keine Vakanzen aufzuweisen‹.

»Das ist ja nur die Hälfte«, sagt meine Mutter. »Wird schon noch was kommen. Vielleicht, wenn du Geburtstag hast, klappt es. Das wär was. Oder wenn die Schule vorbei ist, die Klausuren und all das. Dann ist dein Kopf auch frei für andere Dinge. Inzwischen, mach du nur deinen Kursus. Das kann nie schaden.«

»Ja«, sage ich, nehme dienstags mein Rad und fahre zum Stenokurs, zum Schreibmaschinenlehrgang für Fortgeschrittene.

»Zum Geburtstag«, sagt meine Mutter, »zum Geburtstag bekommst du eine Schreibmaschine. Das haben wir beschlossen, der Papa und ich. Eine eigene Schreibmaschine. Na, ist das was?«

Schreibmaschinen haben keine Flügel.

So fahre ich meine Allee. Hin, zurück. Tippe nach dem Schlüsselklang die Zeilen, Texte über Syndikate und Reklamationen. Auf dem Rückweg fahre ich am Bahnhof vorbei. Vielleicht kommt ein Zug aus England. Gerade jetzt. »Hallo«, sage ich, »hier bin ich.«

Abends nehme ich das Transistorradio, das mein Vater sonst beim samstäglichen Autowaschen spielen läßt, mit hinauf auf mein Zimmer. Unten, beim Fernsehen, ist keine Zeit zum Träumen.

Ich lege mich auf mein Bett, höre Musik. Drehe am Knopf, bis ich etwas gefunden habe. Ich will keine Stimme hören, nur Töne. Wenn ich auf einen Knopf drücke, glüht ein kleines Lämpchen auf. Ein winziger Umkreis wird erhellt. Ich kann Lichtzeichen geben wie ein Leuchtturm.

Der Senderanzeiger tastet sich vorwärts, sucht nach Tönen. Ich höre Leonard Cohen. Es rauscht in meinem Kopf. *Like a bird on a wire.* Ich halte das Radio dicht an mein Gesicht, so daß mein Kopf vibriert. *Like a drunken in midnight choir.* Ich singe mit. *I have tried in my way to be free.*

Eine Melodie so traurig wie ich.

3.

Alles ist zum Stillstand gekommen.

Wir beißen uns fest am Lehrsatz des Pythagoras. Keiner hat Lust, ihn zu kapieren. Auch der Mathematik-Lehrer hat resigniert, täglich Pythagoras. Oder es ist der letzte Punkt in den Richtlinien für Mathematik.

Überall das Ende sichtbar. Kein Hinweis darüber hinaus. Wir schreiben dreistündige Klausuren. ›Der Drang zum weißen Kittel.‹ Nein, wir müssen praktisch, berufsbezogen denken, den Wert einer soliden Ausbildung herausstreichen. Ich schreibe über die Befriedigung, die ein kaufmännischer Beruf einem Jugendlichen bringen kann. Interesse für Organisation, Planung, habe ich alles angelesen, meinen Bewerbungstext kenne ich.

»Trotzdem«, sagt meine Mutter. »Auch wenn alles so unsicher ist. Urlaubszeit wird überall sein. Was soll sie so rumsitzen. Ein paar Tage heraus werden ihr guttun. Die Lisbeth nimmt sie für eine Woche, in etwa. Was meinst?«

»Wenn's uns groß nichts kostet«, sagt mein Vater.

Ja, ich möchte heraus, habe meine Erinnerungen an Tante Lisbeth, an ihr großes, stets weißbekleidetes Hinterteil. Ein Armband hatte sie mir geschenkt. *Handarbeit* stand auf dem Verschluß eingraviert. Ja, ich will an die See, diese salzhaltige, stinkende Luft. Ich lasse alles hinter mir, Pythagoras, die Bewerbungsschreiben, ein Paar braune Augen.

Nachmittags bummele ich durch die Stadt. Die Leute haben zu tun, irgendwie ist jeder beschäftigt. Die Verkäuferinnen oft nur mit Herumstehen.

Ich probiere eine Jacke an, drehe mich vor dem Spiegel. »Sie steht Ihnen gut«, sagt die Verkäuferin. Ich weiß das. Weicher Webstoff, schwarz-grau meliert, mit dunkler Borte eingepaspelt. Zwei große Taschen, für die Hände vielleicht, für das Eisgeld, für einen Kamm, der die Haare zusammenhält, wenn es windig ist. Es ist eine Landhausjacke.

»Kommt nicht in Frage«, sagt meine Mutter, »wir schicken dich schon in die Ferien, bezahlen die Bahnreise zu Tante Lisbeth, das reicht wohl, mehr kommt nicht in Frage.«

»Es ist eine Traumjacke«, sage ich. »Ich könnt mir vorstellen, daß ich mein Lebtag lang nichts anderes mehr möchte als diese Jacke. Und wenn ich sie klauen müßte.«

»Red nicht so'n Zeug«, sagt meine Mutter. »Kommt nicht in Frage. Hast deine Strickjacke, die reicht. Und überhaupt, was willst bei Tante Lisbeth mit der teuren Jacke?«

»Die Strickjacke kratzt«, sage ich, »besonders im Sommer auf nackten Armen. Kannst dir nicht vorstellen, wie die kratzt. Wirklich!«

»Wenn es so heiß ist«, sagt meine Mutter, »daß du mit bloßen Armen rumlaufen kannst, brauchst auch keine Jacke! Sowieso nicht. Kommt nicht in Frage.«

Ich schmiere mir ein Butterbrot mit Margarine, lege eine Scheibe Corned beef obendrauf. Ich kaue langsam, stütze den Kopf mit der linken Hand ab. Meine Mutter hat den Kirchenkalender von der Wand genommen, reißt nach und nach die Leseblättchen der vergangenen Woche ab, sieht sie durch, Vorderseite, Rückseite, nickt nach jeder Lektüre. Ich sehe hinauf zur gelbbeschienenen Zimmerdecke, beiße vom halbierten Brot ab, taste, nachdem die erste Scheibe gegessen ist, auf dem Tisch nach der nächsten. Immerzu denke ich an die Jacke, sehe sie da vor mir an der Zimmerdecke. Weich ist sie und schafwollen, schwarzgrau meliert mit schwarzem Paspel an den Rändern, in den zwei Taschen kann man die Hände vergraben.

»Es ist eine Landhausjacke«, sage ich.

»Was?« murmelt meine Mutter, ohne aufzublicken.

»Es ist nicht die Jacke allein«, sage ich. »Man hat mehr davon, als man auf den ersten Blick sehen kann. Es ist ein Traum damit verbunden. Ich denk mir, wenn ich sie hab, die Jacke, krieg ich auch das Landhaus, nur ein kleines, eine

Holzbude am Waldrand, aber offenes Feuer gibt es abends, das wärmt und wärmt, und ich trinke Tee, schaue in die Flammen und hab meine Gedanken.«

»Was?« sagt meine Mutter. »Du bist verrückt.«

Sie stößt die losen Kalenderblättchen auf der Tischplatte auf, reißt sie in der Mitte durch, legt die Hälften aufeinander, reißt sie noch einmal. Die Papierfetzen füllen ihre ganze Hand aus. Sie steht auf, schiebt sich zwischen Tisch und Eckbank durch, wirft die Schnipsel in den Plastikabfalleimer neben dem Elektroherd in der Küche.

»Kommt nicht in Frage«, sagt sie.

Der Kirchenkalender zeigt nun das Blatt mit dem Datum vom morgigen Tage. Meine Mutter schiebt den Kalender an der Wand hin und her, läßt ihn auf kleinen Kurven kreisen, bis der Nagelkopf durch das ausgestanzte Loch springt.

»Geh schlafen«, sagt meine Mutter, räumt Holzbrett, Messer und Margarine fort. Das leere Einwickelpapier vom Aufschnitt knüllt sie zu einem festen Ball zusammen, läßt ihn in den Abfalleimer fallen.

Ich stehe auf. »Nacht«, sage ich.

»Nacht«, sagt meine Mutter. »Kannst ja versuchen, dir Geld zu verdienen, in den Ferien, bevor du fährst. Schüler suchen sie jedes Jahr in den Fabriken.«

Es hat sich ergeben, daß ich in letzter Zeit nach Schulschluß mit der Ulli nach Hause gehe. Ich fahre mit dem Rad langsam neben der Ulli her. Mit dem Lenker muß ich ständig ausbalancieren, weil wir so langsam vorwärtskommen.

Wir erzählen uns irgend etwas, die Ulli von den Vorbereitungen ihrer Reise an die Côte. Wenn ich erzählen muß, denke ich mir manchmal was aus.

Dienstags bin ich auch mit Erzählen an der Reihe, gebe in Fortsetzungen den Illustriertenroman weiter, den ich am

Vortag in der von meiner Mutter ausgeliehenen Sammelzeitungsmappe der Nachbarin lesen kann. Es ist eine spannende Soldatengeschichte. Da muß sich eine Sekretärin vor einem Offizier ausziehen und nackend vor ihm tanzen. Diesen Teil des Fortsetzungsromans muß ich der Ulli auch am Mittwoch und Donnerstag erzählen.

Ich versuche, Ulli zur Ferienarbeit zu überreden. »Wenn du mitkommst, zur Vorstellung wenigstens«, sage ich, »habe ich es leichter. Sie nehmen mich dann bestimmt. Das Problem ist, daß ich wie ein Kind aussehe. Es ist besser, du kommst mit.«

An einem Nachmittag gehen wir in die erste Fabrik, die zwischen dem Ort und der Stadt liegt, und sprechen im Personalbüro vor.

»Möbel lackieren könnten wir«, sagt Ulli.

Der Personalchef schreibt sich Namen und Adressen auf, er ließe von sich hören.

»Das klappt«, sage ich. »Herrgott, das klappt.«

»Denkst du!« sagt Ulli. »Das machen die immer so, um einen abzuwimmeln.«

Ulli hat ihre Erfahrungen.

Wir hören nichts mehr von der Möbelfabrik. Die Ferien rücken näher und näher. Ich setze mich auf mein Rad, nachmittags, ein paarmal, fahre den anstrengenden Hitzeweg in die sommerliche Stadt, probiere in der Damenabteilung des Bekleidungshauses die Jacke an.

»Es ist ein ausgewähltes Stück«, sagt die Verkäuferin, »teuer, aber elegant. Es ist Qualität.«

Ich stehe vor dem Spiegel in meiner Landhausjacke, drehe mich zur Seite, nach hinten, der Fall des Webstoffes ist ausgezeichnet. Ich schließe die Augen, höre die Blätter des nahen Waldrandes rauschen, auch ein See plätschert an das grasbewachsene Ufer, der leichte Schlag eines Holzruders auf Kieselsteinen.

»Ich bin mir noch nicht sicher«, sage ich. »Ich überlege es mir noch.«

Die Verkäuferin streift die Jacke wieder über den Bügel, hängt ihn auf den Chromständer zwischen Leder- und Trachtenjacken.

In der Schule wird viel geredet über Jobs, Ausbildungsplätze, auch über Zeitarbeit, Ferienjobs. Bei einigen, die ebenfalls noch keinen Job haben, hat es geklappt, die hüten aber ihr Geheimnis über die Ferienarbeit. Schließlich sickert es doch durch. Ich fahre gleich nach Schulschluß hin, es ist meine einzige Chance, ich rase durch die Stadt auf die Ausfahrtstraße zu, hetze den Fahrradweg entlang zur Nudelfabrik. Da stehe ich mit heißen, roten Backen. »Sechs Mark die Stunde«, sagen sie da. »Netto. Und verbilligter Einkauf.«

Ich nicke.

Die Abschlußfeier in der Schule wird so, wie ich mir es gedacht habe. Alle sind so angezogen wie bei der Konfirmation, blaue und graue Kleider oder Röcke. Etwas weiß hellt das Kostüm auf. Die Lehrer tragen die gleichen Farben, die anwesenden Eltern ebenfalls. Es gibt Abschlußzeugnisse und Abschlußreden über den Ernst des Lebens. Die Zeugnisse sind von allen Lehrkräften unterschrieben, wie eine Autogrammsammlung ist das. Die Eltern stürzen sich auf die Zeugnisse; sie wollen die Durchschnittsnoten wissen. Als ob das was nützt. Jobs gibt es eh nicht genug.

Wir stehen herum und reden oder reden auch nicht. Wir sind alle etwas hilflos in unseren dunklen Kleidern. Untereinander sagen wir Tschüs, als ob wir uns morgen genauso wiedertrafen. Mir ist etwas mulmig zumute, weil ich weiß, daß es nicht so ist. Bei einigen fängt morgen oder ein paar Tage später die Ausbildungszeit an. Bei mir gibt es die Nudelfabrik.

Von acht bis zwölf Uhr fünfzehn, von viertel vor eins bis sechzehn Uhr fünfundvierzig. Außer der halbstündigen Mittagspause gibt es noch die Frühstücksviertelstunde um zehn Uhr. Schon vom zweiten Tag an zähle ich die Stunden, neun Stunden sind gleich vierundfünfzig Mark, zehn Stunden sind sechzig Mark, elf Stunden …

Ich sitze am Fließband mit vier anderen. Es sind im Nudelpacken erfahrene Frauen, die ohne Hast, so scheint es, sich dem Rhythmus des ewig laufenden Bandes angepaßt haben. Auch noch Zeit haben sie, dem eingetrocknet wirkenden Meister unflätige Sätze entgegenzurufen. Besonders meine Nachbarin hat ein unbändiges Mundwerk, sagt so was wie »Hast dich mal wieder ausgepißt, Heinrich?« und »Heini, was macht dein Schlappschwanz?« Der Meister ärgert sich dann, stellt das Band schneller oder klüngelt beim Austauschen des Klebebandes, so daß die Frauen anschließend doppelt so schnell ran müssen, um den angesammelten Berg zu beseitigen. Aber sie lieben diese Unterbrechungen, fordern sie heraus, sie halten den Acht-Stunden-Tag sonst nicht aus.

Ich greife wie im Traum nach den Plastiktüten, kneife mit drei Fingern die erste Falte, die zweite, die dritte, bis die Nudeln prall die Tüte ausfüllen. Dann kommt ein wohlgezielter Griff auf die Klebebandrolle, zack, zack, die Tüte rollt auf das Ende des Bandes zu, wo eine Frau die Postpakete packt, vier Tüten gleichzeitig hochnimmt und in den Karton knallt. Der Meister rollt die fertigen Pakete in den Versand.

Ich zähle die Tüten, sehe mich nach jeder zehnten um zur Wanduhr über der Tür zur Nudelbäckerei. Es ist jeweils nur eine Minute vergangen, ich verzögere den Blick zur Uhr bis zur fünfzigsten Tüte, dann bis zur hundertsten, warte auf den Meister, auf die Bemerkungen der Frauen, warte gierig darauf, dann auf die Pausen, schließlich auf den Weg zur

Stechuhr am Ende des Ganges zur Außenwelt, am Ende des Tages. Sechzehn Stunden sind sechsundneunzig Mark. Nachts kann ich die Finger nicht ruhig halten, die knicken Tüten, greifen nach Klebestreifen, das Fließband rollt und rollt vor meinen Augen, da kann ich mich nicht wehren, arbeite die Nachtstunden durch, so daß ich mich morgens unausgeschlafen, zerschlagen fühle.

»Alles wegen einer Jacke«, sagt meine Mutter.

Mein Vater sagt: »Es ist gut, daß sie lernt, was Arbeiten heißt.«

Vom dritten Tag an gibt es einen Lichtblick. Nicht nur der Meister erscheint in der Packhalle. »Unser Bürolehrling Günther«, sagen die Frauen. »Geliebter, Schätzchen«, nennen sie ihn, wenn er nach der Frühstückspause die Aufträge verteilt, Stundenzettel abholt und sein unbekümmertes Lächeln ausstrahlt: ein Bild von einem Jungen mit dunklen Locken und blaßblauen Augen. Ich warte von Tag zu Tag auf die Zeit nach der Viertelstundenpause, vergesse das Zählen der Tüten, entdecke, daß die Nudelpackerei unabhängig von meinen Gedanken geschehen kann, entwickele eine Art inneres Eigenleben, das mit meinem äußeren Dasein nichts zu tun hat. Die Arbeit belastet mich nicht, die Gespräche der Frauen dringen nicht zu mir, ich habe den Acht-Stunden-Tag abgeschaltet. Und auch wenn ich nach Hause fahre, das Abendbrot esse, noch letzte Wachgedanken vor dem Einschlafen habe, bin ich in einer für andere unerreichbaren Welt. Da gehe ich mit Günther durch die Stadt und den seit frühen Kindheitstagen nicht mehr besuchten Botanischen Garten, und wir erzählen uns alles, alles, was wir bisher erlebt haben, was wir denken, ganz insgeheim bei uns, und was keiner je gehört hat. Ich freue mich auf den Abend, gehe freiwillig früh zu Bett.

»Sie macht sich kaputt«, sagt meine Mutter.

»Sie gewöhnt sich ans Arbeiten«, sagt mein Vater.

Und ich habe meine Gedanken, schwebe mit ihnen, wohin ich will. Seit Tagen bin ich ausgeglichen, heiter. Eine Woche, vierzig Stunden, zweihundertvierzig Mark und ein Nudelpaket für meine Mutter vom Billigeinkauf.

In der zweiten Woche ist es schlimm mit mir. Sobald die Frühstückspause beendet ist und die Zeit der Auftragsabgaben kommt, steigt mir die Röte zu Kopf, der Speichelfluß versiegt. Wenn Günther die Halle betritt, senke ich den Kopf so tief ich kann, konzentriere mich auf die Tüten, beobachte ihn von der Seite, die ganze Zeit über atemlos. Mir ist so wirr im Kopf, daß ich mehrere Streifen Klebeband auf eine Tüte drücke oder ein paarmal die Nudelpakete mit meinem Dreifingergriff verfehle. Die süßen Träume nachts, die beruhigenden Spaziergänge in meiner Vorstellung hören auf, ich drehe mich schlaflos von einer Seite zur anderen und wünsche das Ende der Ferienarbeit herbei. Nach zehn Tagen das Ende, ich radele nach Hause, um befreit zu werden von diesem entsetzlichen Druck.

»Und die Jacke?« fragt meine Mutter.

Ja, die Jacke! Noch einmal aufs Rad. Ich suche nach dem Stück, das eingezwängt wartet, zum ’zigsten Male anprobiert und schließlich – endlich – gekauft wird.

»Da siehst du, wie schwer es ist, Geld zu verdienen«, sagt meine Mutter.

Ich hänge die Jacke vor die Schranktür, so daß ich im Dämmerlicht durch den winzigen Spalt der geöffneten Lider das ersehnte Stück vor dem Einschlafen betrachten kann. Ich schwebe auf den Waldrand zu, auf mein Landhaus, im Kamin knistert das Feuer. Ich trinke süßen Tee aus dünnen Porzellantassen, und Günther sitzt neben mir, schenkt nach. Ach, keine Ruh.

Die Ulli lädt ein, vor ihrer Reise an die Côte. Sie macht das ganz leger, so nebenbei, »kannst kommen, wenn du Lust hast«, und man fühlt sich doch so geehrt.

Sonnabend nachmittag gehe ich hin.

»Nimmst Blumen mit«, sagt meine Mutter. »Einen schönen Strauß vom Garten.«

»Quatsch«, sage ich. »Das ist nicht so was.«

»Was ist es denn?« fragt meine Mutter.

»Doch nicht mit Blumen«, sage ich. »Es ist eine ›bottle party‹.«

»Eine was?« fragt mein Vater. Die Zeitung, an der er sich den ganzen Samstag nachmittag festgehalten hat, läßt er eine Spur sinken.

»Jeder bringt 'ne Flasche mit«, sage ich. »Doch keine Blumen.«

»Das fehlt mir noch«, sagt mein Vater. »Keine Flasche! Verstanden?«

»Okay, okay«, sage ich. »Kann ja auch Cola sein. Nehme ich eben Cola mit.«

Ich ziehe mein Folklorekleid an. Meine störrischen Haare kämme ich glatt, klebe die Ponysträhnen mit Wasser und Clips fest an die Stirn. Immer weht der Wind beim Radfahren die Haare hoch. Seit Jahren kämpfe ich an gegen diesen Knick im Haar, immer derselbe Knick, dieselbe Stelle.

»Daß du mir aufpaßt«, sagt meine Mutter. Sie ist besorgt, auf ihrer Stirn sind Falten sichtbar.

»Daß mir da nichts passiert!« sagt mein Vater. Er nimmt die Zeitung wieder auf. Jetzt ist er nicht mehr zu sehen. Ich bin verabschiedet.

Am Kiosk kaufe ich zwei Flaschen Cola. Etwas schäme ich mich, als ich sie der Ulli übergebe. Aber die sagt: »Fein. Es geht nichts über Cola mit Rum.« Das ist Haltung. Ich wünschte, ich könnte das.

Ulli ist der Mittelpunkt, trägt eine geknotete Streifenbluse über der glänzenden Karottenhose. Sie sieht den Leuten direkt ins Gesicht mit ihren weit offenen Augen. Ich würde rot dabei. »Ja«, höre ich sie sagen, »und dann hat er mir gesagt, ich hätte eine ausgesprochene Sofafigur.« Alle lachen, ich werde rot. »Aber er war mir nicht männlich genug«, sagt Ulli.

Später wird getanzt, Disco. Das ist besser als das Tanzstundenzeug. Ich brauche keinen anzufassen. Jeder macht, was er will. Man wird auch nicht aufgefordert. Wenn man will, macht man einfach mit. Ich bleibe in meiner Ecke stehen, trinke Cola. Mit Rum. Ganz langsam, damit mir nichts passiert. Meinen Vater mit der Zeitung kann ich nicht vergessen.

Ein wenig wippe ich mit den Füßen. Manchmal versuche ich auch eine rhythmische Bewegung mit meiner freien Hand. Viele machen es genauso, stehen herum, wippen, trinken, gehen von Zimmerecke zu Zimmerecke. Ich falle gar nicht auf. Mein Colaglas stelle ich ab. Klatsche im Takt mit den Händen, hole weit aus, es macht mir Spaß. Ich schaue an mir herunter. Etwas blöd komme ich mir vor. Ich grinse, weil ich sonst nicht weiß, was ich machen soll. Es merkt keiner, ich falle wirklich nicht auf.

Günther kommt. *Der* Günther. Ich weiß nicht, woher Ulli ihn kennt. Sie kennt eben jeden. Ich bin atemlos und sprachlos. Auch wütend auf Ulli, weil sie ihn kennt. Auch ihm sieht sie weit ins Gesicht. Ich könnte glatt zuschlagen. Warum fallen sie alle auf Ulli herein?

Günther blickt sich um, sieht mich, kommt auf mich zu. »Wir kennen uns schon«, sagt er. Kommt auf mich zu und sagt das: wir kennen uns schon!

Die Ulli macht großes Theater. »Kinder, es ist Kirmes in der Stadt. Wir gehen alle hin.« Allgemeiner Aufbruch. Es gibt viel Tumult. In dieser Gruppe fühle ich mich geschützt.

Ich brauche nicht zu reden. Ein langer Weg in die Stadt, Günther mit vorneweg.

Auf dem Platz schießen die Jungen an den Buden, kümmern sich dann höflich um Ulli und die anderen Mädchen, wechseln sich als Begleiter bei den Raupenfahrten ab. Ich stehe wie aus Stein gehauen da. Wenn ich mir vorstelle, daß ich mit *ihm* allein in der Raupe säße, setzt mein Verstand aus. Ich bin zu blöd hierfür, beobachte, wie die anderen sich lustig, albern, in normaler Kirmeslaune geben, ich bin zu blöd dafür.

Die Jungen wollen Günther zum Boxzelt ziehen. »Wir amüsieren uns schon allein«, sagt Ulli.

»Da kann man nichts machen«, sagt Günther, sieht mich an. »Sie hat noch nichts vom Tag gehabt«, sagt er und sieht mich weiter an. »Es ist das einzige, das ich geschossen habe«, sagt er, »nimm's mit, als Andenken oder so.« Er drückt mir einen kleinen Donald Duck in die Faust, und seine Hand ist so schwitzig wie meine. Ich umschließe den warmen, feuchten Donald Duck fest mit den Fingern.

»Auf Wiedersehen«, sage ich, und es wird still um mich und ruhig. Ich lächle, blicke den Jungen nach, *ihm*, verabschiede mich bald von den Mädchen.

Abends liege ich im Bett und muß die ganze Zeit über lächeln. Ich schwöre mir, niemals wieder meine Hand zu waschen, auf der sich mein Schweiß mit seinem verbunden hat, den Donald Duck halte ich umklammert.

»Sie wird verrückt«, sagt meine Mutter. »Tatsächlich! Tagsüber macht sie auf elegant mit ihrer Jacke, und nachts nimmt sie eine Plastikfigur mit ins Bett. Tatsächlich!«

»Ach, laß mich«, sage ich, kuschle mich in die kühle Baumwollwäsche. Ich schließe die Augen und presse Donald Duck fest an mein Kinn. Warme Wellen füllen meinen Bauch aus, daß ich denke, ich müsse vor lauter Süße sterben. Ich schwebe durch das Dämmerlicht, über die

Kirmes, über die Stadt, und Donald Duck bekommt blaßblaue Augen und dunkle Locken. Ich werd mein Leben lang lächeln, denke ich, fasse *ihn* bei der Hand. Wir laufen auf das Landhaus zu, in dem es das wärmende Kaminfeuer gibt, und er streicht über meinen Knick im Haar, immer und immer wieder, bis wir den Lärm der Stadt nicht mehr hören und auch nicht das Knistern der Flammen und es gar nichts mehr gibt, nur uns beide.

Am nächsten Morgen suche ich mein Englischbuch heraus. Das Bild von der elften Klasse vor dem Bahnhof zerreiße ich. Ich bin darüber hinweg, es hat mir nichts ausgemacht.

Der Donald Duck steht auf meinem Nachttisch. Nein, Pudding ist es nicht, was in mir ist, richtig Freude, richtig große Freude.

Große Lust, in die Ferien zu fahren, habe ich nicht. Ich möchte in die Stadt, jeden Tag, warte abends am Tor der Nudelfabrik. »Was für ein Zufall«, sage ich. »Ob du Zeit hast? Jetzt? Kirmes ist immer noch.«

»Eine Fahrt hast du noch gut«, sagt Günther.

»Okay«, sage ich.

Günther nimmt mein Rad, schwingt sich auf. Ich setze mich auf den Gepäckträger, halte mich an seinem Oberkörper fest. Wir sausen durch die ganze Stadt. Ich sitze im Windschatten. Kein Luftzug weht meinen Pony hoch. Kein Knick im Haar.

»Mein Knick im Haar ist verschwunden«, sage ich.

Günther dreht sich um. Er blickt von oben herab auf mich, lacht. »Welcher Knick?« fragt er.

»Ach«, sage ich, »davon verstehst du nichts.«

Nein, auf Tante Lisbeth habe ich keine Lust.

Eine Woche, zehn Tage. Den Donald Duck stecke ich als erstes in das Seitenfach meines Koffers.

4.

Es ist eine lange Fahrt. Das Schaukeln des Zuges macht mich zunächst hungrig. Ich esse zwei Butterbrote, öffne eine Dose Limonade. Der Abfallbehälter unter dem Fenster im Abteil ist durch die leere Dose und das zusammengeknüllte Butterbrotpapier schon fast gefüllt.

Draußen fliegt die Landschaft vorbei mit kleinen Städtchen, blumengeschmückten Bahnhöfen. Dieses unaufhörliche Fließen vor dem Fenster hypnotisiert mich. Ich muß meine Augen schließen, döse vor mich hin. Mein Kopf wird gegen die Polsterung gedrückt, ich versinke in mich, werde schwer und gedankenlos.

Später steigt ein Amerikaner zu. Für Momente bin ich wach. Der Amerikaner ist so ein den Raum ausfüllender Mensch: irgendwie besitzergreifend, jovial, ansteckend. Er hat sich Brathähnchen in einer Wärmetüte mitgebracht. Mir bietet er ein halbes Hähnchen an, dann, als ich ablehne, ein Hühnerbein. Der Geruch des Hähnchens legt sich voll auf das Abteil. Ich mag nicht. Ich glaube, er findet das unverständlich.

Beim Essen schaue ich dem Amerikaner zu. Er ißt das Hähnchen gern, es schmeckt ihm. Er wischt sich später die Hände an einer Serviette sorgfältig ab. Die Wärmetüte mit den Hähnchenknochen bringt er hinaus zu einem Papierkorb im Gang, weil der Behälter im Abteil durch meinen Abfall die Hähnchenreste nicht mehr aufnehmen kann. Als er zurückkommt, lacht er. Weit, breit. Ich muß auch lachen. Ein Mensch wie Burt Lancaster in *The rose tattoo.*

»You don't mind?« fragt er, bevor er sich die Schuhe auszieht. Zwei gegenüberliegende Sitze zieht er zusammen zu einem Liegesitz.

»Don't you want to sleep?« sagt er, lacht.

»No«, sage ich.

Die Stille, die vorbeisausenden Wiesen, das Auf und Ab

der Stromleitungen machen mich doch schläfrig. Der Amerikaner liegt schützend zwischen mir und der Tür zum Gang. Es steigt kein anderer ein. Wieder falle ich in diesen Halbschlaf, in einen zeitlosen Zwischenzustand. Es wird alles unwichtig, mein Zuhause, die Schule hinter mir, die Zukunft. Träume drängen sich auf, der lachende Amerikaner marschiert durch meinen Kopf. Es ist Sommer, draußen, und ich bin heiter.

In Hamburg steigt der Amerikaner aus. Er hat so selbstverloren, fast rücksichtslos, hemmungslos geschlafen. Als er geht, fühle ich mich etwas ungeschützt. Ich wäre gern mit ihm weitergefahren, immer weiter.

»Bye«, sagt er. Ich sehe vom Fenster aus zu, wie er aussteigt. Er geht am Abteil vorbei, sieht hoch zu mir. Er lacht. Mein Gott, bin ich fröhlich.

In Cuxhaven holen mich Tante Lisbeth und Onkel Dudu ab. Die Stadt stinkt wie eh und je. Nach Tank, nach Salz, vor allem nach Fischmehl.

»Früher haben wir uns in manchen Straßen Taschentücher vor die Nase gehalten«, sage ich.

»Was, du erinnerst dich?« fragt Tante Lisbeth.

»An alles«, sage ich. »Irgendeine Hochzeit haben wir gefeiert, vor zwölf Jahren. An den Geruch der Stadt erinnere ich mich genau.«

Als ob jetzt damals wäre.

»Nein, was das Kind alles behalten hat«, sagt Tante Lisbeth. »Fahren wir gleich überall vorbei?« fragt Onkel Dudu. »Alte Liebe oder Duhnen. Was willst sehen?«

»Gleich nach Hause«, sage ich. »Ich bin schon so voll heute. Von anderen Dingen, von dem, was anders ist, als ich es gestern noch gesehen habe. Oder so. Kann es gar nicht ausdrücken.«

»Wie schön, Kindchen«, sagt Tante Lisbeth. »Wie schön, daß du abgelenkt wirst. Von allem. Hast dich voll verzettelt.

Die Mutti wird sich freuen. Daß das alles vorbei ist, deine Schwärmereien. Warst auch zu jung dafür. Hast's eingesehen, was?«

»Was sie euch wieder alles erzählt haben«, sage ich. Jetzt bin ich still, bis wir zu Hause ankommen. Neben dem Haus ein Krabbenhafen. Schaukelnde Kähne. Über allem die großen, schreienden Möwen.

»Mensch«, sage ich. »Alles wie früher. Und das habt ihr jeden Tag gehabt! Die Schiffe, die Glaskugeln an den Netzen. Und dieser Geruch!«

»Siehst«, sagt Tante Lisbeth. »Man merkt gar nicht, was man zu Hause hat. Wenn man es täglich sieht.«

Wir gehen hinauf in die Wohnung mit dem Klappsofa im Wohnzimer, auf dem ich schlafen werde. Tante Lisbeth hat den Couchtisch gedeckt mit Kaffeetassen und zwei Kuchensorten. Es ist wie Geburtstag. Ich hau richtig rein. Tante Lisbeth und Onkel Dudu sitzen mir gegenüber, sehen mir zu. Ich lache laut, ein Burt-Lancaster-Lachen. Die beiden lachen mit. Burt Lancaster steckt an.

»Wir wußten gar nicht, daß du so fröhlich bist«, sagt Tante Lisbeth. »Wir haben einen Trauerkloß erwartet. Aber ich seh schon, wir brauchen dich gar nicht abzulenken. Es wird Spaß geben, diese Woche.«

»Ach«, sage ich, »ach.« Ich habe mich lange nicht so wohlgefühlt.

»Ich möchte ins Lager, wie damals«, sage ich. »Es war so unheimlich, so groß. Ich möchte von dort auf den Hafen sehen, auf die Boote. Und den Möwen zu fressen geben. Wie früher. Ist es noch so?«

Onkel Dudu lacht. »Es ist noch genauso. Aber allein solltest du dich nicht dort rumtreiben. Ich werd den Willi bitten, sich ein wenig um dich zu kümmern. Er kennt sich aus in der Stadt und der Umgebung. Er hat auch Urlaub, vielleicht kümmert er sich etwas um dich.«

»Willi?« frage ich. »*Der* Willi?«

»Onkel Dudus Neffe«, sagt Tante Lisbeth. »War auch auf der Hochzeit, damals.«

»Der kleine Willi«, sage ich. »Der hat in die Hosen gemacht, als sich während des Hochzeitstrubels keiner um ihn kümmerte. Alle haben ihn ausgelacht. Und mit dem soll ich hier rummachen?«

»So klein ist der nicht mehr«, sagt Onkel Dudu. »Ist ein Jahr älter als du und hat ein Moped. Zeit hat der auch.«

»Ich sehe noch seinen nassen Hintern vor mir«, sage ich.

»In die Hosen macht er nicht mehr«, sagt Onkel Dudu.

Willi hat Pickel. Auf dem ganzen Gesicht. Nicht so schlimm wie manche dieser Streuselkuchenleute, aber immerhin. Ich habe ja auch Pickel, unter meinem Pony. Deshalb trage ich auch den Pony. Ich mag keine Pickel.

Den Willi schaue ich die ganze Zeit über an. Er sieht wirklich ganz anders aus als der Willi mit den nassen Hosen. Doch, seinen etwas breiten Mund erkenne ich wieder.

Willi ißt eine ganze Menge von dem übrig gelassenen Kuchen. Ich habe noch nie jemanden so essen sehen.

»Abends verputze ich manchmal fünf Scheiben Brot«, sagte Willi, »mit was oben drauf.«

»Und das ist wahr«, sagt Tante Lisbeth.

»Sie will auf den Boden«, sagt Onkel Dudu.

»In das Lager?« fragt Willi. »Wieso?«

Onkel Dudu zuckt mit den Schultern.

»Wieso?« fragt Willi. Er sieht mich dabei an. Ich zucke auch mit den Schultern. Ich gehe mit Willi auf den Boden. Hinter der Wohnung fangen die riesigen Räume an. Vollgestopft sind sie mit Fangkörben, Glasflaschen und Glaskugeln, Seilen und Fischkisten. Es gibt mehrere Lagerräume hintereinander. Kein Mensch ist dort.

»Wir müssen in den letzten Saal«, sage ich.

»Wieso?« fragt Willi.

»Wieso, wieso«, sage ich. Was muß der alles wissen!

In einer Nische befindet sich ein einflügeliges Fenster. Wir öffnen es. Vor uns liegt ein mit Teerpapier bedecktes Dach. Es gibt Lichtschächte, die mit Glassteinen geschlossen sind. Dazwischen schreiten Möwen. Große, prachtvolle Vögel mit gebogenen Schnäbeln. Seitlich am Vorbau liegen die Kähne. Wir sehen die wimpelgeschmückten Maste auf- und niedertauchen. Stundenlang kann ich hinaussehen.

»Wir haben nichts zu fressen da«, sage ich. »Sie fressen nämlich fast aus der Hand. Brotkrusten besonders.«

Willi sagt nichts, sieht auch hinaus. Wir müssen uns arg zusammendrücken, wenn wir beide gleichzeitig hinaussehen wollen. Manchmal machen die Möwen einen Höllenlärm. Sie fliegen hoch, über die Masten der Kutter, einige schwirren voll ab über den Hafen hinaus, neue lassen sich auf dem Dach nieder, sind geschäftig, laufen hin und her.

»Man wird so richtig herausgeholt, aus allem«, sage ich. Meine Stimme ist etwas rauh, nachdem ich eine lange Zeit nicht gesprochen habe. Ich räuspere mich, einige Male muß ich mich räuspern, bis das mit der Stimme wieder in Ordnung ist.

Willi sagt: »Ja.« Und nach einer Weile: »Hast recht, man kann alles vergessen. So tun, als sei man allein hier.« Das hat er schon richtig kapiert.

»Was machst du eigentlich?« frage ich. »Was hast du die ganze Zeit über gemacht, ich meine, bis auf das mit den Hosen?«

»Das mit den Hosen«, sagt Willi, »ich bin mir nicht sicher, ob dir das zu der Zeit nicht auch hätte passieren können.«

Ich lache. »Vielleicht hast du recht«, sage ich. »Und sonst?«

»Na ja«, sagt er. »Ausgebildet werde ich zum Vermessungstechniker.«

»Gottchen«, sage ich. »Was muß man da denn machen?«

»Na ja«, sagt Willi wieder. »Grundstücksvermessungen, bautechnische Vermessungen, das heißt Vermessungspunkte aufmessen, Vermarkungen anbringen, Höhenaufnahmen durchführen, zeichnen können, Kartierungen anfertigen, Profile von Straßen darstellen. Umgehen können muß man mit dem Rechenschieber und mit elektronischen Datenverarbeitungsanlagen. Ein bißchen mußt du dich auch mit Verwaltungsvorschriften auskennen.« Willi kommt richtig in Fahrt.

»Das hört sich an, als ob es dir nicht zuwider ist«, sage ich.

»Warum sollte es?« fragt Willi. »Morgens stehe ich auf, verbringe den Tag mal im Innendienst, mal im Außendienst, und abends mach ich, was ich will. Schreibe alle Vierteljahre meinen Bericht und lege Zwischenprüfungen ab.«

»Und darüber schreiben kannst du auch noch?« frage ich. »Wie bist du denn da rangekommen?«

»Erkundigt habe ich mich nach den Möglichkeiten der Ausbildung, seinerzeit«, sagt Willi. »Beim Arbeitsamt, bei den Firmen, der Verwaltung. Der Onkel Dudu hat in seiner Firma mal nachgefragt. Dann bin ich hin und es hat geklappt.«

»Und die ganze Zeit über hast du gewußt, was du wolltest?« frage ich.

»Nun ja«, sagt Willi. »So ungefähr. Die Richtung jedenfalls. Was Technisches.«

»Und du bist zufrieden?« frage ich.

»Soweit man das so ausdrücken kann: ja«, sagt Willi.

Ich drehe mich um zu ihm, sehe auf seinen etwas breiten Mund. »Ich weiß überhaupt nicht, was ich will«, sage ich. »Das ist mein Problem.«

»Muß man auch nicht immer wissen«, sagt Willi. »Das kommt alles noch.« Als ob er so viel älter wäre!

»Als ob du so viel älter wärst«, sage ich.

Willi lacht. »Jedenfalls verzettele ich mich nicht so wie du«, sagt er.

»Was soll denn das wieder heißen?« frage ich.

»Na, was man so von dir hört«, sagt er.

»Was hört man?« frage ich. »Was hört man?« Aber Willi sagt nichts. Ich boxe ihn auf die Arme, auf seine Brust. Willi rennt weg, um die Fischerkörbe herum, hinauf auf die gestapelten Kisten.

»Das ist gemein«, sage ich. »Da mach ich nicht mehr mit.«

Ich laufe wieder zum Fenster, sehe meinen Möwen zu. Willi kommt herunter. »Was ist denn das alles mit deinem Liebeskummer?« fragt er.

»Ach«, sage ich, »nichts.« Ich muß doch nicht alles auspacken.

»Schlimm?« fragt Willi.

»Fast schon weit weg«, sage ich. »Ja, fast schon weit weg.«

»Gut«, sagt Willi. »Ich habe nämlich keine Lust, meine Tage mit einer Tante zu verbringen, die Liebeskummer hat.«

»Tante ist gemein«, sage ich.

»Ich hole dich morgen ab«, sagt Willi. »Okay? Stadtbummel und baden in Duhnen? Gleich frühmorgens?«

»Ja«, sage ich. Pickel finde ich gar nicht mehr so schlimm. Draußen tuten ein paar Boote, verlassen den Hafen, langsam, schaukelnd.

»Wohin fahren die jetzt noch, abends?« frage ich.

»Krabben fischen«, sagt Willi. »Krabben fängt man am besten in der Dämmerung.«

»Wie du dich auskennst«, sage ich.

»Wenn man hier groß wird«, sagt Willi, »dann weiß man so was. Dafür kennst du andere Dinge, die ich nicht weiß.«

»Nö«, sage ich, »bei uns gibt's nichts Besonderes. Alles alltäglich, langweilig, normal. Und sonntags Kino oder Totenstille.«

Durch die Ausfahrt der Boote ist der kleine Hafen in Bewegung geraten. Die an den Anlegestellen verbliebenen Schiffe schlagen leicht an den Kai. Autogummireifen schützen die Schiffswände. Auch der Salzgeruch des Wassers scheint sich zu verstärken.

»Es riecht hier so nach Welt«, sage ich.

»Ja«, sagt Willi, »manchmal zieht's einen schon hinaus, wenn man die vielen Leute sieht, die von überall herkommen, die so viel mehr kennen als ich.«

»Siehste«, sage ich. »das mein ich. Das ist so'ne Sehnsucht. Mal weg wollen, die andere Seite sehen. Ich stell mir vor, daß man dadurch ein wenig größer wird. Ein Stückchen Mexiko, ein Stückchen Brasilien, ein Stückchen Indonesien. Ich möchte gern mal auf die Malediven. Und auf den Fujiyama. Einmal im Leben muß der Mensch auf den Fujiyama. Sagen die Japaner.«

»Siehste«, sagt Willi. »Es gibt doch etwas, was du besser kennst als ich. Das vom Fujiyama ist neu für mich. Finde ich gut. So einen Traum vom Berg oder sonst was.«

»Ehrlich?« frage ich.

»Ehrlich«, sagt Willi. Ich gehe durch die Lagerhalle, betrachte die Kisten mit den eingebeizten Aufschriften. Alles Fischdosen. Die Krabbenkörbe sehen noch feucht aus. Sie riechen.

»Pickel habe ich auch«, sage ich. »Unter'm Pony.«

»Mit Babyseife waschen«, sagt Willi. »Mit der Zeit wird es besser.«

»Auch ehrlich?« frage ich.

»Auch ehrlich«, sagt Willi.

Ich klettere hoch auf die Kisten, vorsichtig, setze mich auf einen Stapel. Willi nimmt an der gegenüberliegenden Wand auf ein paar Säcken Platz.

»Sind wir eigentlich verwandt?« rufe ich hinüber. »Weiß nicht«, schreit Willi. »Bin der Neffe von Onkel Dudu.«

»Ich Tante Lisbeths Nichte«, sage ich. »Ist das nun verwandt?«

»Um zehn Ecken herum«, sagt Willi. »Wichtig?«

»Eigentlich nicht«, sage ich. Will es nur wissen, weil man sich aneinander gewöhnen kann. Ja, an Willi könnte ich mich gewöhnen.

Es wird dunkel. »Wir müssen zurück«, sagt Willi. »Die machen sich sonst Sorgen.«

»Glaub ich nicht«, sage ich. »Sie wollten mich ganz schnell an dich loswerden. Da machen sie sich keine Sorgen.«

Wir gehen durch die Lagerräume zurück. Vor der Wohnungstür fragt Willi: »Wie sieht er eigentlich aus?«

»Wer?« frage ich.

»Dein Liebeskummer«, sagt Willi.

»Ach«, sage ich. »Pickel hat er jedenfalls nicht.«

Aber bevor Willi auf die Klingel drückt, sage ich: »Er sieht aus wie Donald Duck.« Ganz schnell sage ich das.

Und Willi sagt: »Da bin ich ja beruhigt.«

Wir müssen beide lachen.

Noch abends packe ich mein Badezeug für den nächsten Tag zusammen.

Morgens ist Willi mit seinem Moped da. Badesachen hat er auch mit. Er hat sich voll auf mich eingestellt. Das tut mir sehr gut.

Ich sitze hinten auf dem Gepäckträger und halte mich an Willi fest. Ein warmer Wind bläst. Die Stadt riecht immer noch, salzig, kräftig, jetzt mag ich den Geruch.

Als wir an den Fischmehlfabriken vorbeifahren, atme ich nur durch den Mund, damit ich den Gestank nicht aufnehme.

Vor der Alten Liebe gibt es Eis zu kaufen. Wir sitzen auf den Bänken und lecken Eiscreme. Als ich damit fertig bin und den Holzstiel in den Abfallbehälter werfe, verspüre ich Lust auf mehr Eis. Willi macht mit. Wir holen uns noch eine Portion. Zu Hause darf ich nicht mehr als ein Eis auf einmal essen. Später kaufe ich mir ein drittes Eis. Willi streikt, aber er hält mich nicht ab.

Ich sitze auf dem Steg der Brücke und lasse die Beine baumeln. Das macht Spaß, mehr, als auf den Bänken zu sitzen. Unter mir gurgelt dickes Wasser.

»Was gibt's hier noch zu vermessen?« frage ich. »Ich denke, das ganze Land ist inzwischen ausgemessen. Jeder weiß, wo seine Grenzen liegen. Mein Vater weiß genau, wo das Grundstück des Nachbarn anfängt. Auf der Grenze ist ein Zaun gezogen oder eine Hecke gepflanzt. Der ganze Ort ist verplant, vermessen. Was gibt's denn noch zu vermessen?«

Ich weiß nicht, ob es der Durst ist, der mich Willi reizen läßt. Er kommt mir vor wie ein richtig braves Kind, den Eltern gehorchend, im Beruf zufrieden, nicht aufmuckend. In den Ferien kümmert er sich ordnungsgemäß um eine entfernte Verwandte. Aber Willi läßt sich nicht herausfordern. »Wenn sich jemand nicht auskennt«, sagt er, »kann er reden wie du. Aber es gibt jede Menge Probleme, bei denen die Vermessungsstellen zur Lösung beitragen, im Straßenbau zum Beispiel, auch bei der Bundesbahn. Auch Flurbereinigung und so. Und bei der Schiffahrtsverwaltung. Pläne und Karten müssen hergestellt werden, wenn es neue Techniken gibt oder andere Umstellungen.«

»Und so was willst du dein Leben lang machen«, sage ich.

»Jetzt ist der Anfang«, sagt Willi. »Nach einigen Erfahrungen kann ich eine Fachschule besuchen und sogar ein Ingenieurstudium der Vermessungstechnik aufnehmen.«

»Und dann heiratest du«, sage ich, »und bekommst Kinder, wirst pensioniert, hast Enkelkinder, und dann: aus.«

»Ist das so schlimm?« fragt Willi.

»Schön angepaßt«, sage ich. »Hast du keine Zweifel? Wie kann man alles so planen, sich alles genau vorstellen und das bewußt wollen? Wie eine Eisenbahn läufst du über gerade Schienen, guckst nicht rechts, nicht links.«

»Und träumst nicht vom Fujiyama, willst du doch sagen, ja?« sagt Willi.

»Ja«, sage ich, »ja.«

»Ich schätze meine Chancen ein«, sagt Willi.

»Alles mit einem gewissen Nutzen«, sage ich. »Warum bist du dann nicht zufrieden mit dem Abschluß der Lehrausbildung? Warum planst du noch eine Schule ein, ein Studium?«

»Ich sehe meinen Chef«, sagt Willi, »und denke, was der kann, kann ich auch. Ich möchte mir nicht auch auf ewig etwas sagen lassen.«

»Siehst deinen Chef und willst das auch«, sage ich. »Was für ein Vorbild!«

»Man muß sich schon von etwas leiten lassen«, sagt Willi. Mir fällt Ulli ein. ›Aber er war mir nicht männlich genug‹. Das denke ich jetzt.

»Na«, sagt Willi, »und jetzt? Fällt dir nichts mehr ein?«

Doch. Aber lieber sage ich nichts. »Mit Babyseife waschen«, sage ich statt dessen. »Daß ich nicht lache!« Ich weiß, ich rede dummes Zeug.

»Solltest du auch machen«, sagt Willi. »Dann könntest auf den Pony verzichten, die Haare zur Seite kämmen. Das wär besser. Man sieht ein bißchen dumm aus, mit so einem glatten Pony.«

Ha. Ich halte meinen Mund und bleibe sitzen. Ich werde überhaupt nicht mehr aufstehen.

Willi springt vom weißgestrichenen Geländer, auf dem er gesessen hat, auf den Brückensteg. Er geht zum Moped, hebt sich auf den Fahrersitz. Ich sehe aus den Augenwinkeln, wie er wartet. Da kann er lange warten. Nach Hause finde ich schon allein. Willi ist stur, sitzt da mit gespreizten Beinen auf dem Fahrzeug. Vielleicht ist er voller Verantwortungsgefühl wie ein guter Familienvater.

Ich nehme mir vor, noch ein Eis zu kaufen. Ich stehe auf, gehe zum Kiosk und kaufe eine große Waffeltüte. Mit allem Drum und Dran. Dann setze ich mich hinter Willi. Der sagt nichts, läßt das Moped an. Nein, provozieren kann man Willi nicht. Das Moped ruckt an. Ich muß mich an Willi festhalten, obwohl ich das nicht vorhabe. Da ich das Eis mit einer Hand umklammert halte, muß ich mich mit der anderen Hand an Willi richtiggehend festkrallen. Willi rast ganz schön.

Vor einem Marktplatz halten wir. Willi steigt ab. Mir ist alles egal. Ich stehe auch auf, trabe neben ihm her, durch Stände mit silberglänzendem Fisch. Danach sind die Blumenstände aufgebaut. Hauptsächlich gibt es Geranientöpfe. Ich kann Geranien nicht ausstehen. Bei einem Bäcker kauft Willi ein französisches Weißbrot. »Damit dir nicht schlecht wird«, sagt er.

»Danke, Papi«, sage ich.

Wir setzen uns auf ein paar leere Obstkisten, brechen vom Brot große Stücke ab. Es schmeckt. Ich merke, daß ich Hunger habe. Meine Laune bessert sich allmählich. Ich fühle mich verpflichtet, kaufe zwei Dosen Cola. Willi nimmt an, ganz selbstverständlich. Alles ist bei ihm so verdammt selbstverständlich.

Cuxhaven-Duhnen. Ich laufe die grünbewachsene Düne hoch, erwartungsvoll. Manchmal träume ich vom Meer, es hat etwas von Zukunft und Unendlichkeit, von Veränderung und Verläßlichkeit zugleich. Ich stehe am Meer und sehe den Wellen zu, in meinen Träumen, lasse mich streicheln von der Gischt.

Ich laufe den Hügel hoch. Die Weite, die Bläue erschlägt mich fast. Sekundenlang vergesse ich Luft zu holen, und dann tue ich es: blase meine Lungen voll auf. Ich muß stöhnen.

Willi neben mir lacht. »Ist es so ergreifend?« fragt er. Und da nicke ich. Eigentlich geht es ihn gar nichts an.

Wir legen eine Decke mitten auf die Düne.

»Darf man das?« frage ich.

»Nein«, sagt Willi. Ach, das ist mir zu kompliziert. Der korrekte Willi macht doch nichts ohne Grund. Gegen die Vorschrift?

Ganz allein liegen wir dort oben. Ich lasse mich aufwärmen von der Sonne, schließe meine Augen. Und die Sonne dringt durch die Lider, bis ich die hellrote Grelle nicht mehr aushalte. Wir wollen schwimmen gehen. Durch eng gepackte Feriengäste drücken wir uns. Der Sand vor dem Wasser ist schwärzlich, schlammig. Überall krabbeln helle, fast durchsichtige Krebse. Ich habe Angst.

»Willst du oder willst du nicht?« fragt Willi. »Zum Wasser geht's hier durch.«

Soll ich oder soll ich nicht? Ins Wasser will ich. Ich halte den Atem an und versuche, zwischen die Krebse zu treten. Dort, wo das Wasser auf den Strand schlägt, kann ich den Boden nicht sehen. Ich bin wie blind. Vorsichtig setze ich den Fuß auf. Es passiert nichts. Mutiger werde ich, vergesse die Krebse, tauche ein, Arme, Körper. Ich schwimme.

Das Wasser ist ruhig. Weit hinaus schwimme ich, bis ich meine Muskeln an den Oberarmen spüre. Ich wende und gleite zurück, stoße vor, lasse die Arme in großen Bogen kreisen. Als ich die Beine sinken und nach Grund tasten lasse, bin ich reichlich erschöpft. Das Meer habe ich nun voll aufgenommen.

Oben auf der Düne schlafe ich fast ein, liege auf meinem Frotteehandtuch. Ein Gefühl habe ich, als ob es nie mehr etwas in meinem Leben zu tun gäbe. Willi ist still. Er liegt auf dem Bauch. Vielleicht ist er eingeschlafen. Es ist so ein unendlicher Nachmittag.

Später kommt der Strandwächter, bedeutet uns, daß das Betreten der Düne verboten ist. Wir sollen doch die Stelle verlassen und an den gebührenpflichtigen Strand gehen. »Klar, Chef«, sagt Willi. Es gibt keinen Ärger. Hinter den Handtüchern ziehen wir uns um. Es ist genug für heute.

Willi läßt das Moped an, ich sitze hinten auf. Durch die Stadt geht es zurück. Ich bin so richtig zufrieden.

Willi wohnt mit seinen Eltern in einem kleinen, laubenähnlichen Häuschen vor der Stadt. Die Eltern wirken viel älter als meine, beispielsweise. Willis Mutter ist Onkel Dudus ältere Schwester.

Das Häuschen liegt in einem kleinen Garten, in dem Blumen und Sträucher wachsen. Die Eltern scheinen sich nur mit ihrem Garten zu beschäftigen, tragen alte Kleidungsstücke und an den Füßen Holzpantinen. Die Eltern sehen grau und abgeklärt aus. Sie sind freundlich. Viel reden tun sie nicht.

Willis Mutter kocht einen Mischkaffee. »Muckefucke«, sagt sie. »Das gesündeste, was es gibt.« Mir fällt mein altes Kinderquartett ein. Vier Karten betrafen die Kaffeesorten, darunter Gerste und Zichorie.

Ich sitze in diesem Garten und denke, daß ich Zichorienkaffee trinke. Ein Stück Rührkuchen gibt's auch dazu. Die Farben der Blumen flimmern vor meinen Augen. Es sind alles hochgezogene Blütenstauden, Akelei und Phlox. Wegen des dichten Pflanzenwuchses gibt es eine Menge Insekten. Ich bleibe ganz ruhig sitzen, damit ich keine Wespe anlocke. Angst habe ich, in den Kuchen zu beißen, betrachte das Stück genau, bevor ich esse. Ich möchte keine Wespe schlucken.

Ähnlich ist es hier wie zu Hause, halt still und unveränderbar. Bei uns hat der Fernsehapparat übernommen, was hier der Garten bietet: Dinge, die zu betrachten sind. Nur, hier ist die Außenwelt beeinflußbar. Sie gießen sie, sie pflegen sie, sie schauen zu, wie etwas wächst, wie etwas welkt, wie der Wind Bewegung bringt.

Zu Hause wird man beeinflußt, oder vielmehr: abgehärtet gegen das Draußen. Man guckt und guckt, da bewegt sich etwas, aber das Wohnzimmer bleibt gleich, unveränderlich. Wie kann auf diesem friedlichen Fleck ein Willi sein? Jemand, der Pläne entwickelt, sich mit technischem Kram beschäftigt, sich eine Zukunft aufbaut. Jemand, der irgendwie ganz stark ist, zufrieden zwar, aber doch stark.

Willi zeigt mir sein Zimmer. Er bastelt viel, hat Maschinchen stehen auf Regalen, Zeichnungen hängen an den Wänden, liegen sorgsam gestapelt auf Schreibtisch und Fußboden. Bilder hat er hergestellt aus Bindfäden und Nägeln, auch Collagen aus Abfallprodukten.

Ich sehe mir die Zeichnungen auf seinem Tisch an. »Für den Beruf?« frage ich.

»Teils, teils«, sagt Willi, zeigt mir Entwürfe zu praktisch aussehenden Häusern. »Hab so'ne Idee«, sagt er. »Und dann lege ich sie nieder, auf Papier.«

»Die Idee?« frage ich.

Er nimmt ein Blatt und tuscht mit winzigen Bewegungen Formen auf das Papier. Ruhig und sicher zieht er Linien und Kurven. Es gibt ein Bild voller Details. Ich kann mich nicht sattsehen. »Du hast Talent«, sage ich. »Du solltest mehr draus machen.«

»Vielleicht«, sagt Willi. »Gefällt es dir?«

»Gefallen?« sage ich. »Du bist ein Künstler. Malen kannst du, zeichnen, so was hab ich mein Lebtag noch nicht gesehen. Du hast ein richtiges Talent. Du mußt was draus machen.«

»Es laufen schon so viele auf der Welt herum, die meinen, sie könnten was Besonderes. Da sollte man abwarten, sich nicht überschätzen. Es macht mir nur Spaß, und die Ideen werde ich so los.«

»Du stellst dich immer auf die sichere Seite«, sage ich. »Dabei könntest du was Großes werden. Mit dem Talent. Wenn ich das hätte.«

»Irgendein Talent wirst du auch haben«, sagt Willi.

»Nö«, sage ich, »ich kann gar nichts, weiß nichts Besonderes, kann nichts Besonderes. Kein Talent. Überhaupt nichts.«

»Bestimmt gibt es was«, sagt Willi. Er macht sich große Mühe. »Irgend etwas wirst du doch gern tun. Wenn du ganz neu anfangen könntest, wenn du ganz still sitzt und jemand sagt ›los‹, was machst du dann, als erstes, was tust du dann?«

Ich überlege. Ich sitze und überlege. Ein Stuhl, ein Tisch, ich stütze meine Ellenbogen auf die Platte, lege meinen Kopf in die Hände. Ich überlege. Draußen sehe ich die Blumenstauden zittern. Eine Hummel schwirrt über den Blättern. Durch das offene Fenster hör ich sie brummen. Sie sieht aus wie ein kleiner Bär. Sie setzt sich auf Blütenblätter, kriecht in die Blütengefäße. Gelb bestäubt krabbelt die Hummel hervor, weiter geht es.

Willi wartet. Ich könnte mich vergessen beim Zuschauen der Hummel. Es ist, als ob ich mich auflöse, ich spüre mich gar nicht mehr. Ich könnt mich glatt vergessen.

»Siehste«, sage ich endlich. »So ist das. Träumen könnt ich immer. Sitzen und träumen und zuschauen. Das ist alles, was ich möchte. Ich träume vom Fujiyama oder vom Sonnengarten oder vom Meer. Ich bin mir nicht sicher, ob ich das alles auch erleben möchte: den Fujiyama. Vielleicht ist in Wirklichkeit alles ganz anders als in meinen Träumen. Ich möcht's gar nicht erleben. Sitzen und träumen, ja, das kann ich den ganzen Tag lang.«

»Das ist doch schon was«, sagt Willi, »wenn man was hat, was einen zufrieden macht.«

»Aber das ist es ja«, sage ich. »Ich darf das ja nicht, ich darf gar nicht sein wie ich bin. Ich habe das Gefühl, daß alle etwas von mir erwarten, und zwar jetzt, gleich. Sie schicken mich hierher in die Ferien, damit ich abschalte, von meinen Träumen abschalte, damit ich aufwache, damit ich später, zu Hause, die Ärmel hochkrempel und alles in Schwung bringe, mich, meine Zukunft, die ganze Umwelt. Dabei sehe ich nur die Schreibmaschine vor mir, an die man mich setzen möchte. Aber gern werde ich das nicht machen. Vorstellen kann ich mir das, wie ich da sitze und tippe und Formulare ausfülle. Aber träumen kann ich davon nicht. Und machen möcht ich schon etwas, von dem ich Tag und Nacht träumen kann.«

»Wir werden mal die Augen offenhalten«, sagt Willi. »Vielleicht finden wir etwas. Morgen. Oder übermorgen. Irgendwann«

Er bringt mich zurück zu Tante Lisbeth und Onkel Dudu. Liefert mich ordnungsgemäß ab. »Tschüs«, sagt er. »Morgen wieder.«

»Willi, Willi«, sage ich.

Wir fahren die Elbe entlang ins Alte Land. Eine schöne Fahrt auf dem schnurrenden Moped. Überall Wiesen und Obstbaumfelder. Es gibt die ersten Klaräpfel. Wir müssen über eine Wiese laufen, um an die Bäume zu kommen, und klettern unter einem Stacheldrahtzaun hindurch. Schwarzweiße Kühe grasen bedächtig. Sie heben die Köpfe, als wir uns an ihnen vorbeischleichen wollen. Einige setzen sich langsam in Bewegung. Ich schaue an mir herunter, ob ich etwas Rotes trage. Ob Kühe auf Farben so reagieren wie die Bullen in Spanien? Die blauen Jeans scheinen sie anzulokken. Die Kühe traben schwerfällig vorwärts.

Willi faßt mich an der Hand. Wir laufen, so schnell es auf der holperigen Wiese überhaupt geht. Ich sehe mich nicht um, als ich durch den Zaun krieche, mit ein paar Haaren hängenbleibe, mich mit einem Ruck befreie.

Wir sind auf der Apfelwiese. Die Kühe kommen bis an den Zaun, sehen uns treu an. Ich kann sie am Kopf streicheln. Manche tragen ihre Ponyhaare über der Stirn wie ich. Die Tiere haben wunderschöne Augen.

»Ob wir so laufen mußten?« frage ich.

»Man kann nie wissen«, sagt Willi.

Wir essen Klaräpfel, sitzen am Wiesenrand in der Sonne und betrachten die Kühe, die sich beruhigt haben.

Zurück laufen wir um die Kuhwiese herum. Willi läßt das Moped wieder an. Er hat ein ganz bestimmtes Ziel: ein Dorf bei Stade.

Bilderbücher gibt es über Dörfer wie dieses. Misthaufen liegen neben den Ställen. Auf zwei Dächern sehen wir Storchennester. Wir stellen das Moped an einem Gasthaus ab, in dem eine Hochzeit gefeiert wird. Die Leute sind festlich gekleidet. Alle Frauen tragen lange Kleider in rosa, blau oder türkis. Wir setzen uns etwas entfernt auf die weißen Gartenstühle und trinken Cola. Jemand von der Hochzeitsgesellschaft hat uns die Flaschen herübergebracht. Weil heute so ein schöner Tag sei, sagt der Mann. Ich finde den Tag auch schön.

Hinter dem Gasthausgarten beginnt das Grundstück einer alten Ziegelei. Rote Steine liegen gestapelt vor dem offenen Ziegeleigebäude. Die Kinder, die an der Hochzeitsfeier teilnehmen, sind zur Ziegelei hinübergerannt. Es gibt dort einige Loren, die noch auf den rostigen Gleisen fahren können. Wir laufen auch hinüber, schieben die schwerfälligen Wagen an. Wenn sie ins Rollen kommen, ist es ganz leicht. Wir springen auf und fahren eine ganze Strecke über die angrenzende Wiese, bis das über die Schienen gewachsene Gras die Räder anhält. Neben dem Gleis auf der taufeuchten Wiese kriechen schwarze und braune Schnekken. Sie tragen keine Gehäuse, sind handlang und schleimig. Ich fürchte mich, auf der Wiese zu laufen, fahre in einer Lore zurück zu den Steinen.

Die Kinder haben sich ihre feinen Sachen dreckig gemacht. Weil es ein besonderer Tag ist, werden sie nicht ausgeschimpft. Es gibt Mittagessen. Auch uns setzt man ein Essen vor. Schweinebraten und Rotkohl.

»Daß es so was gibt«, sage ich. »Wie ein Geschenk.«

»Es ist ein Geschenk«, sagt Willi.

Die Hochzeitsgesellschaft wird fotografiert. Einzelfotos, Gruppenbilder, das Hochzeitspaar von allen Seiten. »Wie eine Prinzessin«, sagen die älteren Frauen.

Die Braut benimmt sich würdevoll, tatsächlich wie eine Prinzessin. Sie lächelt die verschmutzten Kinder lieb an. Die älteren Damen, die wahrscheinlich ihre Tanten sind, küßt sie leicht auf die Backen. Wenn ich mir den Schleier wegdenke, auch die Spitzen auf dem Kleid, den Blumenstrauß, dann sieht die Braut sehr gewöhnlich aus. Sie schwitzt auf der Nase, und ihre kurzen Haare sind von einem Friseur in so eine Allerweltsfrisur gelegt worden. Morgen wird sie wohl in einem bunten Kittelkleid Klaräpfel vom Baum holen oder den Hühnern die Körner hinwerfen. Ihr Haar wird fettig sein und ihre Haut rot. Ob ihr der Tag heute etwas gibt? Vielleicht wird sie ihr Kleid aufbewahren, in einem Plastiksack auf dem Boden. Der Strauß wird getrocknet und staubig sein. Einmal wird sie diese Dinge ihren Kindern zeigen. »Als ich Prinzessin war«, wird sie ihnen sagen, und die Kinder möchten auch so sein, Prinzessinnen, wie die Mutter. Einmal.

Meine Mutter hat ihr Hochzeitskleid ein paar Wochen nach der Feier verkauft. Sie hat es eigentlich aufbewahren und als Festtagskleid für Betriebsfeiern und Konfirmationen benutzen wollen. Aber sie hat gemerkt, daß kein Mensch in weiß feiern geht und daß jeder auf Anhieb sieht, daß es sich bei ihrem Kleid um das Hochzeitskleid handelt, auch wenn sie ein Stück abgeschnitten und umgenäht hätte. Sie hat es für den halben Anschaffungspreis verkaufen müssen. »Es tat mir so leid«, hat sie mir später erzählt. »Es war doch so schön gewesen.«

»Träume?« fragt Willi.

»Nur Gedanken«, sage ich. Ich ziehe den Strohhalm aus meiner Cola, trinke direkt aus der Flasche, da hat man mehr von, Cola vom Strohhalm gibt nur Schaum.

»Muß man immer alles nachmachen, die Erwachsenen, mein ich, wenn man selbst erwachsen wird?« frage ich. »Werde ich eines Tages auch den Kaffeetisch decken mit Blümchengeschirr, wo ich doch so gern den Kuchen aus der Hand esse? Werde ich so wie meine Mutter, wenn ich erwachsen bin?«

»Bist du noch nicht erwachsen?« fragt Willi.

Ich denke nach. Nein, erwachsen fühle ich mich nicht, ganz und gar nicht. Erwachsene haben eine Meinung, immer, zu allem haben sie eine Meinung, sie kennen sich aus, das geben sie vor, ihren Kommentar machen sie zu allen Dingen. Im Wohnzimmer reden sie über Politik und Fußballspiele, über Ausbildungsplätze, über das, was gut ist für mich. Als ob sie mich kennen würden. Ich wage kaum, irgend etwas fest zu behaupten. Ich möchte auch die Zeit festhalten, den heutigen Tag, könnte mir vorstellen, daß ich hier so sitzen werde, bis übermorgen oder nächstes Jahr. Würde die Hochzeitsgesellschaften beobachten und nicht auffallen wollen. Ja, ich möchte gar nicht erwachsen werden. Immer recht haben wollen. Recht haben müssen, weil ich mir Fehler nicht leisten könnte. Nein, kein Stück möchte ich älter werden.

»Du bist erwachsen«, sage ich zu Willi. »Ich nicht. Ich will nicht. Könnt glatt weglaufen, wenn ich jetzt erwachsen sein sollte. So bewußt leben müssen, mit der Zeit. Verstehst du? Alles berechnen, abwägen müssen. Das will ich nicht. Entscheiden müssen. Das auch nicht. Zum Beispiel wählen gehen. In zwei Jahren. Weiß gar nicht, was und wen. Weißt du, was du wählst, wenn du nächstes Jahr wählen kannst?«

»In etwa«, sagt Willi. »Ich hör halt zu, was man mir so sagt. Kommt natürlich auch auf die Umstände an. Manchmal braucht man etwas Stabilisierendes, manchmal sollte man einen Schritt vorwärts tun. Unter Umständen sogar ein Risiko eingehen. Es kommt immer auf den Zeitpunkt an.«

»Und wenn du dich entschieden hast, und später stellt sich heraus, daß es nicht richtig war?« frage ich.

»Das muß man vorher mit sich abmachen«, sagt Willi. »Man muß das Risiko abwägen. Manchmal ist es nicht so schlimm, wenn andere Entscheidungen mittragen. Manchmal kann man in der Tinte sitzen. Wenn's schief geht, sollte man versuchen, herauszukommen. Wenn das nicht geht, muß man halt gerade dafür stehen. Das gehört zum Erwachsensein, daß man für seinen eigenen Mist geradesteht. Entscheiden können, entscheiden wollen ist am wichtigsten.«

»Ich lasse lieber alles so laufen«, sage ich. »Dann passiert am wenigsten.«

»Oder gar nichts«, sagt Willi. »Wenn du alles so schlüren läßt, bist du zwar heil und unversehrt, später, aber du weißt nicht, was dir entgangen sein könnte. Hätten wir uns nicht dazu entschlossen, hierher zu fahren, säßest du wahrscheinlich den ganzen Tag bei Tante Lisbeth auf dem Sofa.«

»Du hast das entschieden«, sage ich.

»Siehst du«, sagt Willi, »das ist es, was ich meine. Aber die Woche ist bald um, und Kiki muß sehen, was aus ihr wird.«

»Erinnere mich nicht«, sage ich.

Hinter uns begrenzt ein Ebereschenbaum den Garten. Die roten Früchte prallen in der Mittagssonne. »›Vogelbeeren‹ haben wir das früher genannt«, sage ich. »Wenn die Vogelbeeren hingen, war es richtig Sommer, richtig Ebereschensommer.«

Die Hochzeitsgesellschaft ist schläfrig geworden. Die alten Leute dösen auf den Bänken vor sich hin. Die jüngeren Männer stehen in Gruppen zusammen, rauchen meistens. Die Frauen halten sich auch zusammen, einige gehen im Garten spazieren.

»Sie warten schon auf den Nachmittagskaffee«, sage ich.

Die Braut lächelt immer noch. Sie ist ganz schön verschwitzt. Wahrscheinlich trägt sie ein Synthetikkleid, an diesem ihrem Tag.

»Keine Sehnsucht nach weißem Kleid und Schleier?« fragt Willi.

»So'n Quatsch«, sage ich. »Also, finde ich echt blöd. Auch, daß du überhaupt danach fragst.«

»Siehst doch die ganze Zeit über hin«, sagt Willi. »So richtig träumerisch. Gib's doch zu.«

»Quatsch«, sage ich.

»Keinen Gedanken an Donald Duck?« fragt Willi.

Jetzt reicht es mir aber. Daß der Mensch auch nichts vergißt. Ich stehe lieber auf und gehe durch die heckenbestandene Einfahrt über eine den Abwassergraben vor dem Haus überquerende Holzbrücke. Das Dorf schläft. Die Wege sind staubig. Ich laufe ziellos durch den Ort, scheuche ein paar Enten auf, die in einem Garten kuscheln. Wenn die Straße abbiegt, sehe ich zur Seite, bis ich aus den Augenwinkeln rückwärts schauen kann. Willi folgt mir.

Die Gärten sind überbepflanzt, proppenvoll mit Blumen und Sträuchern und Obstbäumen. Zwischen den Häusern ist Platz: niedergetrampeltes Gras oder bloßer Schotter. Die Bauernhöfe sind mitten im Dorf angesiedelt. Große Heuhaufen lagern auf den Höfen, die zur Straße hin offen sind. Hühner und Enten scharren auf der Erde.

Ich gehe so langsam, daß Willi mich erreichen kann. »Na, follow me?« sage ich.

»Nimm mich bloß nicht auf den Arm«, sagt Willi.

Wir bleiben an einem Holzzaun stehen, lehnen uns bequem an. »Kann man doch gar nicht«, sage ich. »Dich doch nicht.«

»Sei nicht so sicher«, sagt Willi.

»Dich kann doch nichts erschüttern«, sage ich. »So ein richtig gestandenes Mannsbild! Ruhig, ausgeglichen.«

Willi lenkt ab. »Sollen wir Eier suchen?« fragt er. Er geht auf einen dieser mehr als mannshohen Heustapel zu. Es gibt ausgesessene Kuhlen im Heu. Willi holt daraus Eier. Auch, wo Hühner noch sitzen, faßt Willi hinein. »Die haben oft schon gelegt«, sagt er. »Die sitzen nur noch, weil sie brüten wollen.«

Das Eiersuchen macht Spaß. Wir legen uns die hautwarmen Eier auf die Unterarme, die wir dicht an den Körper pressen.

»Dürfen wir das eigentlich?« frage ich.

»Wohl nicht«, sagt Willi. »Aber vielleicht doch. Die können doch nicht alle Eier finden, die hier gelegt werden. Manche werden dann schlecht.«

»Ah ja?« frage ich.

Wir tragen die Eier vorsichtig zum Moped. Willi packt sie in eine Plastiktüte.

»Wie sollen wir die denn nach Hause bekommen?« frage ich.

»Du trägst sie«, sagt Willi. »Auf dem Schoß.«

»Du hast wohl so deine Erfahrungen?« frage ich. »Du kennst auch das Dorf, nicht wahr? Mit wem warst du denn schon so alles hier?«

»Aha«, sagt Willi.

»Was heißt ›aha‹?« sage ich. »Schleppst immer eine ab, sonntags oder so. Sag die Wahrheit.«

»Wir fahren noch ein Stück weiter«, sagt Willi.

»Wohin?« frage ich.

Aber Willi sagt nichts mehr. Das ist bei ihm immer die letzte Antwort, dieses Schweigen und Weggehen, dieses plötzliche Anlassen des Mopeds.

Mit einer Hand halte ich die Plastiktüte, mit der anderen muß ich mich an Willi klammern. Und Willi rast ganz schön. Ich ziehe fest an seinem Hemd. Seine Schuld, wenn es reißen sollte.

Ach, wenn man mich so sähe. Die alte Klasse oder meine Eltern. Oder Ulli. Die besonders. Sie würde besser in meine Rolle hineinpassen. Trotzdem, jetzt bin ich es. Urlaub, Moped fahren, mit einem Jungen herumkurven. Aber es ist ja nur Willi.

Wir kommen an ein Stück Heidelandschaft. »Wieso reicht die Heide bis hierhin?« frage ich.

»Geestrücken«, sagt Willi. »In der Schule nicht aufgepaßt?«

»Doch, doch«, sage ich.

Vorsichtig lege ich die Eier in einen trockenen Graben. Wir selber setzen uns auf den heidekrautbewachsenen Erdwall, lehnen uns an Birkenbäume. Wir dösen, und es ist herrlich. Ein wenig, wie ein Schatten, drängt sich das Ende der Woche auf. Ich mag dieses Gefühl gar nicht. Hier kann ich mich treiben lassen. Etwas geschieht, ständig erlebe ich etwas, aber es ist angenehm. Denke ich an zu Hause, ist es so, als ob ich ständig meine Stirn furchen muß. Als ob ich gegen eine Wand anrenne. Ich blicke gar nicht durch, bin so hilflos. Organisieren, planen, technisches Verständnis, Dinge, die mich nicht interessieren, die ich aber vorgeben muß zu mögen. Ach, ich will weg von diesen Gedanken. Es ist immer noch Zeit, wenn der Zug anrollt, der mit mir in südlicher Richtung fährt, hinein ins Mittelgebirge, in die Industriegebiete, die Ballungsräume, die künstliche, stille Vorstadtsiedlung.

»Der Unterschied ist, daß wir die Eier im Supermarkt kaufen, der sie wieder von einer Geflügelfabrik bezogen hat«, sage ich. »Es schmeckt alles nicht mehr, die Eier nicht, das Fleisch nicht, die Landschaft ist verändert, die Sonne auch unecht. Sonntags gehen die Leute spazieren, weil sie frische Luft brauchen, da ist so ein Muß dahinter. Ich glaube, das ist es, wovor ich Angst habe, daß ich ständig, fünf Tage lang, eingezwängt werde in so einen Prozeß, zu dem ich keine Beziehung habe. Wenn ich Lust habe, die Sonne zu sehen oder auch ein Geschäft oder ein Buch, dann darf ich das nicht, das wird mir verboten, weil ich an der Schreibmaschine sitzen muß. Hunger darf ich um zwölf Uhr haben und um achtzehn Uhr. Und sonntags darf ich spazierengehen, es wird mir sogar geraten, das zu tun, damit ich zum Wochenbeginn fit bin. Ich muß mich reglementieren lassen, Tag und Nacht, Woche für Woche. Und nächstes Jahr darf ich wieder hierhin, für eine Woche, für drei Wochen, weil ich mich regenerieren soll. So heißt das doch? Davor habe ich Angst. Es ist mir so fremd. Ich kann das nicht, ich kann das einfach nicht. Mich an die Maschine setzen und ein ausgeglichenes Gesicht zeigen, mit dieser Sehnsucht in mir.«

Willi sagt nichts, und ich döse weiter. Er soll auch nichts sagen. Ich bin froh, daß es raus ist aus mir, daß ich sagen konnte: Ich habe Angst.

Wenn ich zu Hause so etwas sagen würde, hieße es gleich: So'n Blödsinn, daran mußt du dich gewöhnen, das geht allen so, sie können doch nicht für dich eine Extrawurst machen, das Leben ist so wie es ist.

Willi schneidet Heidekraut mit dem Messer. »Ist das nicht verboten?« frage ich. »Das habe ich auch in der Schule gelernt, daß Heide unter Naturschutz steht.«

»Als Andenken«, sagt Willi. Ich nehme das Sträußchen. Willi gibt mir einen Kuß. Es ist so ein richtiger Mutter-Vater-Kuß. Es braucht seine Zeit, bis ich kapiere, aber dann schießt er mir durch alle Glieder. Herrgott, fast Ohrensausen kriege ich. Und denken tu ich, daß wir das vielleicht gar nicht dürfen. Weil wir ein bißchen verwandt sind, so um zehn Ecken herum. Ich weiß gar nicht, was ich machen soll, steh da mit dem Heidesträußchen in der Hand. Und Willi läßt das Moped an.

Das Heidesträußchen lege ich vorsichtig auf die Eier in der Plastiktüte. Ich sitze auf und fasse Willi an, mit der freien Hand. Die Tüte balancier ich vorsichtig auf dem Schoß. Willi, Willi, denke ich, bin etwas bekloppt, von der Hitze, von Willi, Willi.

Ein bißchen fühle ich mich überfahren. Ich weiß nicht, wie ich mich verhalten soll in dieser Situation.

Willi hat mich zum Elbstrand mitgenommen. Wir müssen über Wiesen laufen, dann bricht die Erde ab, plötzlich und ungleichmäßig. Der Sand ist schlammig. Wir müssen hinunterklettern, sind arg verschmutzt, als wir am Strand sind. Die Elbe ist hier breit. Das andere Ufer kann man gerade noch erkennen. Mitten auf dem Fluß sieht man die Schiffe fahren, die Hamburg ansteuern oder die Nordsee.

Wir baden im Fluß. Er ist ziemlich sauber, besser als die Binnenflüsse, die ich kenne. Die Elbe wirkt hier wie ein Delta, die Mündung ist sehr nah.

Wir rollen uns jeder ein Handtuch als Kopfunterlage zusammen. Man kann am Elbstrand wunderbar träumen. Möwen gibt es, die sich heiser schreien. Die großen Schiffe tuten sich gegenseitig an.

Willi und ich haben seit dem Heidetag nicht viel miteinander gesprochen. Ich weiß auch nicht, ob man reden muß. Ich würde ihm gern über meine Zweifel berichten, gleichzeitig möchte ich aber, daß er mich noch einmal küßt, weil ich es voll mitbekommen möchte.

Ich nehme mir vor, mit ihm zu reden, aber das Geheul der Schiffe lenkt mich ab, dann die Schritte eines Joggers am Strand. Später spielen ein paar Kinder Wasserball.

Schließlich nehme ich abermals Anlauf, hole einige Male Luft, zähle bis drei, dann bis fünf, dann nochmal bis drei.

»Ob das so richtig ist?« sage ich endlich. So, jetzt ist Willi dran.

»Was?« fragt Willi. Dabei wird er ganz genau Bescheid wissen.

»Das mit uns«, sage ich. »Ich weiß nicht, ob das richtig ist.«

»Was ist denn mit uns?« fragt Willi.

Oh, gemein kann er sein.

»Na ja«, sage ich. »Der Heidetag, du weißt schon, was ich meine. Ob das richtig ist? Ich mein, weil wir verwandt sind oder so.«

Willi kann gut Pausen machen. Jetzt warte ich aber, das war genug von mir, er weiß jetzt wenigstens, daß ich mir Gedanken mache.

Willis Hand liegt schon, solange wir am Elbstrand liegen, direkt neben meinem Arm. Seine Finger berühren meine Hand gerade noch. Ich habe das gern, es geht ein süßes Gefühl von seiner Hand aus, das mir durch den ganzen Körper zuckt, wie ein Pulsschlag. Ich bin auch froh, daß er die Hand dort liegen läßt.

»Wir können uns doch ein bißchen liebhaben«, sagt Willi nach einer Weile.

Ah ja, denke ich, das ist ganz einfach, wir können uns doch ein bißchen liebhaben. Klar. Wer will was dagegen haben?

Ich bin froh, daß Willi das so gesagt hat. Ein bißchen liebhaben, ein bißchen. Es ist so ohne Problem, ohne

Verpflichtung, einfach Willi und ich. Ich kann später, wenn ich zu Hause bin, an ihn denken. Und ihn liebhaben, ein bißchen.

Oje, bin ich froh.

Ich renne los ins Wasser. Bin wie befreit. Ich tobe und spritze herum wie die Wasserballkinder. Oje, bin ich froh.

Willi und ich schwimmen eine lange Strecke am Uferrand. Die Strömung trägt uns vorwärts. Es ist wunderbar. Zurück laufen wir über den Elbstrand. Der grobe Sand massiert die Füße, etwas kitzelt es.

Wir halten uns an den Händen. Ich bin so froh, daß ich das tun kann. Ich sehe Willi an, und er schaut auf mich. Wir lachen und machen ein Wettrennen, bis wir unsere Handtuchrollen erreichen. Ich nehme Willis Hand, blicke in seine Handfläche. »Soll ich dir weissagen?« frage ich.

»Na dann los«, sagt Willi.

»Ich sehe«, sage ich, »eine rosige Zukunft vor dir. Nächstes Jahr wirst du deinen Führerschein machen, übernächstes Jahr deine Lehre beenden.«

»Fantastisch!« sagt Willi.

»Es geht noch weiter«, sage ich. »Dann gehst du noch – sagen wir – nach Hamburg, jedenfalls in eine große Stadt. Machst deine Spezialausbildung, bekommst einen tollen, gut bezahlten Job.«

»Als Angestellter der Verwaltung verdient man nicht soviel«, sagt Willi, »nach Bundesangestelltentarif oder, als Beamter, nach dem Bundesbesoldungsgesetz!«

»Dafür heiratest du eine reiche Witwe«, sage ich. »Ach nein, das paßt nicht zu dir. So wird es sein: nach einigen Jahren wird dir das solide Leben als technischer Angestellter der Schiffahrtsgesellschaft nicht mehr behagen. Du sehnst dich nach Bestätigung, nach Anerkennung und Risiko. Du machst dich selbständig, bekommst dicke Honorare. Du heiratest ein nettes Mädchen aus der Nachbarschaft, das dich schon ewig kennt, bekommst zwei Kinder. Und lebst glücklich und zufrieden in einem Eigenheim mit großem Garten. Ach, und einen Hund wirst du dir halten. Kinder und Hund werden im Garten mit dem Ball spielen. Du wirst auf der Terrasse sitzen und den Erfolg genießen. Für eine Lebensversicherung wirst du einzahlen, deine Kinder ab und zu verhauen und ihnen für's Zeugnis fünf Mark geben. Ich sehe das alles vor mir.«

»So schlecht ist das doch nicht«, sagt Willi.

Ich zucke mit den Schultern. »Ich weiß nicht«, sage ich. »Ist, wie die meisten leben oder leben wollen. Ist so vorgelebt, so ein Musterleben. Vielleicht ist es gut so. Ich wünschte mir einen Willi, der es anders machen würde, auf seine eigene Art.«

»Freibeuter gibt es nicht mehr«, sagt Willi. »Und außerdem wurden sie gewöhnlicherweise geköpft.«

»So mein ich es nicht«, sage ich. »Also, wenn du malen würdest, das fände ich schon besser, auch wenn es nur das trockene Brot einbrächte und eine Mietswohnung über dem Hafen.«

»Wovon soll ich dann meine Kinder ernähren?« fragt Willi.

»Na ja«, sage ich. »Dann hast du eben keine Kinder. Du bist ganz allein und malst dir die Seele aus dem Leib. Manchmal kauft ein Kunsthändler ein Bild von dir. Ab und zu gibt's eine Ausstellung. Du ißt dein Brot und trinkst Rotwein dazu. Im Sommer komme ich dich besuchen. ›Tag Willi‹, sage ich und hauche dir einen Kuß auf die Wange. Ich bewundere deine Bilder und koche starken Kaffee. Brot werde ich einkaufen und Babyseife, weil deine Haut immer noch empfindlich ist. Wir werden auf der Matratze liegen und bis Mitternacht reden, nein, bis drei Uhr früh, und die Tage werden wunderbar sein.«

»Und was wirst du sein?« fragt Willi.

»Jetzt bist du dran«, sage ich. »Jetzt mußt du mir aus der Hand lesen.«

Willi nimmt meine Hand, fährt mit einem Finger die Linien nach. »Sehr kompliziert«, sagt er, »sehr kompliziert. Eine gespaltene Persönlichkeit. Fängst viele Dinge an und bringst sie nicht zu Ende, hast Angst vor Entscheidungen.«

»Das ist nicht wahr«, sage ich. »Wenn ich weiß, wofür ich mich entscheiden soll, dann tu ich es auch.«

»Okay«, sagt Willi, »also: du bemühst dich nicht um Informationen, aufgrund derer du deine Entscheidungen treffen kannst.«

»Nein«, sage ich. »Ich bin vollgestopft mit Informationen. Die sind in letzter Zeit haufenweise auf mich runtergeprasselt. Aber sie sprechen mich nicht an. Da ist nichts dabei, für das ich mich ereifern könnte.«

»Das ist es«, sagt Willi. »Es gibt doch noch andere Dinge auf der Welt. Wenn dir das, was dir andere erzählen, nicht paßt, such doch nach weiteren Informationen. Bemüh dich doch selbst. Such dir ganz andere Quellen. Bemüh dich. Du selber.«

»Ach, ach«, sage ich. »Jetzt bin ich auch noch schuld daran. Die haben uns doch alles vorgetragen, was es für mich geben könnte. Und außerdem: wo gibt es bei uns schon Material. Auf dem Dorf! Und das will ich auch gar nicht hören. Du sollst mir erzählen, was du in meinen Händen liest, du sollst mir meine Zukunft beschreiben.«

»Das ist nicht einfach bei dir«, sagt Willi. »Ach, im Endeffekt wirst du eine Hausfrau sein, wirst mit deinen Kindern spielen, den Sonntagsbraten zubereiten, abends mit deinem Mann fernsehen. Zweimal im Jahr gehst du zum Friseur. Und am Muttertag läßt du dich feiern. Dein Mann stellt die Teller in den Geschirrspüler, und die Kinder holen sie heraus. Und vor Betriebsfesten wirst du dir eine Schaummaske aufs Gesicht auftragen.«

»Nein«, sage ich, »ach Willi, erfinde doch was anderes. Das gefällt mir nicht. So wird es nicht sein.«

»Wetten, daß?« sagt Willi.

»Wetten, nicht?« sage ich.

»Also was?« fragt Willi. Er kneift mich in den Arm.

»Okay«, sage ich, »ich werde darüber nachdenken.«

»Versprochen?« fragt Willi. Sein Druck auf dem Arm wird stärker.

»Gleich, wenn ich zu Hause bin«, sage ich. »Nein, schon vorher, im Zug, wenn es zurückgeht, übermorgen, ja, übermorgen.«

»Ich hätte es nämlich nicht gern, wenn du später irgend einem männlichen Mitbürger die Schuhe putzen würdest«, sagt Willi.

»Ehrlich?« frage ich.

»Ehrlich«, sagt Willi. »Ich will dich nämlich auch besuchen, später, und sehen, wie du dein Brot ißt.«

O wie gehts mir so gut. »Gib mir einen Kuß«, sage ich. »Bitte.«

Ich mache die Augen zu und warte. Ich spüre Willi, seine Oberarme, die Muskeln. Sein Gesicht. Seinen Mund. Ich konzentriere mich. Ich atme seinen Atem und fühle seine Zähne. Und finde das gut. In meinem Bauch liegt ein süßer Kuchen, der sich ständig ausbreitet. Ich bin durch und durch aus Sahne. Es dauert eine Zeitlang, bis ich auftauche.

»Oje«, sage ich, »oje.« Meine Augen halte ich geschlossen. Ich möchte im Moment nichts sehen, gar nichts.

Das war kein Mutter-Vater-Kuß.

Letzter Tag bei Tante Lisbeth. Letzter Abend.

Tante Lisbeth hat belegte Brötchen gemacht und süßen Tee. Sie hat die Brötchen dekoriert mit Gürkchen, Silberzwiebeln und Petersilie. Onkel Dudu sitzt breitbeinig vor der Couch und ißt mit gutem Appetit. Willi ist auch da.

»Kommst denn mal wieder?« fragt Onkel Dudu mit vollem Mund.

»Wird ihr doch zu langweilig gewesen sein«, sagt Tante Lisbeth. »Was ist bei uns schon los?«

Wissen sie was?

»War ganz gut«, sage ich. »Wirklich.«

»Wenn der Willi dir nicht auf die Nerven gegangen ist mit seiner Fürsorge«, sagt Onkel Dudu.

»Keine Spur«, sage ich. Sie wissen bestimmt etwas.

»Kommst dann doch noch mal?« fragt Tante Lisbeth.

»Vielleicht«, sage ich. Ach, was müssen sie so bohren.

Ich möchte noch einmal auf den Boden. Zum Abschied und mit Willi. Ich nehme ein wurstbelegtes Brötchen und stehe auf. »Zum Schluß gehe ich noch mal die Möwen begucken«, sage ich. »Und füttern. Kommst mit?« Hoffentlich klingt es belanglos.

Willi wirkt gelangweilt. Er gähnt und steht auf. Wir bekommen die Lagerschlüssel von Tante Lisbeth. »Bleibt nicht zu lange«, sagt sie. O sie weiß doch was.

Ich gehe möglichst forsch in das Treppenhaus. Wir laufen durch die großen Räume bis zum letzten Lager und stellen uns vor das kleine Fenster. Willi öffnet es.

Wie am ersten Tag. Die Möwen, die schaukelnden Kähne. Ich wage es kaum, Willi anzusehen. Ich weiß nicht, ob ich traurig sein soll, ich weiß auch nicht, was Willi denkt. So reiße ich Bröckchen von Wurst und Brötchen ab, werfe sie weit hinaus. Etwas lehne ich mich an Willi an. Es tut gut.

»Also«, sage ich, »machen wir es so: jeden Sommer wieder?«

Willi sagt nichts. Er nimmt mir das Brot aus der Hand und füttert die Möwen nun selbst.

»Bist du traurig?« frage ich.

»Ich glaub nicht, daß du wiederkommst«, sagt Willi.

»Wieso nicht?« frage ich.

»Ich glaub es einfach nicht«, sagt er. »Es wird soviel Neues geben in der nächsten Zeit bei dir. Du wirst Besseres zu tun haben als an die Möwen zu denken.«

»An die Möwen?« frage ich. »Oder an dich?«

»An mich solltest du auch nicht zuviel denken«, sagt Willi.

Jetzt kommt es wieder durch, seine Vater-Besserwisser-Haltung. Der alte Willi.

»Jaja«, sage ich. »Ich weiß schon, die Dinge in die Hand nehmen, Informationen sammeln, Entscheidungen treffen. Und du wirst an deinem Berichtsheft arbeiten. Dann stimmt ja alles wieder.«

Ich bin doch traurig. Und ärgerlich. »Gib mir noch einen Kuß«, sage ich. »Zum Abschied.«

Willi zögert. Ich sehe, wie er mit sich ringt. Warum eigentlich? Willi küßt mich leicht auf die Backe.

»Nein«, sage ich. »Richtig, tu's richtig.«

Willi geht weg von mir und langsam durch das Lager.

»Sei doch nicht so blöd«, sage ich. »Was hast du denn?«

»Ach«, sagt Willi. »Laß es doch gut sein.«

»Wieso?« frage ich. »Es ist doch so schön mit uns. Komm, bleib hier.« Ich will ihn hier haben, noch eine Zeitlang. Ist mir egal, was sie dort denken, bei Tante Lisbeth im Wohnzimmer.

»Da wird doch nichts draus«, sagt Willi. »Sowieso nicht.«

»Wieso eigentlich nicht?« frage ich. »Und außerdem will ich doch groß nichts. Du solltest mich nur küssen. Zum Abschied.«

»Ich will mich da nicht so reinsteigern«, sagt Willi. »Das taugt nichts. Irgendwie ist es nicht gut. Da wird doch nichts draus.«

»Wieso eigentlich immer, was du willst?« sage ich. »Du willst nicht, du tust nicht. Was ist mit mir? Ich will einfach. Ich brauche das einfach. So.«

Ich gehe zu Willi und umarme ihn. Ich drücke mich ganz fest an ihn.

»Laß«, sagt Willi. »Das ist nicht gut. Nicht jetzt und nicht hier.«

»Wieso eigentlich nicht?« sage ich.

»Nächstes Jahr, vielleicht, wenn du wiederkommst«, sagt Willi.

»Weißt du, du bist ein Feigling«, sage ich. »Ein Feigling, und besser willst du auch alles wissen. Ein richtiger Papi, du.«

»Na gut«, sagt Willi.

Traurig bin ich und wütend, weil ich nicht weiß, warum er sich nicht einfach gehen läßt, fallen läßt, heute und jetzt.

»Warum muß alles so beschissen sein«, sage ich. »Es muß doch nicht so beschissen enden.«

Ich möchte nicht, daß Willi merkt, daß es mir an die Nieren geht, daß ich nah am Weinen bin, daß mir das Wasser schon in den Augen steht.

»Ein ganz beschissener Kram«, sage ich. »Und du auch, feig und langweilig und beschissen.«

Aber Willi ist stur, geht mir voran durch die Lagerhallen ins Treppenhaus. Ich wäre noch so gern auf den Fischkisten sitzen geblieben, so gern.

»Na ihr beide«, sagt Onkel Dudu.

Aber wir sagen nichts. Ich esse noch ein Brötchen. Als der matschige Teig mir den Hals hinunterrutscht, ist auch der Druck in mir verschwunden. Ich spüle mit kaltem Tee nach.

»Und nun?« fragt Onkel Dudu. »Wie geht's weiter, übermorgen?«

»Na ja«, sage ich, bin ganz munter. »Wie immer. Alles wie gehabt. Werd mich bewerben, mich vorstellen. Wenn's überhaupt dazu kommt. So wird's sein, alles wie gehabt. Und eines Tages habe ich auch einen Job, sitz an so'nem Schreibtisch oder an der Maschine und bekomme Rückenschmerzen und Haltungsschäden. Aber alle sind glücklich, weil ich so gut pariere. Ja ja«.

»Und die Sachen mit den Jungen?« fragt Tante Lisbeth. »Deine Mutter war so besorgt vorher. Hast alles vergessen? War doch nicht so wichtig?«

»Was ihr alles so wißt«, sage ich. »Ganz schön geklatscht wird über mich, sehe ich. Was man so im Vertrauen erzählt. Ganz schön rum ist das alles.«

»Ist ja nur, weil man sich Sorgen macht«, sagt Tante Lisbeth. »Aber ist es besser jetzt? Bisserl Abstand, und es sieht alles anders aus, was? Hast doch jetzt andere Dinge im Kopf zu haben, nicht wahr? Das mit den Jungen hat doch noch Zeit. So Schwärmereien. Laß dir das für später.« Wieder dieses Wort.

»Ich kann darauf scheißen«, sage ich. »Jawohl.«

Onkel Dudu lacht. Tante Lisbeth lenkt ab. »Mach ich noch Brote für morgen oder ein paar gekochte Eier?«

»Ach«, sage ich, »ist egal. Ich komm auch ohne Essen aus, wenn's drauf ankommt.«

Willi steht auf und verabschiedet sich. Wie es sich gehört, höflich, freundlich. Wie ein Verwandter. »Tschüs«, sagt er. Ich kann nichts heraushören, etwas Besonderes im Ton, etwas, das speziell mir gehört.

»Okay«, sage ich. »Mach's gut.«

»Könntest dich noch bedanken«, sagt Tante Lisbeth. »Daß er sich so um dich gekümmert hat.«

»Ach, Scheiß«, sage ich.

»Bring ihn noch zur Tür«, sagt Tante Lisbeth. »Los, los.«

Ich stehe auf, gehe mit Willi zur Korridortür. Noch einmal sagt er: »Tschüs.« Gleicher Tonfall.

»Okay«, sage ich. »Okay.« Schließe die Tür.

Es klickt laut, ich drücke noch einmal gegen das Türholz. Ein leises Schnappen. Das war's wohl. Okay.

5.

Meine Mutter hat es nicht lassen können. Sie hat eine Anzeige aufgegeben mit dem Text *Ausbildungsplatz gesucht.* Während ich fort war, sind einige Anschreiben gekommen. In den meisten der Briefe wird nur ein Arbeitsplatz geboten, als Bürohilfe oder als Schreibkraft, die Möglichkeit, sich schnell relativ viel Geld zu verdienen, jedenfalls eine höhere Vergütung als ich für eine Lehrstelle bekommen würde. Aber da sind meine Eltern stur. Sie haben gewisse Vorstellungen.

»Da müssen wir noch die Zähne zusammenbeißen«, sagt mein Vater. »Abwarten und Geduld haben. Es geht nichts über eine ordentliche Lehre. Eine Tochter, die später sagt, sie habe nichts gelernt, möchte ich nun doch nicht haben.«

»Irgendwann wird es schon klappen«, sagt meine Mutter. »Augen und Ohren offenhalten. Dann wird es schon klappen. Eines Tages.«

Zwei Firmen bieten einen Ausbildungsplatz an. Eine Porzellangroßhandlung und eine Handelsgesellschaft.

»Lieber wäre mir die Industrie gewesen«, sagt mein Vater. »Es geht nichts über eine solide Ausbildung in einem Industriezweig. Die Ausbildung ist gründlicher und vielseitiger. Vor allen Dingen: Industriebuchführung ist schwieriger und umfassender als die von Groß- und Einzelhandel. Es geht nichts über das Erlernen der Buchführung im Zusammenhang mit dem Industriekontenrahmen. Das ist der einzige Haken an dieser Sache.«

Ich rufe die Firmen an, mache für einen Vormittag die Termine aus. Einmal ist für die Zeitabsprache die Sekretärin zuständig, bei der Handelsgesellschaft rede ich mit dem Geschäftsführer persönlich. Ich lege beide Termine auf einen Vormittag. So brauche ich nur einmal in die Stadt. Entsprechend angezogen bin ich dann sowieso.

»Keine Hosen«, sagt meine Mutter, »und keinen Folklorerock.« Sie dämpft mir meinen grauen Flanellfaltenrock und bügelt eine weiße Bluse. Die hatte ich auch schon zur Schulabschlußfeier an.

Meine Mutter gibt mir Geld für die Busfahrten. Ich laufe zur Bushaltestelle vor dem Milch- und Käsegeschäft im Ort. In einem großen Umschlag trage ich eine Plastikmappe mit meinen Zeugnissen und dem Lebenslauf. Es ist viel zu heiß für einen Flanellrock.

Bei der Porzellangroßhandlung werde ich von der Sekretärin in Empfang genommen. Mit ihr hatte ich telefoniert. Ich muß im Zimmer der Sekretärin Platz nehmen und warten. Die Sekretärin ist sehr beschäftigt. Sie tippt auf der Schreibmaschine wie ein Weltmeister. Ihr Haar ist strähnig und fettig.

An den Wänden des Zimmers hängen Plantafeln und Werbekalender. Die Fenster zum Hof sind halb mit blindem Glas bedeckt. Man sieht ein Stückchen Mauerwerk durch die oberen klaren Scheiben. Später kommt der Inhaber der Großhandlung. Er nimmt mich mit in sein Büro, das mit Möbeln vollgestopft ist. Er erklärt, daß es sich bei der Firma um einen alten, traditionsbewußten Familienbetrieb handelt. Er führt mich durch die Büroräume, die neben den mir schon bekannten zwei Zimmern noch aus der Buchhaltung mit Fakturiermaschine und einem Kämmerchen für den Fernschreiber bestehen. Die drei vorhandenen Maschinen haben die gleiche Tastatur, sehe ich. Es gibt Berge von Belegen. Alle sind abzuschreiben, abzutippen, einzugeben, durchzugeben. Der Inhaber erzählt mir von den Vorteilen eines Kleinbetriebes, der eine gründliche Ausbildung garantiert. Man habe schon immer Lehrlinge ausgebildet. Die jetzt beschäftigte Auszubildende stehe im letzten Lehrjahr und besuche gerade die wöchentlich einmal anfallende Berufsschule. Nach Beendigung der Lehrzeit möchte man doch wieder jemanden intensiv ausbilden. Dafür käme ich in

Frage, nächstes Jahr. Den Vertrag könnten wir jetzt schon abschließen.

Hier, in den kleinen, dunklen Räumen acht oder mehr Stunden zu sitzen, zwischen diesen Papierbogen, erdrückt zu werden, zu verstauben, zu ersticken, das kommt mir wie mein persönlicher Weltuntergang vor. Ich bekomme Angstzustände. »Ich werde es mir überlegen«, sage ich. Der Mensch möchte noch nicht einmal meine Mappe sehen. Er wirkt drängend. »Es ist heutzutage schwierig, wenn nicht unmöglich, einen guten Ausbildungsplatz zu bekommen«, sagt er. Wem sagt er das. Aber ich möchte nicht vor die Hunde gehen. Schon ein Jahr, bevor es anfängt, mit einem Alptraum leben. Ich will raus, Luft schnappen. Er zwingt mir den Lehrvertrag auf. Ich muß das ausgefüllte Formular einstecken.

»Ich werde es mir überlegen«, sage ich.

»Wir zahlen zwanzig Mark mehr Vergütung als tariflich vorgesehen«, sagt er.

»Ich werde es mit meinen Eltern durchsprechen«, sage ich. Das fällt mir noch ein.

Draußen laufe ich bis zum Rathaus, wo die Telefonhäuschen stehen. Ich rufe zu Hause an. Meine Mutter hebt ab. Sie meldet sich mit heller, aufgeregter Stimme.

»War nichts«, sage ich.

»Wieso nicht?« fragt meine Mutter. Sie wird noch aufgeregter.

»Erst für nächstes Jahr«, sage ich.

»Ja?« sagt meine Mutter. Sie ist immer noch erwartungsvoll.

»Und dann ist es so schlimm da«, sage ich.

»Ja Gott, Lehrjahre sind keine Herrenjahre«, sagt meine Mutter.

»Und außerdem haben sie schon mehrere Anwärter«, lüge ich. »Weißt, stehen ja Schlange heute. Es sind schon einige vor mir dagewesen, können schon perfekt Maschine, wie Weltmeister manche, und Steno fließend.«

»Ach so«, sagt meine Mutter. »Na dann.«

»Okay?« sage ich.

»Und gleich der nächste?« fragt meine Mutter.

»Halbe Stunde noch«, sage ich.

»Mußt pünktlich sein«, sagt meine Mutter. »Achte darauf. Und daß dein Rock gerade sitzt. Und nicht mit überschlagenen Beinen sitzen. Und natürlich sein, ganz natürlich.«

Ich gehe ein Eis essen. Neben dem Kaufhaus gibt es einen italienischen Eissalon. Ich esse einen Becher Nußeis, ohne alles. Trinke eine Cola. Als ich losgehe, bin ich schön kühl. Ausgeglichen.

Die Handelsgesellschaft hat ihren Sitz in einem Wohnbüro. Es scheint hier nur den Geschäftsführer, Herrn Lampe zu geben, mit dem habe ich auch telefoniert. Er ist ein jovialer Mensch. Er zahle überdurchschnittlich, sagt er.

In einem korridorähnlichen Raum befindet sich eine helle Schreibtischkombination mit elektrischer Schreibmaschine. Es gibt zwei Telefonanschlüsse. Wir können keine zwei Sätze miteinander wechseln, ohne daß eines der Telefone klingelt. Herr Lampe nimmt die Anrufe selbst entgegen, beantwortet sie auf verschiedene Weise. Manchmal klingen seine Antworten fast süßlich, aufreizend nett. Andermal brüllt er den Gesprächspartner nieder.

Er habe schrecklich viel zu tun, sagt er. Es habe sich viel Zeug angesammelt, das bearbeitet werden muß. Das ›Zeug‹ hat er in Plastiktüten gesammelt, die in einer Zimmerecke gestapelt sind. Bisher, sagt er, habe er alle Unterlagen mit der Hand geschrieben.

»Das Stammkapital haben wir auf zweihunderttausend erhöht«, sagt Herr Lampe. Ich frage ihn, mit was die Handelsgesellschaft denn handele.

»Mit diesem und jenem«, sagt Herr Lampe. »Wichtige Finanzierungen, große Geschäfte, Hotels, Immobilien und was es sonst noch so gibt. Viel zu tun. Kann kaum außer Haus, habe keinen fürs Telefon. Das ist wichtig, das Telefon. Spielt sich alles darüber ab. Wie auf der Börse. Können Sie gut mit Menschen umgehen?«

Ich grinse und zucke mit den Schultern. »Als was soll ich denn ausgebildet werden?« frage ich.

»Hier lernen Sie alles kennen«, sagt Herr Lampe. Er klopft mir aufs Knie. »Sie werden bei mir noch viel lernen.«

Er möchte, daß wir den Vertrag gleich machen. Es ist kein Papier da für die Schreibmaschine. Aus einem leeren Schulheft, aus dem schon mehrere Blätter entfernt sind, reißt Herr Lampe eine Seite. Er diktiert mir.

Ich schreibe mit meinem Kugelschreiber auf dem linierten Papier. »Zwischen Herrn Otto Lampe und Fräulein Christina Hegewald wird heute folgende Vereinbarung getroffen. Fräulein Hegewald wird ab ersten September in der Handelsgesellschaft eingestellt und alle anfallenden Arbeiten erledigen.«

Ich frage nach der speziellen Ausbildung.

»Das geht schon in Ordnung«, sagt Herr Lampe. »Schreiben Sie nur. Die handschriftlichen Verträge sind noch immer die besten.«

Ich erkläre ihm, daß ich noch mit meinen Eltern darüber sprechen müsse. Herr Lampe möchte aber gern meine Unterschrift. Ich bekäme gleich tausendfünfhundert. Und erwachsen wäre ich doch auch wohl genug, um mich auf der Stelle entscheiden zu können.

»Nur der Form halber«, sage ich. »Meine Eltern erwarten das von mir.«

Den von mir geschriebenen Vertrag behält Herr Lampe. Er steckt ihn in eine Plastiktüte. Als ich mich verabschiede, küßt er mir die Hand. Voll drauf.

Ich gehe wieder in die Eisdiele, wasche mir auf dem Klo gründlich die Hände. Alles Gurken, diese Firmen, nur Gurken.

Diesmal rufe ich nicht zu Hause an. Ich bin irgendwie erhitzt, erschöpft, laufe durch die Stadt, die Kaufhäuser. Ich würde gern mit jemandem reden, mich richtig ausquatschen. Ich überlege, ob ich Willi irgendwo erreichen könnte. Trotz allem. Vielleicht könnte er mit mir sprechen. Aber lieber lasse ich es, es könnte peinlich für mich werden. Wahrscheinlich fühlte er sich dann von mir in die Ecke gedrängt. Das war wohl auch der Grund, warum schließlich alles so beschissen verlaufen ist. Die Angst vor Verantwortung, vor der Verpflichtung, sich um einen kümmern zu müssen. Vielleicht auch ein bißchen die Angst vor sich selber, vor seinen Gefühlen, vor diesem warmen Strom im Bauch, der einen alles vergessen lassen könnte. Die Leute, Tante Lisbeth, den Lagerraum. Der einen abheben läßt, die Erdverbundenheit auflöst. Ach, Willi hatte Angst. Ich hätte so gern alles vergessen, alles, alles Drumherum.

Ich wühle in den Kassetten der Musikabteilung eines Kaufhauses. Sehe mir sämtliche Titel an. Als ich Leonard Cohen finde, kaufe ich mir die Kassette. Sie ist teuer, zwanzig Mark. Mir ist aber nach Musik zumute. Ich brauche die Kassette einfach, ich will, ich will sie haben.

Als ich auf der Rolltreppe hinunterfahre, fällt mir ein, daß ich niemanden kenne, der einen Recorder hat. Das heißt, von der Ulli weiß ich, daß sie einen hat. Aber die Ulli ist an der Côte.

Ich fahre die Treppe wieder hinauf. Es gibt billige Recorder. Ich kaufe mir den billigsten. Neunundvierzig Mark. Sonderangebot. Dann habe ich von dem verdienten Nudelgeld noch zweihundert Mark übrig.

Der Besitz des Recorders und der Kassette macht mich sehr froh. Es ist so ziemlich das erste Mal, daß ich mir etwas kaufe, ohne meine Eltern vorher gefragt oder informiert zu haben.

Es befriedigt mich.

»Alles Gurken«, sage ich zu Hause. »Alles Gurken, diese Firmen.«

»Was heißt das?« fragt mein Vater.

»Na ja«, sage ich. »Einen Ausbildungsplatz haben die alle nicht zu bieten. Die wollen einen nur arbeiten lassen, ausnutzen wollen die einen.«

»Was denkst denn du, was du machen mußt, wenn du in die Lehre gehst?« sagt mein Vater.

»Na ehrlich«, sage ich. »Die wollten einen echt ausnutzen. Und beschummeln wollten sie beide. Der eine kann erst nächstes Jahr, der andere wollte ein Mädchen für alles. So undurchsichtige Geschäfte. Also nee.«

Meine Mutter ist mehr davon betroffen, daß ich mir einen Recorder gekauft habe.

»Da hat sie so wenig Geld«, sagt sie. »Und kann die paar Kröten nicht zusammenhalten. Wo doch in nächster Zeit nichts reinkommt.«

Ich nehme meine Sachen und gehe die Treppe hinauf nach oben. Meine Mutter läuft mir nach. »Kümmerst dich aber weiter drum«, sagt sie. »Hörst? Daß wir den Papa nicht verärgern.«

»Sind noch Ferien«, sage ich. »Und die hab ich auch. In drei Wochen sind alle wieder da. Auch die alte Clique. Hör mich dann um, was so läuft.«

Meine Mutter sieht mißtrauisch aus. »Hilfst mir aber morgen«, sagt sie. »Im Garten. Muß Wachsbohnen pflükken.«

»Ja, ja«, sage ich.

Oben lege ich mich auf mein Bett. Ich schiebe die Kassette in den Recorder. Laß mich mit Musik vollaufen. Mein Ohr halte ich dicht an den Lautsprecher. Das Band lasse ich mehrmals durchlaufen, von vorn bis hinten. Spul zurück und lasse mir den Kopf durchdringen.

O the wind, the wind is blowing through the graves the wind is blowing, freedom soon will come.

6.

Meiner Mutter helfe ich beim Bohnenpflücken und beim Gartensprengen. Abends stehe ich mit dem Gartenschlauch in der Hand und sprühe das Wasser über Pflanzen, auf den Rasen. Wenn mein Vater aus dem Büro nach Hause kommt und mich sprengen sieht, ist er's zufrieden. Ich sehe nicht allzu nutzlos aus.

Ich habe immer noch das Gefühl, als ob Sommerferien sind, als ob in zehn Tagen ein Abschnitt zu Ende geht. Im Moment bin ich keinem Druck ausgesetzt. Ich sprenge den Garten oder gieße das Kartoffelwasser ab. Auch zum Einkaufen gehe ich, wenn meine Mutter das Paniermehl vergessen hat. Die täglichen größeren Einkäufe erledigt sie lieber selbst.

Donnerstags wird im Ort das Anzeigenblättchen verteilt, aus dem die Sonderangebote des Supermarktes und die Autoverkäufe zu ersehen sind. Wenn donnerstags die Werbezeitung kommt, ist das wie ein Höhepunkt im Wochenablauf. Man weiß wieder Bescheid, kann die Mahlzeiten nach den Angeboten ausrichten. Die Zeit, die man zum Studieren der Anzeigen braucht, ist auch eine willkommene Unterbrechung der in den Gärten arbeitenden Frauen.

Ich habe den dringenden Wunsch nach Neuem. Etwas Geld aus den zwei Wochen in der Nudelfabrik besitze ich noch. Vielleicht schaffe ich mir noch was an. Ich lese die Annoncen sorgfältig. Sie bieten Hackfleisch an und Fleischwurst im Ring. Die technische Abteilung des Supermarktes, den man nur mit einem Fahrzeug erreichen kann, verkauft beispielsweise Gartenscheren. Auch Teppichboden *Schlingenqualität* gibt es im Sonderangebot, *solange der Vorrat reicht.* Ein paar Leute suchen durch die Zeitung jemanden zum Heiraten.

Ein Busunternehmen bietet *Schnupperreisen* an: ›Erleben Sie die schönsten Städte des benachbarten Auslandes für wenig Geld. Die Reisen beginnen jeweils am Freitagabend und enden am Sonntagmorgen!‹ Das interessiert mich. Amsterdam ist dabei. Für neunundzwanzig Mark. Das ist billig, und schlafen kann man unterwegs im Bus.

»Um Gottes willen«, sagt meine Mutter. »Du kannst doch nicht allein durch die Weltgeschichte fahren. Man weiß doch nicht, wer da alles mitfährt. Und dann allein in einer fremden Stadt. Weiß nicht, wo du bist, was du machst. Und die Sprache! Also, um Gottes willen.«

Ich möchte nach Amsterdam.

»Anderthalb Tage«, sage ich. »Ich habe doch Ferien. Und Geld ist auch noch da. Kostet euch doch nichts. Ihr merkt gar nicht, daß ich weg bin. Ich freue mich so darauf.«

Abends, als mein Vater da ist, wird die Sache weiter besprochen.

»Also, ich weiß nicht«, sagt mein Vater. »Ob man sie so allein weg lassen kann?«

»Nun, sie ist doch so gut wie erwachsen«, sagt meine Mutter. »Wir müssen uns damit abfinden, daß sie ihren eigenen Kopf hat.«

»Was da alles passieren kann!« sagt mein Vater.

»Sie kann doch auf sich aufpassen«, sagt meine Mutter. »Sie ist doch nicht so eine. Sie weiß doch, was sie machen kann.«

»Daß mir da nichts passiert!« sagt mein Vater. Die Sache ist also geritzt.

Meine Mutter ist sehr aufgeregt.

»Hast du den Personalausweis mit?« fragt sie. »Lieber noch eine saubere Unterhose mitnehmen. Kannst doch nicht die ganze Zeit in demselben Zeug rumsitzen. Und einen nassen Lappen im Plastikbeutel nimmst mit. Wirst froh sein, wenn du dir damit übers Gesicht fahren kannst.«

Wir sollen uns um dreiundzwanzig Uhr an der Kirche, der

Sammelstelle für die Schnuppertour, treffen. Ich nehme vom Ort aus den letzten Bus in die Stadt.

»Der Papa könnt dich fahren«, sagt meine Mutter. »Mein Gott, ist es dunkel draußen. So allein noch mal loszugehen, also, ich weiß nicht, ob das richtig ist.« Sie sieht mir nach, wie ich die Straße runterlaufe.

Der Busfahrer sammelt die Ausweise ein und hält eine kurze Rede, erklärt, daß wir um circa sieben Uhr in Amsterdam ankommen. Was dann komme, sei die Sache jedes einzelnen. Um dreiundzwanzig Uhr müsse man sich am selben Ort wieder treffen. Wer nicht da wäre, könne nicht mit. Das wär's.

Es ist ein unbequemer Bus. Ich rutsche lange Zeit auf dem Sitz hin und her, um eine bequeme Stellung zu finden. Schließlich drücke ich meine Tasche zwischen die Fensterscheiben und meinen Kopf. So kann ich etwas schlafen, werde immer unterbrochen durch das ruckartige Anfahren des Busses nach Ampelstops, den Autobahneinfahrten und dem Grenzübergang.

Als wir in Amsterdam ankommen, bin ich wie zerschlagen. Ich weiß nicht mehr, wie ich sitzen soll. Meine Augen kann ich vor Müdigkeit kaum aufhalten. Das helle Sonnenlicht schmerzt.

Wir halten vor dem Verkehrsverein, dem ›VVV‹. Hier kann man auch etwas Geld wechseln. Ich nehme für zehn Mark Kleingeld. Daß man Münzen dabei hat, ist sehr wichtig, weil man damit vom Automaten ziehen kann, wenn man Durst hat. Auch für die meisten Klos braucht man Münzen.

Ich hänge mir die Tasche über die Schulter und ziehe los. In Richtung Zentrum. Die Hauptstraße *Rokin* und *Damrak* laufe ich entlang. Bei den Anlegestellen für die Besichtigungsboote halte ich an. Da ich nicht weiß, was ich machen soll, nehme ich mir vor, eine Rundfahrt mitzumachen. Die

Schiffe legen erst in einer Stunde ab. Ich laufe über die Brücke und nehme die erste Straße, die parallel zur Hauptstraße läuft. Ich will etwas von Amsterdam sehen. Ich zwänge mich zwischen Imbißwagen hindurch. Auf der Straße, dicht an den Häusern, liegen kleine Müllabladeplätze für Coladosen und Bananenschalen. Auch eine Bildzeitung hat jemand weggeworfen.

Auf den Bürgersteigen der Wamoesstraat stehen junge Männer in Gruppen herum. Sie hören auf zu sprechen, wenn ich vorbeigehe. Es sind Leute vieler Nationalitäten. Ich laufe, um sie nicht immer überholen zu müssen, auf der Straße. Ich laufe schnell, weil ich Angst habe. Als ein Überweg nach rechts zur Hauptstraße kommt, nehme ich ihn. So gehe ich zum zweiten Mal die gleiche Strecke.

Es ist noch viel Zeit bis zur Abfahrt der Boote. Ich kaufe mir ein Fischbrötchen am Imbißstand und eine Dose Cola. Leute sitzen am Straßenrand und lassen die Beine über das Wasser hängen. Ich setze mich auch auf den Kai und baumele mit den Beinen. Die Cola schaffe ich nicht, kann sie nicht auf einmal austrinken. Ich bleibe sitzen, bis sich die Leute an den Kassen der Rundreiseveranstalter drängen. Dann stehe ich auch auf und stelle mich an.

Wir fahren einige Grachten entlang. Manche Brücken sind sehr eng, daß ich denke, die Barkasse schleudert gegen die Mauern. Aber der Kapitän kennt sich wohl aus. Vielleicht will er auch die Leute erschrecken.

Die Häuser an den Grachten sind wunderschön erhalten. Es kostet um die viertausend Mark, hier ein Büro zu mieten. In manchen Häusern wohnen auch Leute. Ich sehe eine junge Frau im offenen Fenster sitzen. Sie läßt ein Bein draußen hängen. Auf ihrem Schoß hält sie ein kleines Kind. Beide lassen sich von der Sonne bescheinen.

Ich halte meine Coladose die ganze Zeit über in den Händen. Ich will später noch weitertrinken.

Wir fahren noch durch den Hafen von Amsterdam. Das interessiert mich weniger. Die Rundfahrt dauert knapp eine Stunde. Dem Kapitän darf man am Schluß auf einem Porzellanteller ein Trinkgeld geben. Obwohl ich für die Reise vorher bezahlt habe, bekomme ich ein schlechtes Gewissen, als ich den Teller an der Ausgangstreppe stehen sehe. Ich lege einen Gulden hinein.

Es ist immer noch vormittags, und ich weiß nicht, was ich noch machen soll. Ich esse jetzt ein Gouda-Brötchen. Als ich die Cola ausgetrunken habe, muß ich. Ich mache mich auf, um eine Toilette zu suchen. Es gibt nur teure Restaurants am Straßenrand. Da traue ich mich nicht hinein.

Vor einigen Gaststätten sind Stühle und Tische abgestellt. Dort kann man auch nur ein Bier trinken. Die Stühle sind fast vollständig besetzt. Ich mag mich nicht da durchdrängen. An einer Ecke finde ich ein Kaufhaus. Da gehe ich hinein. Im fünften Stock gibt es ein Restaurant. Dort finde ich auch eine Toilette. Sie kostet fünfundzwanzig Cents.

Die Stadt wird voller und heißer. Ich laufe über die nächste Brücke, die ich finde, zu einer Gracht. Vor einem Bürohaus setze ich mich auf die Treppenstufen. Ich will nicht zu weit weg vom Damrak, damit ich die Sammelstelle für den Bus wiederfinde. Ich sitze im Schatten und sehe zu, wie ab und zu eines der glasüberdeckten Rundreiseschiffe vorbeischwimmt. Ich überlege, was ich noch in Amsterdam machen könnte. Es dauert noch Stunden bis zur Abfahrt des Busses. Es gibt bestimmt Museen hier. Rembrandt, Rubens und van Gogh fallen mir ein. Van Gogh-Bilder habe ich gern. Ich kann mich aber nicht aufraffen, ein Museum zu suchen. Die Augen fallen mir vor Müdigkeit fast zu.

Ich rutsche ein paar Stufen höher, bis ich mich an die gestrichene Holztür des Hauses lehnen kann. Hier, oberhalb der Grachten, ist die Luft bewegt und kühler. Ein paar Radfahrer kommen vorbei.

Mir fällt ein, daß in der Nähe der Grachten auch Anne Frank gewohnt hat. Ich beschließe, das Haus zu suchen. Zuerst gehe ich zurück zum Damrak. In einem Geschäft, in dem sie Sonnenbrillen und Filme verkaufen, frage ich nach dem Weg zum Anne-Frank-Haus. Es soll gar nicht weit sein. Ich laufe die Straße hinunter, am Paleis und an der Nieuwe Kerk vorbei, über die Brücken der Singel, Herengracht und Keizersgracht. An der Prinsengracht suche ich nach dem Haus. Ich habe wehende Fahnen und Hinweisschilder erwartet. Aber ich muß lange suchen, bis ich das Haus Nummer 263 finde. Es ist ein schönes Haus, gut erhalten oder renoviert. Ich zahle mein Eintrittsgeld und klettere die Treppe nach oben.

Kurz bevor ich den Weg durch den wegzudrehenden Bücherschrank begehe, habe ich schon ein seltsames Gefühl. Ich habe Anne Franks Buch sehr gern gelesen, ich fühlte mich mit Anne irgendwie verwandt, ihre Gedanken waren wie meine, ihre Wünsche und Vorstellungen von der Zukunft. Ich war fix und fertig, als das Buch dann abbrach und mir klar wurde, was dann geschehen war. Ich mußte das Tagebuch noch einmal lesen, um Anne so lebendig in Erinnerung zu behalten.

Ich habe Angst, den ersten Schritt zu tun.

Vorsichtig steige ich die steile Treppe hinauf. Es ist alles so geblieben, wie es bis 1944 gewesen war. Die Tapeten kommen mir bekannt vor. In manchen alten Stadthäusern gibt es noch diese braun-vergilbten Küchentapeten. Die Räume, in denen Anne sich mit ihrer Familie und den anderen Versteckten aufhielt, sind bis auf wenige Gegenstände leer. In dem Zimmer, in dem gekocht und gegessen wurde, steht ein gußeiserner Ofen. Auf diesem ist eine rostige Pfanne ohne Griff abgestellt.

Es gibt Schaukästen mit Modellen der einzelnen Zimmer. Man kann sehen, wie seinerzeit die Wohnung möbliert war.

Ich kann mir alles genau vorstellen. Als ich die Treppe zum Boden besteige, kommt mir das seltsam vor, daß Anne einmal den gleichen Weg, die gleichen Stufen berührte wie ich jetzt. Oben stand sie, sah den gleichen Himmel, hatte gleiche Träume. Und sah die Spuren der Kampfflugzeuge über Amsterdam.

Annes Zimmer, das sie mit dem Zahnarzt Dussel teilte, ist ein kleiner, schmaler Raum. Die Bilder, die Anne aus Illustrierten ausgeschnitten und an die Wand geklebt hatte – Fotos von Schauspielerinnen meistens –, sind dort hängen geblieben. An manchen sind Spuren von Buntstiften zu sehen. Wie ein kleines Kind mit seinem Malbuch versuchte Anne, sich die Welt ein wenig farbiger zu gestalten.

Man sollte einzeln und allein in diesem Haus sein. Laut reden sollte man, mit Anne, sollte ihr sagen, daß man das alles verstanden habe, was sie geschrieben hatte, daß sie berühmt geworden sei durch ihre Aufzeichnungen. Und daß es ein wichtiges Buch sei. Nicht, weil es den Krieg anprangert oder weil es grausames Unrecht beschreibt, die sadistischen und tierischen Handlungen von Menschen. Nicht nur. Sondern weil es ihre Gedanken sind, die wichtig sind, ihre, Anne Franks Gedanken. Ich möchte ihr das sagen, vielleicht wäre dann alles leichter gewesen für sie. Danach. Als das Buch abbricht.

Die Fenster zum Hinterhof stehen offen und lassen den Sommer herein. Fünfunddreißig Jahre später. Kinder, die im gegenüberliegenden Haus wohnen, spielen unten in den Gärten. Hühner laufen umher, auch eine Ziege. Der Garten am Hinterhaus ist zur Idylle geworden. Ein kleines Kind, das dieses Haus auch besucht und nichts von Anne weiß, steht am Fenster, lehnt sich hinaus. Es lockt die Hühner. »Hühnchen«, ruft es. »Hühnchen.« Die Hühner lassen sich beim Scharren nicht stören. Das Kind ist traurig. Es ruft lauter: »Hühnchen.« Das Geschrei des Kindes stört hier keinen. Man geht vorbei und lächelt. Das Kind brüllt so laut es nur kann. Es ist verzweifelt über die Gleichgültigkeit der Hühner. »Hühnchen.« Es ist, als ob die Menschen, die hier das Haus aufsuchen, den Lärm des Kindes als Wiedergutmachung empfinden. Es hat einmal eine Zeit gegeben, wo ein Kind hier sich tagsüber nicht rühren durfte, nicht sprechen konnte. Eingesperrt war, der Kindheit, der Zukunft beraubt wurde. »Hühnchen«, schreit das Kind. Als ob es die bösen Geister vertreiben wollte.

Ich gehe hinüber ins Vorderhaus, in dem Fotos hängen und Dokumente. Auch die vielen Übersetzungen von Annes Buch sind hier ausgestellt. Das Kind spielt in dem Übergang zwischen Vorderhaus und Hinterhaus, versperrt manchmal übermütig den Zugang über die Treppe. Die Leute streicheln ihm den Kopf, während sie sich vorbeidrängen oder warten, bis das Kind den Weg frei macht.

Im Vorderhaus unten ist eine Ausstellung über die Anne-Frank-Stiftung. Bilder über Verstöße gegen die Menschenrechte sind ausgestellt, auch Veröffentlichungen über Neo-Nazis. Es ist erschreckend, aber es hat mit Anne nichts mehr zu tun. Durch die Masse der Unterdrückten wird das Problem nicht intensiver, sondern anonym. Wie ein Geschichtsbuch. Die Aussage, daß sechs Millionen oder sieben Millionen Juden umgebracht wurden, bringt einem das Unrecht nicht unter die Haut. Das geballte Schicksal eines einzelnen läßt einen erschaudern. Ich weiß nicht, warum das so ist, vielleicht, weil man sich mit der einen Person identifizieren kann.

Der Raum erweckt den Eindruck eines Busbahnhofs. Es gibt Bänke wie in einem Wartesaal. Zwei Getränkeautomaten hängen an der Wand. Ich werfe meine letzte Fünfundzwanzig-Cent-Münze ein, um eine Cola rauszuholen. Das Geld bleibt stecken. Auch nach dem Drücken des Rückgabeknopfes kommt es nicht wieder heraus. Ein älterer Mann erklärt mir, daß ich in das Nebenzimmer gehen solle, um mich zu beschweren. Er spricht holländisch, aber ich kann ihn verstehen. Ich gehe die Treppe hoch in den Raum, wo sie Prospekte und Ansichtskarten vom Anne-Frank-Haus verkaufen. An der Wand hängt ein rechteckiger Glaskasten, in den man Geld einwerfen kann. Der Kasten ist voll mit gespendeten Scheinen. Ich schäme mich, nach der steckengebliebenen Münze zu fragen.

Eines der Mädchen, das hier verkauft, nimmt den gläsernen Kasten von der Wand, um ihn auszuleeren. Ich sehe mir die Ansichtskarten an. Ich würde mir gern einige Bilder kaufen, aber ich habe kein niederländisches Geld mehr.

Um siebzehn Uhr schließen sie das Haus. Ich setze mich solange noch unten auf eine der Busbänke und beobachte die Leute. Leider versucht niemand mehr, sich aus dem Automaten für kalte Getränke einen Becher zu holen. Ich würde gern sehen, wie andere sich benehmen, wenn ihnen das Geld steckenbleibt. Aber die Leute entscheiden sich jetzt nur für warme Getränke.

Wenn jemand spricht, überlege ich, in welcher Sprache er wohl etwas gesagt hat. Es gibt viele Briten unter den Besuchern. Die Deutschen scheinen sich für das Anne-Frank-Haus nicht so sehr zu interessieren. In einer der ausgelegten Veröffentlichungen habe ich gelesen, daß viele Schulklassen aus der Bundesrepublik hierher kommen. Da ist es dann wieder eine Pflichtübung, und viele wird es deshalb langweilen. Vielleicht sollte man vorher in der Schule das Tagebuch lesen. Aber das ist dann auch wieder Pflicht. Ich weiß nicht, wie man Leute für etwas interessieren kann.

Das Kind, das vorhin die Hühner gerufen hat, kommt mit seinen Eltern in das Vorderhaus. Es ist wohl müde; jetzt nuckelt es an einem Schnuller, den es im Mund hat.

Das Haus leert sich, weil es fünf Uhr ist. Mit den letzten Leuten, die das Haus verlassen, gehe ich auch hinaus. Ich schlendere die Gracht entlang und über die Brücke zurück. Ich versuche, mich an den Rückweg genau zu erinnern.

Auf dem Überweg über die Singel bleibe ich stehen. Ich lehne mich über das Geländer und sehe in das Wasser. Es hat keine Strömung. Unter mir fahren einige Boote. Sie rühren das Wasser auf. Wenn es sich beruhigt hat, sehe ich meinen Kopf im Wasser gespiegelt. Es gibt auch Möwen in Amsterdam. Ich erkenne sie an ihren Schreien. Schaue ich hoch, sehen sie im Flug fast wie Tauben aus. Da bin ich mir nicht so sicher, ob es auch tatsächlich Möwen sind.

Als ich mich umwende, um nun endgültig zur Bushaltestelle zu gehen, merke ich, daß meine Tasche verschwunden ist. Ich mein, ich hatte sie neben mich gestellt, als ich mich über das Geländer beugte. Aber ich bin mir nicht sicher. Vielleicht habe ich sie im Anne-Frank-Haus gelassen. Eigentlich gehöre ich nicht zu denen, die ihre Sachen liegen lassen. Oder bin ich doch eine von denen?

Ich laufe zurück zum Anne-Frank-Haus. Ich will meine Ruhe bewahren. Das sage ich mir die ganze Zeit über. Da es schon weit nach siebzehn Uhr ist, kann ich nicht mehr in das Haus. Es ist alles geschlossen. Es rührt sich nichts mehr in beiden Vorderteilen des Gebäudes, wo Ausgang und Eingang getrennt voneinander liegen.

Ich weiß gar nicht, was ich machen soll. Ich bin sehr aufgeregt. Mein Hals schmerzt, und das Blut ist mir zu Kopf gestiegen. Ich sollte zur Polizei gehen. Mir fällt auch ein, daß ich nun gar kein Geld mehr bei mir habe.

Ich laufe los, um zum Bustreffpunkt zu kommen. Es ist eine lange Strecke, wenn man sie rennt. Ich bin außer Atem, als ich ankomme. Dem Busfahrer erkläre ich meine Situation. Er will mich nicht wieder mitnehmen, wegen der fehlenden Papiere. Er kann auch nicht sagen, ob ich mit hergefahren bin. Ich sei ihm nicht aufgefallen. Er rät mir, zur Polizei zu gehen. Vielleicht liege die Tasche ja auch in dem Haus, das ich erwähnte.

Ich bin mordssauer, weiß wirklich nicht, was ich machen soll. Weil die Leute, die im Bus mitfahren, alle aus unserer Stadt oder der Umgebung kommen, gebe ich einer älteren Frau die Telefonnummer meiner Eltern. Ich bitte die Frau, zu Hause Bescheid zu sagen. Aber erst morgen früh, wenn meine Eltern ausgeschlafen haben, weil sie sonst einen Schrecken bekämen und was weiß ich tun würden. Als ich den Bus abfahren sehe, wird mir recht flau im Magen. Ich bekomme plötzlich einen irrsinnigen Hunger.

Die Leute frage ich nach dem Weg zur Polizei. Ich schäme mich, in deutsch zu fragen, weil sich das so anhört, als setze ich voraus, daß man mich versteht. Aber mir bleibt nichts anderes übrig. Man versteht mich auch.

Es ist nicht weit zur Polizei. Man hört sich alles an, was ich erkläre. Sie raten mir, bis morgen zu warten, mit einer Diebstahlsanzeige und ähnlichem, weil sich die Tasche ja noch im Anne-Frank-Haus befinden könnte. Was soll ich bis morgen machen? Das frage ich sie, aber die können mir auch nicht helfen. Ich bitte sie, mich des Landes zu verweisen, aber man lacht mich nur aus. Ich erkläre, daß ich gar kein Geld habe, daß ich essen muß, daß ich ja auch irgendwo schlafen muß. Sie schicken mich zum VVV, die könnten mir Adressen nennen von so was wie der Heilsarmee oder den christlichen Vereinen.

Draußen stehe ich und bin ganz benommen. Ja, was mach ich bloß? Wenn's ein Konsulat gäbe, könnte ich ja dorthin. Ich habe mal gehört, daß sie von dort aus die Heimreise bezahlen. Ob das Konsulat in Amsterdam ist? Oder in Den Haag? Ich fand da noch nie durch mit den Unterschieden zwischen Hauptstadt und Regierungssitz. Und ob ein Konsulat noch auf hat? Samstag abends? Was soll ich ihnen erklären? Daß ich beklaut wurde? Vielleicht habe ich die Tasche nur selber verschlampt. Die Polizei schien mir ja auch nicht recht zu glauben. Sie war so wenig aufgeregt, nicht so, wie sie über einen Diebstahl hätte sein müssen. Mein ich.

Ich kann gar nicht überlegen, laufe einfach wieder in die Stadt hinein, den Damrak entlang. Vielleicht kann ich auf einer Bank übernachten. Oder die Nacht durchmachen. Auf morgen warten. Meine Mutter sagt immer, daß morgen alles anders aussehe.

Ich setze mich auf einen Stuhl. An die Ecke von so einem Straßencafé. Ich starre vor mich hin und höre auf zu denken. Man läßt mich eine Zeitlang in Ruhe. Aber später kommt die Bedienung und möchte meine Bestellung aufnehmen. Ich zucke mit den Schultern und breite meine Hände aus. Ganz instinktiv. Da läßt man mich wieder zufrieden.

Neben mir am Tisch sitzt ein Mädchen mit blauen Haaren. Es fällt mir auf, weil eigentlich alle Leute ziemlich gleich aussehen, wenn man so über sie hinwegsieht. Die blaue Farbe leuchtet, und ich muß hinstarren. Das Mädchen sagt etwas. Ich verstehe es nicht. Es ist wohl holländisch. Ich sage: »Ich verstehe nicht.« Und zucke wieder mit den Schultern.

Das Mädchen spricht deutsch. »Was ist los?« fragt es. Ich erzähle alles, wie ich mit dem Bus hierhergekommen bin, wie ich für zehn Mark Geld gewechselt habe, wie ich die Münzen ausgegeben habe, daß ich im Anne-Frank-Haus war. Und das mit der Tasche. Das erzähle ich ausführlich. Etwas heulen muß ich dabei. Weil ich mir selber so schrecklich leid tue.

Das Mädchen schiebt mir seine Cola rüber. Ich trinke, und noch nie hat mir eine Cola so gut getan.

»Ich hab noch nicht mal Geld für's Klo«, sage ich. Und muß lachen. Das Mädchen lacht auch.

»Ich bin Blue«, sagt es und zeigt mit einer Hand auf ihr Haar.

»Klar«, sage ich, »könnt ja auch gar nicht anders sein. Ich heiße Kiki.«

»Okay«, sagt Blue. »Wir können heute gar nichts mehr machen. Kommst erst mal mit zu uns. Damit du nicht naß wirst, wenn es regnen sollte.«

»Ah ja?« sage ich.

Blue zeigt auf einen Mann, der neben ihr am Tisch sitzt. »Das ist Ben Bella«, sagt sie. »Der gehört zu uns.«

Ben Bella sagt: »Hello.« Er hat schwarze Haare und dunkle Augen, einen Kinnbart. Seine Augen sind so sanft wie man sich die von Jesus vorstellt. Ähnlich den Augen von Frieslandkühen.

»She's lost«, sagt Blue zu Ben Bella. »She'll stay with us.«

»Okay«, sagt Ben Bella.

Als Blue und Ben Bella aufstehen, hänge ich mich einfach an sie. Was bleibt mir auch anders übrig? Nein, so verloren fühle ich mich nicht mehr.

Wir müssen ein ganz schönes Stück laufen, bis in eine Gegend, wo keine Grachten mehr sind und die Häuser verkommen aussehen. Blue hat ein Indienkleid an, das sich beim Gehen wie eine Glocke unterhalb ihrer Brust bauscht. Es sieht aus, als ob Blue schweben würde. Ben Bella schleppt zwei Trommeln mit sich. Sie sind mit einem Band verbunden, das er über der Schulter trägt. Die Trommeln baumeln an seinem Körper.

Wir gehen in ein dreistöckiges Haus. Die Eingangstür steht weit offen. Auf der Holztreppe, die wir zum zweiten Stock hochlaufen, sitzen junge Leute. Sie sind alle wahnsinnig nett, sagen ›hey‹, wenn wir über sie hinwegklettern. ›Hey‹, als ob wir uns alle schon ewig kennen würden.

In einem großen quadratischen Zimmer liegen Matratzen und Decken auf dem Boden. Das Zimmer ist bis auf ein paar

Dinge leer und kahl. Zwei große Flügelfenster befinden sich auf der Straßenseite. Gardinen gibt es nicht.

Wir setzen uns auf die Matratzen.

»Das Klo ist drei Türen weiter«, sagt Blue. »Und es kostet nichts.«

Ich stehe auf und suche das Klo. Langsam und vorsichtig gehe ich den Korridor entlang und zähle die Türen ab, eins, zwei, drei. Ganz glücklich bin ich, ja, kein Regen macht mich naß. Die Tür zum Klo steht offen. In dem kleinen Raum gibt es neben dem Klo noch ein Waschbecken und ein wachstuchbezogenes Brett, auf dem eine Emailleschüssel steht. Ein paar Gläser sind auf dem Wachstuch abgestellt, umgekehrt, mit der Öffnung nach unten, damit kein Staub in sie fällt.

Das Kämmerchen ist gleichzeitig der Abwaschraum für das Geschirr. Die Tür kann man nicht abschließen. Ich zögere, das Klo zu benutzen. Ich habe manchmal schreckliche Alpträume, in denen Toiletten eine Rolle spielen, dreckige, übervolle Klos, mit halben Türen oder welchen, die nicht zuschnappen. Ich bin voller Hemmungen, wie ich in diesem Raum stehe und mich nicht rühre.

An der Wand gegenüber der Tür hängt ein beschlagener Spiegel. Ich schaue hinein und sehe mich. Als ob dort jemand anderes steht. Jemand fremdes. Etwas verschwommen sehe ich die Kiki, gelblich durch den Stich im Spiegel, beschlagen, die Haare stehen wie ein Heiligenschein vom Kopf ab. Mir fällt ein, daß ich mich gar nicht kämmen kann. Ich habe ja gar nichts mehr. Wenn ich hier noch meine Tage bekomme, was dann? Das Mädchen im Spiegel sagt: »Na, was dann? Gibt doch Schlimmeres. Jetzt kann dich kein Regen naßmachen.« Okay, sage ich, beschaue mir das Klo. Es hat keinen Deckel, keine Brille. Ich sehe zur Tür, auf das Schloß ohne Schlüssel, entschließe mich, das Klo trotzdem zu benutzen. Wenn jemand kommt, dann, ja dann. Es muß doch jeder, sage ich mir. Jeder muß, ein paarmal am Tag. Ist doch nichts Neues, für keinen. Also, was soll's.

Ich hock mich über das Klo. Als ob ich im Wald machen würde. Ich trau mich nicht, mich so einfach aufs kalte Porzellan zu setzen, bleibe in der Hocke und stütze mich mit den Händen auf den Knien ab. Klopapier gibt's hier, weiches und dickes, gelbes Klopapier. Ich finde das herrlich. Meine Hände wasche ich über dem Becken. Da es kein Handtuch gibt, schüttel ich die nassen Hände ein paarmal über dem Bassin.

Auf dem Korridor, den ich zum Zimmer zurücklaufen muß, schwenke ich meine Arme wie Flügel. Ich spüre, wie das Wasser auf den Händen trocknet, die Haut zieht sich zusammen. Wieder zähle ich die Türen, eins, zwei, drei.

»Okay?« fragt Blue, als ich komme.

Ich nicke. Lasse mich auf der Matratze nieder. So müde bin ich, daß ich mich am liebsten wie ein Hering zusammenrollen würde.

Aus einem Pappkarton holt Blue Weißbrot und Käse. Jeder bricht sich ein Stück ab und gibt es weiter. Wir essen und sagen nichts. Blue füllt Rotwein aus einer bauchigen Flasche in Wassergläser. Ich habe großen Hunger und esse mich rundum satt. Ich wußte gar nicht, daß Brot und Wein und Käse so gut schmecken können. Als ich mein Glas ausgetrunken habe, gießt Blue nach. Der Wein schmeckt herb, ich lasse ihn lange im Mund, bevor ich schlucke. Ich werde unsagbar müde. Es ist so eine satte, sorgenfreie Müdigkeit.

»Give her this blanket«, sagt Ben Bella.

Ich werfe die Decke über mich, so eine harte, graue Lazarettdecke. Warum fällt mir Lazarett ein? Ein bißchen geschlagen fühle ich mich, aber nicht verwundet, noch lange nicht verwundet. Die Decke kratzt auf dem Arm wie meine alte Strickjacke. Ich hätte meine Landhausjacke mitnehmen sollen. Oder nein. Die Decke ist warm. Kein Regen kann mich naßmachen.

Ich wache auf, weil mir die Sonne in das Gesicht scheint. Im Haus lärmt es schon. Blue und Ben Bella essen, Weißbrot von gestern. Ich setze mich auf. Ben Bella reicht Blue das Brot herüber. »Does she want some?« fragt er.

Ich schüttel den Kopf. Zuerst muß ich. Ich bin voll. Der Wein von gestern abend. »Later«, sage ich.

Vor der Klotür wartet jemand. Die Tür ist geschlossen, man hört das Wasser laufen. Ich stelle mich an. Etwas später kommt ein Mensch heraus, hager, undefinierbar, ich weiß nicht, ob Mann oder Frau. Die Tür bleibt offen, bis der nächste den Raum betritt, die Tür hinter sich zuzieht. Es funktioniert, das mit dem Klo. Tür auf: du kannst. Tür zu: besetzt.

Ich wasche mich mit erdkaltem Wasser. Als ob es gerade aus acht Meter tiefem Boden kommt. Zu Hause ist das Wasser auch so kalt, wenn man es benutzt und gleichzeitig der Rasen gesprengt wird. Zu Hause wird das Wasser aus dem Gartenboden gepumpt. Mit einer laut schlagenden Pumpe, die im Heizungskeller steht. Im Sommer ist das kalte Wasser wie ein Geschenk.

Mein Gesicht wird frisch, als das Wasser trocknet. Ein paarmal spüle ich meinen Mund aus. Ich sehe in den Spiegel. Mit den Fingern schüttel ich die Haare durch. Das bin doch ich, die im Spiegel.

Ich esse das Weißbrot von gestern, auch ein Stück Käse. Vom Rotwein trinke ich ein halbes Glas. Ich werde ganz munter. Ben Bella, der gestern ganz still war, beteiligt sich an der Unterhaltung. Er spricht über Blue zu mir. »What is she going to do now?« fragt er.

»Wir gehen zurück«, sagt Blue, »zum Anne-Frank-Haus. Wenn die Tasche da ist, okay. Wenn nicht, okay.«

»Was heißt okay?« frage ich. »Wie komm ich nach Hause?«

»Bleibst eben noch ein bißchen«, sagt Blue.

»Aber ich habe kein Geld«, sage ich.

»Ben Bella hat Geld«, sagt Blue. »Wenn er keins hat, habe ich Geld. Wenn ich kein Geld habe, hast du Geld.«

»Versteh ich nicht«, sage ich. »Was macht Ben Bella?«

»He's beating the drums«, sagt Blue. »Go on, show her your drums.«

Unter einer Decke auf der Matratze holt Ben Bella seine Trommeln hervor. Er setzt sich auf die Trommeln, mit den Fingern berührt er die bespannte Schlagfläche. Es sind sanfte Klänge, dumpf und beruhigend. Ben Bella schlägt abwechselnd beide Trommeln, mal mit der ganzen Hand, mal nur mit einigen Fingern, mit den Fingerspitzen. Es gibt eine rhythmische Melodie. Wunderbar ist es.

»You see«, sagt Blue. »Er ist der beste Trommler Amerikas.«

»Ist er Amerikaner?« frage ich.

Blue nickt.

»Und jetzt ist er hier?« frage ich.

»Yes, jetzt ist er hier«, sagt Blue.

So, wie wir reden, spielt Ben Bella die Trommel. Er untermalt die Sätze mit den rhythmischen Schwingungen.

»What do you do?« fragt Blue.

»Was?« frage ich.

»I mean, was machst du so?«

»Nichts«, sage ich. »Nothing.«

»Haven't you got a job?« fragt Blue.

»No«, sage ich. »Kein Job. Schule bis jetzt. I have just finished secondary school. No job.«

»She is free on the market«, sagt Ben Bella. »Free like a bird.«

Eher fühle ich mich vogelfrei. Zum Abschießen für jeden.

Ben Bella singt. »There is time for everything. Time for dreaming, time for moving. Time to love yourself.«

»Warum studierst du nicht?« fragt Blue.

»That's not so easy«, sage ich. »Dafür fehlen mir noch ein paar Jahre.«

»Nichts ist leicht«, sagt Blue.

»Put on your lovely dress and write a poem«, singt Ben Bella.

»Warum macht ihr das denn hier?« frage ich.

»Was sonst?« fragt Blue. »Jetzt ist doch Sommer.«

»There is time for everything«, singt Ben Bella.

»Okay«, sagt Blue. »Wir müssen.«

»Wohin?« sage ich.

»Es ist Sonntag«, sagt Blue. »Die Stadt ist voller Touristen. Da macht Ben Bella Geld. Von Mittag an trommelt er. Das bringt Geld, besonders an Wochenenden.«

Wir gehen in die Innenstadt. Ben Bella plaziert sich vor dem Paleis. Er fängt an zu trommeln, leicht und schwingend. Leute bleiben stehen.

Wir gehen die Straßen hinunter, über die Grachten zum Anne-Frank-Haus. Es ist keine Tasche abgegeben oder gefunden worden. Also geklaut, auf der Brücke über die Singel. So hatte ich mir das auch gedacht.

»Was jetzt?« frage ich.

»Polizei«, sagt Blue. »Alles ordnungsgemäß. Du willst doch wieder nach Hause. Oder bleibst?«

»Na«, sage ich. »Nach Hause muß ich schon.«

Jetzt wird auf der Polizei ein richtiges Protokoll aufgenommen. Und ich bekomme ein Stück Papier, aus dem hervorgeht, daß ich meine Ausweispapiere verloren und dies der Polizei gemeldet habe. Ordnungsgemäß.

Da stehen wir auf der Straße. »Wann willst du denn zurück?« fragt Blue.

»Sobald es geht«, sage ich. »Hängt vom Geld ab.«

»Klar«, sagt Blue. »Immer hängt es vom Geld ab. Ich tret dir meinen Job ab, bis du das Geld zusammenhast.«

»Was für ein Job?« frage ich.

»Wirst schon können«, sagt Blue. »Von zwölf bis zwölf, oder wie sie dich brauchen. Im ›Lai Gee Garden‹. Teller waschen, Küche säubern. Und so. Fünf Gulden die Stunde.«

»Ah ja.« Im Moment glaube ich, Teller waschen ist ein herrlicher Job. »Und was machst du dann?« frage ich.

»Ich werde sammeln gehen«, sagt Blue. »Bei Ben Bella. Das bringt mehr Geld für ihn. Siehst du. Jetzt macht er Geld und du Geld. Einer hat immer was.«

Wir laufen zum Damrak. Zu einem etwas schmutzigen indonesisch-chinesischen Lokal.

»She's taking my job«, sagt Blue. »For some time.«

»Alright«, sagt die Madam vom ›Lai Gee Garden‹.

So fange ich an.

Zuerst habe ich nichts zu tun. Ich stehe in der Küche herum und warte, daß man mir etwas zu tun gibt. Aber man ignoriert mich einfach. Gesprochen wird hier wohl indonesisch; ich verstehe kein Wort.

Nach zwölf wird es hektischer. Irgendwo, auf einem großen Herd mit vielen überdimensional großen Platten, wird gebrutzelt. Ich stelle mich vor das Abwaschbecken und warte. Es gibt dann doch Berge von benutztem Geschirr, das auf eine Ablage neben dem Becken gestellt wird. Ich lasse warmes Wasser einlaufen. Aus einer Plastikflasche ohne Aufschrift gieße ich eine dickflüssige, gelbliche Masse in das rinnende Wasser. Ich nehme an, daß es Geschirrspülmittel ist. Ich spüle Gläser und Besteck, Kaffeetassen und Suppenteller. So, wie es mir gebracht wird. Ich sehe keine Möglichkeit, das Geschirr zu ordnen, wie es zu Hause meine Mutter macht, die zunächst die Glasdinge wäscht und zum Schluß die stark verschmutzten Töpfe. Wenn das Wasser undurchsichtig geworden ist, trockne ich das Geschirr und stapel es auf einer Art Teewagen. Keiner kümmert sich um mich. So wird es wohl richtig sein, wie ich es mache.

Es geht stundenlang durch. Meine Hände werden weich, die Haut schrumpelt wie damals, als ich vor Jahren überlange in der Badewanne gesessen und mit der Seifendose gespielt habe. Meine Fingernägel sind brüchig wie Pergamentpapier. Nach drei Uhr ist Pause. Nachdem ich die mir zuletzt gebrachten Teller gereinigt und getrocknet habe, nimmt mich eines der indonesischen Mädchen an die Hand und zieht mich an eine aus zwei Tischen zusammengestellte Tafel. Es gibt Mittagessen. Ich esse Reis und ein undefinierbares Fleisch. Geschnittene Möhren und Gurken mit Sojabohnenkeimlingen vermischt gibt es als gedünstetes Gemüse. Es schmeckt süß-sauer. Es wird viel geredet bei Tisch. Nur mit mir spricht keiner. Ich nuckle an meiner Cola.

Nach der Mittagspause gibt man mir einen Eimer und Wischlappen. »Upstairs«, sagt man und zeigt auf eine Tür am Eingang des Restaurants. An der Tür ist ein Hinweisschild auf die Toiletten angebracht. Ich gehe eine schmale Treppe hinauf. Von den Wänden bröckelt der Putz ab. Der weiße Zementstaub ist auf dem Treppenbelag verteilt. Oben sind zwei Toiletten. Unter einem Waschbecken finde ich eine Dose Scheuerpulver. Ich wische den Boden mit kaltem Wasser auf. Noch nie habe ich eine Toilette saubergemacht. Zu Hause macht das meine Mutter. Ich weiß gar nicht, wann sie das macht. Die Toilette sieht immer sauber aus, als ob kein Mensch sie benutzen würde. Auch im Waschbecken befinden sich höchstens ein paar Wassertropfen, die nicht in den Ausguß gerollt sind. Es ist mir klar, daß Toiletten saubergemacht werden müssen. Aber wie?

Nachdem die Böden feucht aufgewischt sind, streue ich das Scheuermittel auf den dick zusammengelegten Wischlappen. Ich putze beide Klobecken von außen. Auch die Deckel und die Klobrillen reinige ich mit dem Putzlappen. Neben dem Damenklo steht eine Bürste in einem Plastikständer. Das Scheuerpulver streue ich auf die Bürste und schrubbe damit die Innenseiten der Porzellanbecken. Auch den oberen Rand des Klos bürste ich ab. Ich spüle mehrmals mit viel, viel Wasser nach. Ich versuche nicht daran zu denken, was ich hier mache. Zu Hause sitzen nur mein Vater, meine Mutter und ich auf dem Klo. Ich kenne keinen von denen, die hier die Klos so dreckig machen. Nun denke ich doch daran. Ich atme langsam und tief durch den Mund, damit mir nicht schlecht wird.

Um siebzehn Uhr beginnt die zweite Runde. Zuerst gibt es nur Gläser und Tassen der Leute, die vor dem Restaurant das Straßencafé benutzen. Da kann ich langsam machen. Ab sieben Uhr aber wird es doch wieder hektisch. Ich arbeite wie eine Maschine. Ich versuche, mir den Ablauf interessant zu gestalten, baue die abgetrockneten Teller und Tassen in Reih und Glied auf, wie eine Kompanie. Auch versuche ich, schneller zu sein als die Bedienung, die mir das Geschirr vom Wagen nimmt, um es zum Ausschank oder in einen Wärmeofen zu bringen. Ich möchte es schaffen, den Wagen randvoll zu bauen, beide Ablagen, daß nichts mehr geht, weil ich dann Sieger wäre. Aber wie ich mich auch beeile, man baut mir meine Formation immer vorher ab. Es ärgert mich, treibt mich an, läßt die Stunden passieren, ohne daß ich es merke.

Um Mitternacht soll Schluß sein. Es gibt noch einen betrunkenen Gast, der laut Halleluja singt und von Gott erzählt. Soviel verstehe ich. Er schlägt mit der flachen Hand auf den Tisch und predigt. Ich lege mich mit dem Oberkörper auf die Durchreiche zum Ausschank und sehe zu, wie man mit ihm fertigwerden will.

Die Madam vom ›Lai Gee Garden‹ baut sich vor ihm auf. »Sir?« sagt sie. Aber der Mann läßt sich nicht ablenken.

›Hallelujah«, sagt er.

Madam wiederholt: »Sir?«

Ich weiß nicht, warum sie so höflich ist. Vielleicht weiß sie nicht, was sie machen soll. Ich wüßte auch nicht, was ich in so einer Situation machen sollte. Die Männer, die zu Madam gehören, kümmern sich nicht um die Szene.

Schließlich erhebt sich der Mann. Er geht singend durch das Restaurant zum Ausgang. Madam folgt ihm dicht auf. An der Tür dreht sich der Mann noch einmal um, singt Madam lauthals vor. »Sir?« sagt Madam. Sie faßt ihn nicht an. Der Mann geht rückwärts hinaus auf die Straße. Madam schließt die Tür.

Ich habe noch die Küche aufzuwischen.

Madam gibt mir fünfundfünfzig Gulden, für zwölf Stunden Arbeit abzüglich einer Stunde Mittagspause. Ich bekomme auch noch ein in eine Serviette eingepacktes Hühnerbein.

»Tomorrow Blue?« fragt Madam.

»Perhaps«, sage ich. Ich weiß noch nicht, ob das Geld für die Bahnkarte reicht.

Durch die noch immer wache Stadt laufe ich nach Hause. ›Nach Hause‹ denke ich schon, denke an die alte Matratze neben Blue. Wein möchte ich noch kaufen und Brot, aber es ist Mitternacht. Die Geschäfte sind geschlossen. Unterwegs esse ich das Hühnerbein. Mir fällt ein, daß ich meine Eltern anrufen sollte. Jetzt habe ich Geld, aber wenn ich nachts anrufe, werden sie erschrecken.

Blue schläft, als ich komme. Ich krieche auf meine Matratze. »Hey«, sage ich zu Ben Bella. Er reicht mir ein Stück Brot herüber. Und die Flasche. Mein Glas von morgens steht noch neben der Matratze. Ich bin durstig, genieße den säuerlichen Geschmack des Chiantis. Ben Bella liegt mit seinem Kopf auf einer der Trommeln. Er beschützt sie wie einen Schatz.

Ich mache mich auf den Weg zum Klo. Jetzt bin ich wie ein alter Hase, weiß, wie's funktioniert. Ich habe keine Hemmungen mehr, das Klo zu benutzen.

Noch einmal wasche ich meine Hände. Sie werden nicht mehr viel Wasser aushalten. Die Haut ist rissig, die Nägel reißen ein. Und zwei Tage, ohne mein Haar gekämmt zu haben. Ich sehe in den Spiegel. Ich gefalle mir.

Der Vormittag ist frei. Ich muß telefonieren gehen. Und zur Bahn, um den Preis für die Karte zu erfahren.

Das Frühstück ist stets gleich. Ich schäme mich nicht mehr, einfach mitzuessen. Einer hat immer etwas, Brot oder Geld oder Wein. Blue oder Ben Bella oder ich.

»Wie hält er das aus?« frage ich. »Den ganzen Tag zu trommeln.«

»Er ist Berufsmusiker«, sagt Blue.

»Eh?« sage ich.

»Kann mehrere Instrumente spielen«, sagt Blue. »Er ist es gewöhnt, er ist ausgebildet.«

»Was macht er dann hier?« frage ich.

»Why are you here?« fragt Blue. »Mußt du das eigentlich fragen? Man ist nun einmal hier.«

»I am a street actor«, sagt Ben Bella. »It's a profession. For some time.«

»Vorher hat er in München getrommelt«, sagt Blue. »Und in Frankfurt. Hauptwache. Jetzt spielt er in Amsterdam, dann in Rotterdam. Letztes Jahr war er eine Zeitlang in Algerien. Da hat er seinen Namen wegbekommen. Er redet nämlich nicht viel zu Fremden, und man weiß nicht, wie er wirklich heißt.«

»Und warum macht er das alles?« frage ich. »Why do you do that?«

»Experience«, sagt Ben Bella. »I see the human beings, all over the world. I can do it now. I am satisfied. As long as it lasts.«

»Wir sind alle zufrieden«, sagt Blue. »Du nicht?«

Eigentlich schon. Essen, trinken, das Klo, kein Regen macht mich naß. Keiner fordert mich. Zwingt mich, will mich anpassen, will mich einpassen.

»For some time«, sage ich. »Telefonieren muß ich. Mit den Eltern.«

»O forget it«, sagt Blue. »You'll get into trouble.«

»So oder so«, sage ich. »Ärger gibt's immer. Aber ich kann sie nicht einfach links liegen lassen. Sie sorgen sich zu Tode.«

»Vorwürfe werden sie dir machen«, sagt Blue. »Jedesmal, wenn du anrufst. Du kannst nicht, du sollst nicht, du darfst nicht. Du mußt, dies und das. Alles, was sie wollen. Damit du dich anziehst wie sie. Geld machen sollst du. Ausgeben sollst du es, für Waschmaschinen oder Kaviar.«

»Meine Eltern essen keinen Kaviar«, sage ich.

»It doesn't matter«, sagt Blue. »Sie sind alle gleich. Sie denken nicht an dich. Sie denken an sich selber. Sie sind ärgerlich, weil du ihnen Sorgen machst. Nicht, weil dir etwas passieren könnte, sondern weil sie nicht ruhig schlafen können. Wenn du anrufst, you'll be in trouble.«

»Ich weiß«, sage ich. »Aber ich denke auch an sie. Viel mehr Leute kenn ich doch nicht. Und das hier, eines Tages kenn ich auch dieses hier zur Genüge, und es langweilt mich.«

»Du stellst Ansprüche«, sagt Blue. »Man braucht nicht viel, um zu leben.«

»Im Winter?« frage ich. »Was macht ihr im Winter?«

»Marokko«, sagt Blue. »Oder Srilanka.«

»Das kostet doch Geld«, sage ich. »Es läuft doch immer auf dasselbe hinaus. Für alles braucht man Geld. Du bist doch auch abhängig von Menschen, die dir Geld geben oder Arbeit. Du brauchst ein warmes Land, die anderen wollen ihre Waschmaschine. Und alle reden von Freiheit. Dabei seid ihr alle abhängig, du von der fixen Idee, es unbedingt anders machen zu wollen, um fast jeden Preis. Die anderen vom Zwang, sich mit den Nachbarn messen zu müssen. Was machst du, wenn du krank wirst?«

»Jeder hat sein eigenes Schicksal«, sagt Blue.

»Weißt«, sage ich, »ich würde mir selbst schrecklich leid tun, wenn ich hier krank würde.«

»Weil du daran gewöhnt bist, daß deine Mutter den Arzt holt«, sagt Blue.

»Klar«, sage ich. »Und zugeben muß ich, daß zu Hause keiner, aber auch keiner jemanden wie mich aufgenommen hätte. Jemanden, der plötzlich so verloren ist, weil ihm etwas zugestoßen ist, was er nicht vorhergesehen hat. Jemand fremdes. Ja, sie hätten alle geguckt, mich wie ein Weltwunder bestaunt. Aber keiner hätte mich mitgenommen und neben sich ins Bett gelegt. Sein Brot geteilt, das, was er hat. Sie spenden zu Weihnachten in der Kirche für die Armen der Welt oder für die SOS-Kinderdörfer, aber ihren Weihnachtsbraten essen sie deshalb doch noch. Sie finden ihr Leben schwer genug und glauben, sie verdienen das alles, den Braten, die Waschmaschine. Weil sie Ellenbogen benutzt haben, deswegen, weil sie sich durchkämpfen, im Wettbewerb stehen müssen. Sie sind abgeschafft, weil sie sich ständig beweisen müssen. Und weil sie es zeigen müssen, die Symbole ihrer Ellenbogenkraft, die Häuser, die Autos, schon die neuen Tapeten. Wenn einer sich nicht durchsetzt, dann ist er ein Versager. Man denkt nicht, daß so einer ein netter Mensch ist. Nein, nur die Ellenbogen zählen. Ich glaube, insgeheim denkt meine Mutter auch, daß mein Vater ein Versager ist. Weil er nicht Abteilungsleiter ist. Weil er nur noch irgendwo auf einem Stuhl sitzt, im Büro und zu Hause. Wenn er selber mal die Reifen am Auto wechselt, ist das schon eine Leistung. Dann hat er sich wieder mal bewiesen. Aber sonst? Ich glaube auch, sie verachtet ihn, weil er mich nicht genügend zwingt. Sie wünscht, daß er sich aufrecht hinsetzt und mich dazu bringt, mich endlich zu organisieren. So, wie sie ihren Haushalt organisiert. Alles läuft, alles spurt. Betriebsunfälle werden schnell beseitigt; eine Sicherung ausgewechselt und bei Trockenheit der Rasen gesprengt. Für alles gibt es eine Lösung. Nur für mich nicht, und ich selbst kenne sie auch nicht. So oder so, sie oder ihr, es müßte noch etwas anderes geben.«

»Du träumst«, sagt Blue. »She's dreaming of a perfect world.«

»It's all shit«, sagt Ben Bella.

»Perhaps«, sage ich. »Ich wünschte, ich könnte wirklich etwas tun.«

»Do what?« fragt Blue.

Ben Bella streichelt seine Trommeln, lockt Melodien heraus. Das verstehe ich, es ist wie Mundharmonika spielen, wo das Rauschen einem in den Kopf steigt wie ein Wasserfall. Wo man nicht mehr existiert, nur noch Ton ist, für Minuten ein brüllendes Sein. Nur noch Sein. Irgendwann geht einem die Luft aus, die Töne klingen ab, man verflacht, läuft aus. Ein bißchen wie mit Willi, als ich meine Augen geschlossen hielt und in mich hineinkroch, wo es nur noch warm war und weich, bis ich aufwachte. Und alles auslief, wie der Elbstrand.

»Victims of the fury, shadows in the dark«, singt Ben Bella mit tiefer Stimme. Wenn er singen könnte, richtig öffentlich, Fernsehen und so, würde er dann nicht auch reinfallen, auf das Geld, auf seine Eitelkeit? Zuerst würde er für die Menschen singen. Das wird er sich einreden. Dann wegen der Musik. Weil er das kann: Texte machen, die unter die Haut gehen. Dann wegen der Befriedigung. Und dann muß er leben, seinen Stil, der besonders ist und teuer. Schließlich macht er alles für Geld. Auf der Straße kann er nicht mehr trommeln, weil ihn ein Penner umarmen könnte. Und dessen Nähe kann er nicht mehr ertragen. Er muß alles von sich stoßen, hat nur noch sich, will auch nur noch sich. Ist wie alle anderen, meine Eltern, die Nachbarn. Kein Fremder mehr in der Nähe. Die totale Abkapselung. Eindringen unmöglich. Nichts geht unter die Haut.

»Alright«, sage ich. »Ich gehe telefonieren.«

»Wenn sie Ärger machen«, sagt Blue, »take it easy.«

»Klar«, sage ich und: »Warum die blaue Farbe? Dein Haar?«

»Blau ist meine Lieblingsfarbe«, sagt Blue.

»Ah ja«, sage ich. »Eigentlich logisch.«

Beim VVV erkundige ich mich nach dem Preis der Fahrkarte. Das verdiente Geld reicht noch nicht. Ich brauche noch acht Gulden zusätzlich, so werde ich einen weiteren Tag im ›Lai Gee Garden‹ arbeiten müssen. Zumal das Telefonat mit meinen Eltern auch einiges kosten wird.

Meine Mutter nimmt ab. Sie ist aufgeregt. Sie kann mir gar nicht zuhören. »Um Himmels willen, was ist passiert, wo steckst du, was machst du, um Gottes willen, ich wußte, daß das nicht gutgehen würde, du so allein in einem fremden Land«, sagt sie.

»Es geht mir gut«, sage ich. »Es ist nichts passiert.«

»Du verstehst nicht, was dir alles passieren kann«, sagt meine Mutter. »Wo warst du die Nacht über?«

»Ich werd bei Regen nicht naß«, sage ich. »Ich bin hier untergekommen, bei einigen Leuten, in einem Haus.«

»Was ist das für ein Haus?« ruft meine Mutter.

»Lauter junge Leute«, sage ich.

»Eine Jugendherberge?« fragt meine Mutter.

»Ein Wohnhaus«, sage ich. »Viele Leute zusammen. Sie teilen sich alles. Es geht mir gut.«

»Ist doch keine Kommune?« sagt meine Mutter. »Paß

auf, daß dir nichts passiert. Was meinst, was dir alles passieren kann. Geh lieber zur Polizei. Laß dich doch nach Hause schaffen. Irgendwie mußt du doch nach Hause kommen. Mein Gott, ich mach kein Auge zu. Gestern nicht und heute werd ich auch nicht. Mein Gott, läßt man dich auch nur einmal allein.«

»Ohne Geld kann ich nicht nach Hause«, sage ich. »Ich hab doch nichts getan, da schiebt mich keine Polizei ab. Ich jobbe jetzt. Morgen, übermorgen bin ich wieder zu Hause.«

»Wo bekommst denn das Geld her?« fragt meine Mutter. »Laß dich nicht verkuppeln. Das tun die in so einer Stadt. Und was soll ich den Nachbarn sagen, daß du nicht zurückgekommen bist. Es sieht aus, als seist du ausgerissen. Was soll ich denn machen. Vielleicht komm ich einfach und hole dich. Ja, das kann ich machen, das wär das beste.«

»Laß das sein«, sage ich. »Ich sag doch, es geht mir gut. Ich bin hier mit einem Mädchen zusammen. Und arbeiten tu ich in einem Gasthaus, in der Küche, kriege auch zu essen, und morgen, übermorgen bin ich wieder zu Hause. Mir fehlt nichts. Mir geht es gut.«

»Wirklich?« fragt meine Mutter. »Laß keinen an dich ran. Und halt dich an das Mädchen. Kennt die sich denn aus? Was sage ich dem Papa bloß? Wo bist du eigentlich?«

»Mir geht es gut«, sage ich. »Bestimmt. Noch einen Tag. Ich komm mit dem Zug, bin nachmittags da, morgen oder übermorgen.«

»Rühr keinen Alkohol an«, sagt meine Mutter. »Und paß auf auf dich. Halt dich an das Mädchen. Mein Gott, ich mach kein Auge zu. Daß mir so was passiert. Alle Welt wird glauben, du bist weggerannt. Es wird immer schlimmer, je größer du wirst, desto mehr Sorgen machst du einem. Kleine Kinder machen Kopfschmerzen, große Kinder geben einem Herzschmerzen. Daß ich das alles aushalten muß.«

»Mach dir keine Sorgen«, sage ich. »Mir geht es gut.«

Auf dem Rückweg höre ich die Trommeln von Ben Bella. Auf dem Platz vor dem Paleis gibt es einen kleinen Menschenauflauf. Ben Bella ruft mit seinen Melodien. Ich hätte nie geglaubt, daß ein Schlaginstrument so viele verschiedene Töne hervorbringen kann. Auf dem Platz setze ich mich auf einen Abgrenzungspfeiler und höre zu. Blue ist auch da. Sie schlägt eine Art Tamburin mit Glocken auf ihre Hand, manchmal auch an ihren Oberschenkel. Wenn man sich auf die Töne konzentriert, macht irgend etwas im Kopf den Rhythmus mit. Schlägt und schlägt den gleichen Takt. Den anderen Leuten muß es ähnlich gehen. Sie stehen da und starren, sind wie hypnotisiert. Ben Bella ist ein Zauberer. Solange er trommelt, versteinert er die Menschen. Ich bin unbeweglich, höre nicht den Straßenlärm, sehe auch keine Bewegung. Voll bin ich von diesem Tam-tam, diesem Locken, Dröhnen.

Es ist, als ob Ben Bella gegen die Welt ankämpft, die ein paar Meter weiter an der Bordsteinkante beginnt. Ob er, wenn er ewig trommelte, die Stadt lahmlegen könnte? Kann er sie alle zu sich ziehen, die Leute auf der Straße, in Amsterdam, auf dem Kontinent?

Da hört Ben Bella auf. Es trifft mich wie ein Schlag. Ich falle etwas vorwärts. Ein paar Sekunden noch stehen die Leute weiterhin wie erstarrt, dann gehen die ersten. Einige – wenige – werfen Münzen auf ein Tuch, das vor Ben Bellas Trommeln liegt.

Ich bin stolz, daß ich dazugehöre. Langsam gehe ich zu Blue und Ben Bella. »Hey«, sage ich.

»Na?« fragt Blue. »Okay?«

Ich nicke. »War nicht so schlimm«, sage ich. »Das übliche. Kannst es dir ja vorstellen.«

»Und?« sagt Blue. »Bleibst du noch?«

»Ach«, sage ich. Etwas hilflos bin ich. »Ist doch dein Job.«

»Ist doch egal«, sagt Blue. »Können uns doch abwechseln. Hey?«

»Noch einen Tag«, sage ich. »Das reicht. Ist mehr als ich brauche.«

»Morgen dann?« fragt Blue.

»Ja«, sage ich.

Blue greift mich am Kopf, schüttelt mir die Haare durch wie bei einem jungen Hund.

»Na dann«, sagt sie. »Okay.«

Einen Moment lang habe ich Blue schrecklich gern.

»Ich geh einkaufen«, sage ich. »Brot und Käse. Treffen wir uns, bevor ich zum ›Lai Gee Garden‹ gehe?«

»Okay«, sagt Blue.

Ich kaufe ein Baguette und dicke Scheiben Käse: Berghofkäse, französischen Brie und weichen Holländer. Und eine Flasche Rotwein. Ich stecke alles in eine Papiertüte. Das Brot schaut oben heraus. So habe ich es schon im Fernsehen gesehen. Wenn sie etwas von Paris bringen, sieht man die Leute mit den Weißbrotstangen herumlaufen. In den amerikanischen Filmen tragen die Leute die eingekauften Sachen in den gleichen Papiertüten. Oben schaut immer ein Stück grünes Gemüse heraus.

Ich laufe langsam nach Hause und komme mir weltgewandt vor. Im Haus steige ich über die Treppenhocker. »Hey«, sage ich. »Hey«, sagen sie. Ich bin sehr stolz, wie ich mit allem fertig werde.

Die Tüte stelle ich in die Zimmerecke. Ich sehe aus dem offenen Fenster und warte darauf, daß Blue und Ben Bella zurückkommen. Es dauert. So nehme ich die benutzten Gläser und gehe auf das Klo, um sie im Waschbecken zu spülen.

Es ist nicht so einfach, den angetrockneten Wein mit kaltem Wasser und ohne Spülmittel zu entfernen. Ich lasse mir Zeit, kratze mit den Fingernägeln die aufgeweichten

Spuren fort. Die Klotür lasse ich offen. Jeder kann sehen, daß ich beschäftigt bin.

Nach der Reinigung der Gläser schwenke ich sie ein paarmal durch die Luft, um die Tropfen abzuschütteln. Im Zimmer stelle ich die Gläser umgekehrt auf einen Pappkarton. Irgendwo gibt es einen Korkenzieher. Es ist so ein einfaches Gerät, ohne diese Flügel oder mit besonderem Gewinde, wie es sie bei uns zu Hause gibt. Mit der Metallspitze reiße ich den Plastiküberzug am Flaschenhals ein. Ich bohre den Schraubenzieher in den Korken und drücke beim Drehen fest auf den Holzgriff. Als das Metallstück gänzlich im Korken verschwunden ist, ziehe ich kräftig. Es ist anstrengend, aber ich bekomme die Flasche auf. Auch das macht mich froh. Noch nie habe ich eine Weinflasche geöffnet. Auch eine Sektflasche noch nicht. Ich nehme mir vor, auch das zu probieren, so ganz langsam und ohne Knall, wie man es im Fernsehen sieht, wenn der Gastgeber die Flasche lautlos entkorkt. Es sieht ungeheuer vornehm aus.

Wir haben noch eine Stunde Zeit, als Blue und Ben Bella kommen. Sie bringen Tomaten und Radieschen mit. Es ist ein herrliches Essen. Wenn ich wieder drüben bin, werde ich öfters so essen, nehme ich mir vor. Wenn ich drüben bin, als ob alles, meine Eltern und unser Ort und die Stadt und alles, alles auf einer anderen Seite ist.

»Morgen werden wir wenig Zeit haben«, sage ich. »Ich nehme den ersten Zug, der fährt so ziemlich durch.«

»She's leaving«, sagt Blue.

»Too strong, her strings«, sagt Ben Bella.

»Ja«, sage ich. »Aber ich glaube, ich werde alles anders machen, jetzt. So abhängig bin ich nicht mehr. Ich glaube, ich kann mit etwas fertig werden, mit Dingen, die ungeplant kommen, die anders verlaufen, als ich es mir vorstellte. Irgendwie bin ich stolz auf mich. Ich sehe in den Spiegel und denke nicht mehr, ob ich Pickel habe, beispielsweise, oder ob mein Haar auch ordentlich sitzt. Ich sehe mich und denke: das bin ich, einfach ich mit allem Drum und Dran. Ich bin wer. It's me. I am somebody.«

»Das war aber schnell«, sagt Blue. »Bist einen Tag hier und bekommst Selbstbewußtsein.«

»Es ist anders«, sage ich. »Eher Selbstwertgefühl. Ich finde mich wichtig, und ich mag mich. Einfach, weil ich nicht gewußt habe, daß ich so reagieren würde, wie ich es seit vorgestern getan habe. Ich hatte vielleicht erwartet, daß ich mich in eine Ecke setze und anfange zu heulen. Aber es lief ganz anders. Ich war neugierig und bin Schritt für Schritt langsam vorwärts gegangen. Sicherlich, ihr habt mir ungemein geholfen, und schließlich war ich nicht aus der Welt. Zurückgreifen auf meine Eltern konnte ich immer, vielleicht wußte ich im Unterbewußtsein, daß es etwas gab, auf das ich zurückkommen konnte. Aber immerhin, es war alles so ganz anders, als ich es je erlebt hatte. Ich hätte Pech haben können und hätte euch nicht getroffen, wäre unter die Räuber gefallen oder so. Trotz allem, ich bin zufrieden mit mir. Und das ist ein neues Gefühl für mich.«

»She's reflecting her stay«, sagt Blue.

»She's got an analytical mind«, sagt Ben Bella. »Not bad.«

»Ach nein«, sage ich. »Es sind nur so Gedanken, die ich habe. Aber ich gehe gern tief in die Dinge hinein. Ihr habt recht. Ich möchte hier liegen. Nicht mehr nur träumen, möchte überlegen. Was draus machen, möcht ich, aus allem was machen. Aus mir was machen.«

»What is she going to do?« fragt Ben Bella. Immer noch versteckt er sich hinter Blue.

»Ich weiß nicht genau, was ich machen werde«, sage ich. »Morgen fahre ich nach Hause, und übermorgen werde ich dran gehen, etwas aus mir zu machen. Will mir den Wecker stellen, auf sieben Uhr, und losgehen. Ich werde schon was schaffen. Will mich nicht immer verkaufen lassen, herumschieben lassen von allen, die meinen, über mich etwas sagen zu können. Sie glauben alle, sie wissen, wie ich bin. Sie ist ein ordentliches Mädchen, sagen sie. Sie ist zu träumerisch, sagen sie. Sie hat sich verzettelt, sagen sie. Sie ist sprachbegabt, sagen sie. Sie ist ausgeglichen, sagen sie. Oder was weiß ich sonst noch. Dabei steckt keiner in mir.«

Ich trinke mein Glas aus. Der leichte Wein versetzt mich in gute Stimmung. »Und jetzt zwölf Stunden ›Lai Gee Garden‹ «, sage ich.

Ich laufe durch die Stadt, als ob es unser Ort ist, mit dem Milchmann und der Bushaltestelle. Das macht mir so leicht keiner nach, sich so mir nichts, dir nichts in Amsterdam zurechtzufinden. Es ist nicht mehr, als ob mich die Stadt überwältigt, mich erdrückt vor lauter neuen Dingen und fremden Menschen und unverständlichen Sprachen. Nein, die Stadt ist unter mir, ist, wo sie hingehört, unter meinen Füßen.

Im ›Lai Gee Garden‹ sage ich: »Another day with me.«

»Alright«, sagt Madam.

Diesmal ist der Tag kürzer. Meine Hände werden weich, das schmutzige Geschirr stapelt sich. Ich baue meine Formationen, lasse Wasser ein- und auslaufen. Süß-sauer wie das gedünstete Gemüse riecht die ganze Küche. Um drei Uhr wieder Mittagspause, Glasnudeln mit Rindfleischstückchen. Gebackene Bananen zum Nachtisch. Heute kenn ich mich gut aus, nehme Waschlappen und Eimer, ohne daß es mir jemand sagt, gehe die Treppe hinauf zu den Toiletten. ›Klo wischen‹, das letzte Mal.

Abends wird es nicht mehr so schlimm, weil es ein Wochentag ist. Es gibt Unterbrechungen in meiner Tätigkeit, ich lasse das Geschirr ansammeln, laufe in der Küche herum. Ich sehe zu, wie gekocht und gebraten wird. Wenn ich in die Töpfe schaue, sage ich »fine« oder »that's nice«. Die Köche von Madam grinsen.

»Madam Lai Gee«, sage ich, als ich mich verabschiede, mit weiteren fünfundfünfzig Gulden in der Hand. »I'm leaving. Blue will come again tomorrow. And thank you very much.«

»O that's alright«, sagt Madam. Ich bekomme noch mein Hühnerbein.

Blue und Ben Bella schlafen. Wie ich sie so sehe, überlege ich mir, ob sie etwas miteinander haben. Wenn ja, haben sie es nie gezeigt. Eher haben sie sich so benommen wie ein altes Ehepaar, Zeit haben sie, sich mit anderen Dingen als nur mit sich selbst zu beschäftigen.

Nie habe ich mich als Eindringling gefühlt, alles ist so selbstverständlich gewesen.

Ich lege mich auf die Matratze und mach kein Auge zu. Da es hier keinen Wecker gibt, befürchte ich zu verschlafen und den Zug zu verpassen.

Am Morgen esse ich das übliche Frühstück, am nächsten Tag wird alles anders sein. Marmeladenbrot wohl und Milchkaffee. Und darauf freue ich mich auch schon.

»Bye«, sage ich zu Blue und Ben Bella, die wie zwei Kinder auf dem Kopfteil ihrer Matratze hocken und verschlafen aussehen. »Macht's gut«, sage ich und lasse ihnen noch die zwanzig Gulden, die ich übrig habe. Blue nimmt das Geld und steckt es in ihre Kleidertasche.

»She's always welcome«, sagt Ben Bella.

Ich glaube nicht, daß ich wiederkommen werde. In ein paar Wochen wird alles anders aussehen. Vielleicht sind sie beide in Rotterdam, dann. Vielleicht ist auch nur Ben Bella dort. Ich bücke mich und küsse Blue auf den Mund.

»Blau ist meine Lieblingsfarbe«, sage ich. Blue schüttelt mir die Haare durch, rollt sich dann wieder auf der Matratze zusammen.

»Immer geradeaus«, sagt sie, »wo du lang willst. Hey?«

»Bye«, sage ich.

Was soll ich sonst sagen? Daß ich sie nie vergessen werde? Daß es schön war mit ihnen? Daß ich ihnen danke? Es war doch alles so selbstverständlich, als ob wir zeitlebens zusammengewesen wären. Ich gehe durch den Korridor, steige über die ersten Treppenhocker nach unten.

Der Zug wird mich nach Hause bringen. Mit Hilfe des Polizeipapiers hoffe ich, gut über die Grenze zu kommen. Die elektrische Lokomotive zieht die Wagen rasch und leise aus dem Bahnhof, durch die flache Landschaft, in die Städte hinein.

Alles ist so, wie ich es erwartet habe.

Zuerst umarmt mich meine Mutter, küßt mein Gesicht von allen Seiten ab. »Mein Gott«, sagt sie, »mein Gott.« Dann sieht sie mich genauer an. »Wie du aussiehst!« sagt sie. »Herr des Himmels, wie du aussiehst!«

Sie weiß nicht, ob sie sich mit mir hinsetzen oder in der Küche das Essen vorbereiten soll. »Hast Hunger?« fragt sie. »Ist dir was passiert? Wie konnte denn das alles nur kommen? Ist dir auch nichts geschehen?«

»Ich bin doch da«, sage ich, »Siehst doch, daß ich noch heil bin.«

»Na ja«, sagt meine Mutter. Sicher möchte sie, daß ich ihr sage, daß ich nicht vergewaltigt worden bin. Ich werde ihr aber nichts erzählen, sie wird alles anders sehen, als es gewesen ist, das mit dem Rotwein zum Frühstück würde sie umhauen.

»Am besten badest du gleich«, sagt meine Mutter. Als ob damit alles abzuwaschen ginge.

»Ich will nicht«, sage ich.

»Ja aber, Herrgott, wie du aussiehst«, sagt meine Mutter.

»Mich stört es nicht«, sage ich. »Ich weiß nicht, was du

willst, ich bin doch da, mir ist nichts passiert. Klar, meine Tasche ist weg und mein Ausweis. Das läßt sich alles in Ordnung bringen.«

»Ja aber, wenn dich einer so sieht«, sagt meine Mutter. »Du siehst aus, als ob du dich drei Tage nicht richtig gewaschen hast.«

»Hab ich auch nicht«, sage ich. »Aber das ist wohl nicht das wichtigste. Ich bin doch da, okay?«

Als mein Vater später kommt, fängt alles noch einmal von vorn an.

»Sie will sich nicht waschen«, sagt meine Mutter. »Stell dir das vor, sie will sich nicht waschen.«

»Geh und tu, was deine Mutter dir sagt«, sagt mein Vater.

»Ich werd mich schon waschen«, sage ich, »irgendwann mal, wenn ich es für richtig halte.«

»Deine Tochter!« sagt mein Vater. »Deine Erziehung! Jetzt kriegst du alles zurück, was du falsch gemacht hast. Ist das erste Mal allein, baut nur Mist, wird frech. Ist mir ja egal, wenn sie so zu mir ist, aber du hast dir ja was anderes erhofft bei deiner Methode von ewiger Fürsorge. Dir wird sie es noch danken.«

»Ich weiß gar nicht, warum ihr euch aufregt«, sage ich, stehe auf und laufe zur Treppe, um nach oben in mein Zimmer zu gehen. »Du hast doch nur 'ne große Klappe. Wenn dir was nicht paßt, schiebst du alles auf die Mama. Du bist doch immer fein raus.«

»Wie redest du mit deinem Vater?« sagt meine Mutter.

»Wieso?« frage ich. »Wer ist er denn, daß ich nicht mit ihm reden kann, wie ich will?«

»Ja, mein Gott, so kannst du doch nicht deinen Vater behandeln!« sagt meine Mutter.

»Wieso müßt ihr immer irgendwie behandelt werden? Wieso nicht ich? Auf mich kommt es jetzt an. Bei euch ist doch schon alles gelaufen. Ihr wollt doch nicht mehr. Der

Papa doch nur noch die Zeitung. Und ich wette, er liest nur die Überschriften und die Lottozahlen.«

»Was ihr für eine Ahnung habt, ihr jungen Leute«, sagt meine Mutter. Jetzt flüchtet sie sich in Verallgemeinerungen.

»Laß sie doch«, sagt mein Vater. »Mach mir lieber was zu essen. Ich habe noch Skatabend. Das ist doch dein Produkt.«

Meine Mutter schnüffelt ein bißchen mit der Nase. Sie geht in die Küche, zieht die Schublade heraus, um das Brotmesser zu holen.

Ich gehe auf mein Zimmer. Aus meiner Spardose, in die mein Taschengeld kommt, bevor es zur Sparkasse auf ein Sparbuch getragen wird, nehme ich mir zehn Mark. Ich laufe nach unten.

Bevor ich die Haustür zuschlage, höre ich meine Mutter noch rufen. »Wohin gehst du?« fragt sie.

Das werden sie schon merken.

Beim Bäcker frage ich nach einem Baguette.

»Was ist das?« fragt die Verkäuferin.

Ein schöner Ort, keine Ahnung haben sie von der Welt.

»Schon gut«, sage ich. »Geben Sie mir zwei Brötchen.«

Aber die sind auch schon ausverkauft, weil es kurz vor Ladenschluß ist.

»Morgen früh wieder«, sagt die Verkäuferin. Morgen, morgen! Ich laufe zum Milchmann und suche die Weinflaschen ab. Aber Chianti hat der auch nicht. Na gut, ich kaufe mir eine Cola.

Oben auf meinem Zimmer werfe ich mich auf das Bett. Meine Kassette lege ich in den Recorder ein. Ich trinke Cola schlückchenweise. Dazwischen singe ich mit.

»It seems so long ago. Nancy was alone, looking at the late, late show through her semi-precious stone in the house of honesty. In the house of mystery there was no one at all.

There was no one at all. It seems so long ago. None of us was strong.«

Ich versuche zu glauben, daß nicht alles ein Traum gewesen ist.

7.

Für Dienstag früh habe ich meinen Wecker gestellt. Ich wache auf und will ins Bad, weil ich mich nun endlich duschen und die Haare waschen muß. Ich habe einiges vor.

Vor der Badezimmertür treffe ich meinen Vater, der auch gerade das Bad benutzen will. Ich bin etwas ratlos, weil normalerweise, als ich noch zur Schule ging, alles seinen geregelten Ablauf hatte. Ich lege meine Hand als erste auf die Klinke. »Komm, komm«, sagt mein Vater. »Ich muß weg. Sind das hier neue Moden?«

Ich gebe den Weg frei. Ein neues Leben wollte ich anfangen, schon der erste Schritt ist mit Schwierigkeiten verbunden, ich bin sauer, gehe zurück auf mein Zimmer, lege mich wieder ins Bett. Kann nicht alles so laufen, wie ich es möchte? Ohne Hindernisse, einfach glatt und geradeaus? Ich habe schlechte Laune und beschließe schon fast, den Tag im Bett zu verbringen.

Meine Mutter klappert mit Geschirr in der Küche. Sie ist immer die letzte bei der Morgenwäsche, wartet, bis alle anderen fertig sind. Das Klappern und der Kaffeegeruch bedeuten, daß mein Vater das Badezimmer verlassen hat. Ich stehe doch auf, seife mich in der Badewanne stehend von oben bis unten ab und schamponiere das Haar zweimal. Ich ziehe meine Jeans an und eine gestreifte Baumwollbluse aus Borkenkrepp. Mein Haar kämme ich in Form. Es trocknet an der Luft, während ich meinen Milchkaffee trinke. Wie ich in der Küche stehe und am Kaffee vorsichtig nippe, sehe ich durch die Durchreiche meinen Vater am Eßplatz sitzen. Meine Mutter schmiert ihm die Brote und schenkt den Kaffee ein. Sie rührt ihm sogar den Kaffee in der Tasse um, als sie ihm zwei Löffel Zucker hineingegeben hat. Mir vergeht der Appetit auf ein Marmeladenbrot, von dem ich gestern noch träumen konnte.

Sobald mein Vater fort ist, hänge ich mir meine Tasche

über die Schulter. Die Fotokopie meines Abgangszeugnisses falte ich und verstaue sie in dem Lederbeutel.

»Wohin gehst du?« fragt meine Mutter.

»In die Stadt«, sage ich.

»Hättest dem Papa was gesagt«, sagt meine Mutter. »Er hätte dich mitgenommen, ein Stück wenigstens.«

»Ich komm schon zurecht«, sage ich. »Ich nehm den Bus.«

»Was machst in der Stadt?« fragt meine Mutter. Beiläufig und während sie den Eßtisch abräumt. Ich sehe ihr aber an, daß sie bis zum Platzen neugierig ist.

»Muß mich doch um einen neuen Ausweis kümmern«, sage ich.

»Ach so«, sagt meine Mutter. Sie läßt Spülwasser in das Nirosta-Becken der Küche laufen. Das Frühstücksgeschirr muß sie immer gleich abwaschen, damit sie den Eindruck hat, daß sie alles getan hat, was zu tun ist, damit alles in Ordnung ist.

Ich will gar keinen neuen Ausweis beantragen. Zum Arbeitsamt gehe ich und so früh deswegen, weil die Leute da immer Schlange stehen. Trotzdem muß ich eine lange Zeit warten. Vor der Tür, an der ein Schildchen mit der Aufschrift *Frau Münkeberg* klebt, sitze ich auf einem der blassen Holzstühle. Ich sehe mir die Broschüren an, die dort ausgelegt sind. Die Texte kommen mir bekannt vor. Es sind dieselben Reden, die die Berufsberater bei uns in der Schule geschwungen haben. Als ob sämtliche Berater ihre Broschüren auswendig lernen.

Als ich an die Reihe komme und mich auf einen der abgescheuerten Holzstühle setze, die aussehen, als kämen sie aus dem Obstkeller meiner Oma, sucht Frau Münkeberg zunächst nach meiner Karteikarte. Ich habe Zeit, mich umzusehen, betrachte die Regale, in denen Formulare liegen, die Schreibtischutensilien.

»Nun?« fragt Frau Münkeberg.

»Ich habe die Schule abgeschlossen und keinen Ausbildungsplatz bekommen«, sage ich. »Ich will nicht länger so rumhängen, dann kann ich ja gleich nach Amsterdam gehen.«

»Wie bitte?« fragt Frau Münkeberg.

»Nichts«, sage ich. »Das ist nur so zur Illustrierung. Ich möchte aktiv werden, mein ich, nicht nur so herumsitzen.«

»Ja, warum haben Sie sich nicht schon eher gemeldet?« fragt Frau Münkeberg.

»Hab ich ja«, sage ich. »Sie waren ja mal in der Schule, ein paarmal, die hier vom Arbeitsamt. Gesagt wurde mir, daß Ausbildungsplätze in der Großhandelsbranche frei seien. Aber das hat nicht geklappt. Gar nichts hat geklappt. Keine Versicherung, kein Arztlabor, keine Sparkasse, keine Buchhandlung. Auch kein Großhandel. Alles schon besetzt. Was soll ich also machen?«

»Also, eine Stelle hätte ich schon für Sie«, sagt Frau Münkeberg. »Im Großhandel. Porzellangroßhandlung. Da besteht schon länger eine dringende Anfrage. Da könnt ich Ihnen die Adresse geben. Sie sehen, es ist schon was frei, wenn man sich richtig bemüht.«

»Die kenn ich«, sage ich. »Da war ich schon. Alles Nepp. Ich möchte was richtiges machen. Etwas, was mich interessiert.«

»Es ist richtig, daß Sie die Initiative ergreifen wollen«, sagt Frau Münkeberg. »Als Schulabgänger, als Berufstätige sind Sie nun erwachsen. Sie wissen über sich Bescheid. Sie kennen Ihre Interessen, Ihre Neigungen.« Frau Münkeberg hält einen Bleistift über meine Karteikarte. »Welche Hobbies und Neigungen sind vorhanden?« fragt sie.

Am liebsten träume ich.

»Ich lese gern«, sage ich. »Alles.«

Auf dem Klo lese ich sogar die Aufschriften der Deo-

Sprays und des Haarwassers meines Vaters. Ich drücke es besser aus. »Ich informiere mich gern«, sage ich.

»Haben Sie gern Umgang und Kontakt mit anderen Menschen?« fragt Frau Münkeberg.

Nur mit Menschen, die ich mag, und das sind nicht viele, Blue und Ben Bella und Ulli. Willi. Einen Augenblick lang schließt sich etwas um meinen Hals, drückt eine leichte Traurigkeit hoch. Ich schlucke. Was soll ich sagen?

»Ich bin nicht sehr zugänglich«, sage ich. »Aber mit aufgeschlossenen Menschen führe ich gern Gespräche.«

»Arbeiten Sie gern mit bestimmten Materialien, zum Beispiel Holz oder Metall?«

Ich kann mir darunter gar nichts vorstellen.

»Nein«, sage ich.

»Gehen Sie gern mit Zahlen um?«

Klar habe ich in der Schule rechnen müssen, und den Lehrsatz des Pythagoras hatten wir ein Vierteljahr lang. Aber Umgang mit Zahlen?

»Nein«, sage ich. »Bis auf den Mathematik-Unterricht hatte ich nie etwas mit Zahlen zu tun.«

»Hantieren Sie gern mit Farben oder gestalten Sie gern schöne Dinge?«

Meiner Mutter habe ich einmal eine Weihnachtsdecke gestickt. Es war eine anstrengende Arbeit. Das Muster war in blauer Farbe vorgezeichnet, und die Farbe der Wolle, die man benutzen sollte, war auch schon vorgegeben. Es waren immer die gleichen Sterne und Tannenzweige zu sticken. Ich wurde fast verrückt dabei. Noch am Heiligabend habe ich gesessen und die Fäden vernäht. Meine Mutter hat sich gefreut. »Nein«, hat sie gesagt und in die Hände geklatscht, so, als ob sie überrascht gewesen ist. Ein bißchen stolz bin ich dabei gewesen.

»Eigentlich nicht«, sage ich. »Ja, eigentlich nicht.«

»Spielen Sie gern mit Kindern?«

Ich komme mir doch selbst noch so vor.

»Ich habe da keine Erfahrungen«, sage ich.

»Haben Sie Zuneigung zu Tieren und Pflanzen?«

Es kotzt mich an, im Garten zu arbeiten und Wachsbohnen pflücken zu müssen. Und die Wellensittiche, die bei einigen Familien hinter die Wohnzimmerbilder kacken, kann ich nicht ausstehen. Ich fürchte mich vor ihren Flügelbewegungen.

»Ich habe kein Verhältnis zu Tieren und Pflanzen«, sage ich.

»Macht es Ihnen etwas aus, wenn Sie bei der Arbeit unter Umständen sehr schmutzig werden?«

»Nach dem Wechseln des Farbbandes in der Schreibmaschine wasche ich mir die Hände immer sehr gründlich«, sage ich.

»Das ist nicht gemeint«, sagt Frau Münkeberg.

»Was ist denn gemeint?« frage ich.

»Nun gut«, sagt Frau Münkeberg, »nun, kommt eh nicht in Frage. Haben Sie vor bestimmten Dingen einen Ekel oder wird es Ihnen bei bestimmten Gelegenheiten, zum Beispiel, wenn Sie Blut sehen, schlecht?«

»Es gibt doch sowieso keine Lehrstelle mehr als Sprechstundenhilfe oder so was«, sage ich.

Frau Münkeberg legt ihren Bleistift etwas hart auf den Tisch. Sie lehnt sich in ihren Sessel zurück. »Sie sind mir aber auch keine gute Hilfe«, sagt sie.

Muß ich ihr eine Hilfe sein? Ich?

»Ich hab das schon alles gehört«, sage ich. »Tausendmal. Oder so. Dieselben Fragen. Dieselben Phrasen. Das hängt mir zum Hals raus. Ehrlich. Weil nichts dabei herauskommt. Oder können Sie mir etwas Konkreteres geben?«

Frau Münkeberg sperrt ihren Mund auf. Sie ist verwirrt, das sehe ich. »Ja, du lieber Gott«, sagt sie endlich. »Sie sind ganz schön keck. Um nicht zu sagen frech.«

»Ich komm ja nicht durch damit«, sage ich, »wenn ich nett bin. Dann würden Sie mich mit ein paar Formularen in der Hand wegschicken. Aber das ist nicht, was ich will. Ich will was Konkretes. Jetzt und hier.«

»Ja du liebe Zeit«, sagt Frau Münkeberg. »Ich muß Sie ja erst kennenlernen. Ich kenne Ihre Neigungen nicht, Ihre Interessen.«

»Das sind doch Schlagwörter«, sage ich. »Neigungen! Interessen! Lese ich in jeder Broschüre. Kenn ich meine Neigungen? Ich weiß doch viel zuwenig. Und vom Berufsleben gar nichts. Woher soll ich da wissen, wo meine Interessen liegen?«

Frau Münkeberg steht auf und geht zu ihrem Formularschrank. »Ausführliche Informationen bekommen Sie durch die Dokumentation *Blätter zur Berufskunde.* Das ist ein Teil des Programms berufskundlicher Informationen, mit denen wir Hilfen zur Orientierung in der Berufswelt mit dem Ziel einer sinnvollen Berufswahl, Berufsausbildung und beruflicher Mobilität anbieten.«

Schön auswendig gelernt.

»Der Aufbau des Stoffes ist so angelegt, daß Sie systematisch durch alle Fragenkomplexe geführt werden, die sich bezüglich eines Berufes ergeben und die bei Ihrer Berufswahl, Ihrer Berufsausbildung und beim beruflichen Aufstieg berücksichtigt werden sollten. Wir ermöglichen es Ihnen, bis zu drei Einzelhefte kostenlos zu bestellen. Ich gebe Ihnen dafür diese vorgedruckte Bestellkarte mit.«

»Wieviel Berufe gibt es?« frage ich.

»Wie bitte?« fragt Frau Münkeberg.

»Ja nun«, sage ich. »Ich darf mich kostenlos über drei Berufe informieren. Was ist mit den anderen? Wieviel Berufe gibt es?«

»Liebes Kind«, sagt Frau Münkeberg. »Sie dürfen die drei Informationsschriften selber aussuchen. Die exakte

Numerierung aller zur Verfügung stehenden Prospekte liegt anbei. Ich will Sie doch nicht festlegen.«

»Ich habe also die freie Auswahl«, sage ich. »Und bekomme den Job, der mich interessiert.«

»Das steht auf einem anderen Blatt«, sagt Frau Münkeberg. »Es gibt eine ganze Reihe von Berufen, die von vornherein für Sie nicht in Frage kommen. Sie müssen sich schon auf die Ausbildungsberufe, also die Lehr- und Anlernberufe konzentrieren.«

»Die Hefte kenn ich schon«, sage ich. »Wir hatten die Sammlung in unserer Schulbibliothek. Das bringt nichts Neues. Es ist auch nicht das, was ich mir von meinem Leben vorstelle. Ich weiß, wovon ich rede. Ich kann Steno und Schreibmaschine, aber ich bin nicht begeistert davon. Es mag ganz nützlich sein, okay, aber den ganzen Tag lang will ich so was nicht machen.«

»Die Ausbildungsberufe sind doch weitaus vielseitiger«, sagt Frau Münkeberg. »Steno und Schreibmaschine bilden doch nur das Handwerkszeug. Die verschiedenen Ausbildungs- und Fortbildungsmöglichkeiten sind branchenspezifisch.«

»Und?« sage ich. »Dann lauf ich in drei Jahren mit so einem Gesellenbrief herum. Was habe ich davon?«

»Gehilfenbrief kommt für Sie in Frage«, sagt Frau Münkeberg. »Sie werden dann eine solide Ausbildung vorweisen können. Das kann Ihnen keiner nehmen.«

»Und haben Sie was für mich?« frage ich. »Es gibt ja doch nur die ewigen Büroberufe für mich. Abgesehen davon, also, wenn ich mich tatsächlich dafür entscheiden sollte, haben Sie denn offene Stellen? Hier, in der Stadt? Oder bei uns im Ort?«

»Ich würde mich für Sie einsetzen«, sagt Frau Münkeberg. »Intensiv würde ich mich darum kümmern.«

»Die alte Leier«, sage ich. »Und nichts springt raus dabei.

Ich gehe nicht eher weg, bis Sie etwas für mich gefunden haben. Ich will das jetzt wissen.«

Frau Münkeberg ist nervös. Sie sieht auf die Uhr, dann zur Tür. »Ja mein Gott«, sagt sie. »Wunder kann ich auch nicht vollbringen. Dies ist nun mal kein arbeitsintensives Gebiet. Wenn Sie mobiler wären. Eine Großstadt, das schon eher. Sie könnten ja im Lehrlingsheim wohnen. Großstadt. Ich könnte mich darum kümmern. Mich mit Kollegen in Verbindung setzen. Einen Zuschuß würden Sie bekommen, damit Sie Ihren Unterhalt decken können.«

»Nein«, sage ich. »Ich will nicht weg. Noch nicht. Es muß doch hier was geben.«

»Sie sind ja gegen alles eingestellt«, sagt Frau Münkeberg. »Was immer ich auch sage. Als ob Sie alles besser wüßten. Warum sind Sie dann nicht auf Ihrer Schule geblieben?«

»Wieso?« sage ich. »War doch Schluß. Mittlere Reife und dann Schluß.«

»Sie können doch nach der zehnten Klasse in die Oberstufe gehen«, sagt Frau Münkeberg. »Die elfte bis dreizehnte Klasse absolvieren. Natürlich nur, wenn Sie entsprechende Begabungen vorweisen.«

»Ah ja?« sage ich. »Was für Begabungen?«

»Wie sieht denn Ihr Zeugnis aus?« fragt Frau Münkeberg. »Selbstbewußt genug sind Sie ja.«

»Solala«, sage ich. »Mittel. Sprachbegabt bin ich, sagt man mir.«

»Das ist doch schon was«, sagt Frau Münkeberg. »Das ändert natürlich alles. Dann stehen Ihnen ja weitere Berufe zur Verfügung, die Hochschulberufe oder eine Fachschulausbildung. Aber ob das alles so schnell geht?«

»Das will ich aber jetzt wissen«, sage ich.

»Nun ja«, sagt Frau Münkeberg. »Es wird so seine Zeit dauern. Sie können zum Beispiel eine Fachschule oder

Fachoberschule besuchen, am besten nach einer einschlägigen beruflichen Qualifizierung. Nach diesem Bildungsgang erhalten Sie das Zeugnis der Fachhochschulreife. Das heißt, Sie können zu einem Studium an einer Fachhochschule oder in einem entsprechenden Studiengang einer Gesamthochschule zugelassen werden.«

»Was für'n Fach?« frage ich. »Was für'n Studiengang?«

»Da ein technischer Beruf für Sie nicht in Frage zu kommen scheint«, sagt Frau Münkeberg, »gäbe es noch eine Ausbildung im kaufmännischen Berufsfeld oder für Ernährungswissenschaft und insbesondere auf dem Sektor der Sozialpädagogik.«

»Hmhm«, sage ich. »Sie können mir ja viel erzählen, aber blöd bin ich nicht. Ernährungswissenschaft heißt doch Hauswirtschaft, sprich: kochen, und Sozialdingsbums ist doch im Endeffekt so was wie Kindergärtnerin.«

»Das sind verantwortungsvolle Berufe«, sagt Frau Münkeberg. »Sie können Hauswirtschaftsleiterin werden. Und auch sozialpädagogische Fachkräfte tragen eine hohe Verantwortung in unserer Gesellschaft.«

»Es liegt mir aber doch nicht«, sage ich. »Und wenn Sie sich auf den Kopf stellen. Und das mit dem Kaufmännischen, das läuft doch wieder darauf hinaus: ein Büro und tippen, tippen.«

»Es gäbe noch die Möglichkeit, eine gymnasiale Oberstufe zu besuchen«, sagt Frau Münkeberg.

»Ah ja?« sage ich. »Und ist das was?«

»Ja, wenn Sie sich nicht entscheiden wollen ...«, sagt Frau Münkeberg.

»Ich kann nicht«, sage ich. »Weil ich das alles so verwirrend finde und weil ich das Gefühl habe, daß es noch so viele Dinge gibt, die ich nicht weiß. Ich will einfach mehr wissen, nicht so eingeschränkt sein. Ich möchte mich entscheiden können, später, vielleicht viel später, wenn ich erwachsen bin, ich meine, richtig erwachsen. Das interessiert mich, das mit dieser gymnasialen Oberstufe. Das erzählen Sie mir mal. Was muß ich denn da machen?«

»Nun ja«, sagt Frau Münkeberg. »Wenn Sie die gymnasiale Oberstufe besuchen wollen und über das Abschlußzeugnis einer Realschule verfügen, treten Sie in die Oberstufe eines Gymnasiums oder einer Gesamtschule ein. Da Sie die Schule wechseln müssen, werden Sie mit anderen Schülern der Mittelstufe die neue Oberstufe besuchen. Auf die dabei möglicherweise auftretenden Unterschiede in den Lernvoraussetzungen nimmt die Organisationsform der Jahrgangsstufe elf grundsätzlich Rücksicht.«

»Ja«, sage ich. »Wo kann ich denn hin?«

»Sie müssen sich anmelden«, sagt Frau Münkeberg. »Am städtischen Gymnasium für die Oberstufe. Wenn's nicht schon zu spät ist. Das Schuljahr beginnt übermorgen. Wenn man Ihre Anmeldung da noch annimmt.«

»Das schaffe ich«, sage ich.

»Sie können jetzt gar nichts machen«, sagt Frau Münkeberg. »Gehen Sie übermorgen früh hin und versuchen Sie es.«

»Das mache ich«, sage ich. »Klar.«

Mein Gott, mir ist so leicht zumute. Als ob mir ein riesiger Stein vom Herzen gefallen ist.

»Wieso dieses plötzliche Interesse für eine schulische Weiterbildung?« fragt Frau Münkeberg. »Warum ist Ihnen die Idee nicht früher gekommen?«

»Weiß ich doch nicht«, sage ich. »Wir wurden darüber eigentlich nicht informiert. Man hörte das mal, daß einer dies und das noch machen kann. Aber eigentlich ist das unnormal. Mittlere Reife und dann Schluß. Darauf wurden wir getrimmt. Alles andere war Spinnerei.«

»Nun, auch danach wird es weitergehen müssen«, sagt Frau Münkeberg. »Man sollte sich doch schon Gedanken machen, was danach kommt. Grundsätzlich sollte eine Oberstufe nur besucht werden, wenn Interesse besteht, ein Hochschulstudium zu beginnen beziehungsweise die höhere Laufbahn in der Beamtenschaft oder im Bankwesen einzuschlagen.«

»Das«, sage ich, »hat nun mal wirklich Zeit. Ich habe das Gefühl, heute habe ich einen entscheidenden Schritt gemacht. Sie haben mir wirklich viel geholfen.«

»Ja?« fragt Frau Münkeberg. Sie lächelt. Wirklich.

Als ich mich verabschiede, steht sie sogar auf, schüttelt mir mit ihren beiden Händen die Hand.

»Sie waren aber auch eine schwere Geburt«, sagt sie.

Nein. Ich glaube, auch Frau Münkeberg hat heute einen großen Schritt getan.

»Möcht mal wissen, wer ihr solche Spinnereien in den Kopf gesetzt hat«, sagt mein Vater. »Das gab es ja bei uns noch nie, daß jemand solche Höhenflüge hatte.«

»Was ist denn schon aus euch geworden?« frage ich. »Bist du denn so stolz auf deinen Schreibtischplatz, daß ich das auch mein ganzes Leben lang machen soll?«

»Dein ganzes Leben lang!« sagt mein Vater. »Drei, vier Jahre mehr, dann kommt einer in Hosen, der dich von deinen Plänen abbringt. Dann ist alles für die Katz. Allemal.«

»Ich will nicht nur so leben wie die Mama«, sage ich.

»Was hast du gegen die Mama?« fragt mein Vater.

»Nichts«, sage ich. »Aber sie hat doch gar nichts vom Leben. Du auch nicht. Ihr hockt hier in eurem Haus und seht nicht über dessen Wände hinaus. Das will ich nicht.«

»Uns genügt es allemal«, sagt mein Vater. »Allemal. Und was uns genügt, sollte dir doch wohl auch reichen.«

»Ich bin aber nicht zufrieden«, sage ich. »Ich werde auch nicht zufrieden sein, mit dem Abwaschen, dem Unkrautpflücken, dem Einkochen. Die Brote machen für eine Familie, als ob nicht jeder sein Zeug selbst machen könnte. Wenn du dir deine Socken selber heraussuchen würdest, hätte die Mama auch mehr Luft für andere Dinge.«

»Sie ist zufrieden«, sagt der Papa. »Ich sorge für sie, und sie sorgt für mich. Wir sind sehr zufrieden mit unserem Leben. Haben keinen Grund, es zu ändern. Und keine Zeit für Spinnereien.«

»Ach, soll sie denn auf der Straße herumhängen?« sagt meine Mutter. »Bis sie was gefunden hat? In einem halben Jahr? In einem Jahr? Oder noch länger?«

»Darauf kommt es gar nicht mehr an«, sage ich. »Ich weiß, daß die Schule für mich das richtige ist. Ich mach auch nichts anderes. Ich will auch nichts anderes. Da könnt ihr euch auf den Kopf stellen.«

»Wer soll denn das alles bezahlen?« fragt mein Vater.

»Wieso?« sage ich. »Die Schule kostet doch kein Geld. Es geht alles weiter wie bisher. Auch wenn du dich gefreut hast, daß ich meine Klamotten selber kaufen sollte.«

»Es gibt finanzielle Unterschiede«, sagt mein Vater. »Andere Väter verdienen mehr Geld. Wie willst du da mithalten? Klassenfahrten macht ihr, große Feste. Bücher extra. Das alles kostet Geld.«

»Du hast vielleicht Sorgen«, sage ich.

»Und dann: was werden die Kollegen denken, wenn sie hören, daß du so hoch hinauswillst?« sagt mein Vater. »Denken werden sie, daß wir dir nicht mehr genügen. Daß auch ich was Besseres sein will, weil meine Tochter die höhere Schule besucht.«

»Das laß man gut sein«, sagt meine Mutter. »Da kümmer dich man nicht drum. Wenn deine Tochter was aus sich machen will, kannst du stolz sein. Das geht die anderen einen Dreck an. Deine Skatbrüder kümmern sich auch nicht um dich, wenn es dir dreckig geht. Das laß nur mal unsere

Sorge sein. Wenn ich mir vorstelle, was aus der Kiki alles werden kann! Also, die Welt steht ihr offen. Vielleicht wird sie Ärztin oder so was. Also, wenn ich mir das vorstelle!«

»Laß doch den Quatsch, Mama«, sage ich. »Im Moment will ich nur was lernen. Damit ich weiß, wie ich selber bin, damit ich herausfinde, für was ich mich interessiere. Was ich kann, weißt du. Wofür ich mich einsetzen könnte. Träume hab ich nicht, jedenfalls keine gezielten. Auch keine Pläne. Ich geh übermorgen einfach hin. Setz mich und hör zu. Sperr Mund und Ohren auf, damit ich viel mitbekomme. Das ist alles.«

»Da bin ich guten Mutes«, sagt meine Mutter. »Da glaube ich ganz fest daran, daß du was aus dir machst. Da mache ich mir aber keine Sorgen.«

»Ihr habt ja ein ganz schönes Komplott geschmiedet», sagt mein Vater. »Mutter und Tochter. Jetzt spinnt ihr beide ganz schön.«

Mein Vater geht zum Fernsehtisch, nimmt die Programmzeitung hoch. Da bin ich froh, gleich wird er sich beruhigen, wird abgelenkt vom Fernsehfilm, später von einem amerikanischen Krimi.

Meiner Mutter helfe ich beim Tischabräumen. Trockne auch ab. Ich versuche, möglichst unauffällig zu sein. Wir klappern in der Küche.

Im Wohnzimmer gibt es Filmmusik. Meine Mutter lächelt leicht, ich sehe, sie hat ihre Träume. Es ärgert mich, weil sie etwas an mich dranhängt, was ich nicht haben will: ihre eigenen Wünsche.

Ich breite das feuchte Geschirrtuch über den Heizungskörper zum Trocknen. »Tschüs«, sage ich, bevor ich nach oben gehe.

»Tschüschen«, sagt meine Mutter.

»Gute Nacht«, sagt mein Vater. »Du Frau Doktor.«

O Gott.

Aber vielleicht sind sie auch nur froh, daß ich meine eigenen Dinge in die Hand genommen habe.

Am Donnerstag fängt das Schuljahr an.

Ich bin schon eine halbe Stunde vorher im Lehrerzimmer. Ich will es durchbringen, daß sie mich aufnehmen.

Der Schulleiter ist etwas erstaunt, weil es sehr kurzfristig ist.

»Ich brauchte Zeit, mich gründlich zu informieren«, sage ich. »Das richtige für mich zu finden. Ich konnte den Entschluß erst vor zwei Tagen fassen. Das hat sich so ergeben. Jetzt bin ich aber entschlossen.«

Der Schulleiter sieht mich etwas kritisch an. Habe ich es geschafft? Er liest sich mein Zeugnis durch. Sicher, ich weiß, es ist mittelmäßig. Aber meine Sprachbegabung läßt sich erkennen. Und den Pythagoras, den gehe ich noch mal gründlich durch. Es muß klappen. Ich habe das Gefühl, es ist so ein Giftgetränk an mir vorbeigegangen, das aus der Bibel. Oder aus der Mythologie? Auch darüber werde ich mich erkundigen. Will über die Dinge Bescheid wissen. Keinen Blödsinn mehr reden. Soll ich dem Schulleiter noch was Intelligentes sagen? Eindruck machen? Irgend etwas unheimlich Gutes von mir geben?

Der Schulleiter reicht mir mein Zeugnis zurück. Und ein Formular. »Eine Kopie des Zeugnisses brauche ich noch«, sagt er. »Und die Einverständniserklärung der Eltern auf dem Formular. Dann kommen Sie mal mit.«

Ich habe es geschafft!

Meine Klasse ist gemischt. Jungen und Mädchen in einer Klasse. Zunächst hält man uns Vorträge. Das ist ja so üblich bei jedem Neuanfang.

»Im ersten Halbjahr werden wir versuchen, die unterschiedlichen Lernvoraussetzungen auszugleichen, um Ihnen allen eine annähernd gleiche Ausgangsbasis zu verschaffen.

Wir werden Sie auf die besonderen Anforderungen der Oberstufenarbeit, deren Inhalte und Methoden vorbereiten, um Ihnen unter anderem die Orientierung bei der Wahl Ihrer Schwerpunkte und der übrigen Fächer und Kurse in den folgenden Jahrgangsstufen zu erleichtern. Das gilt für den gesamten Jahrgang elf. Im ersten Halbjahr steht jedoch die Kompensation im Vordergrund, im zweiten die Orientierung.«

Wir werden über die Unterrichtsverpflichtungen und das Kursangebot informiert. Es stellt sich heraus, daß wir eigentlich keine Klasse sind, sondern daß jeder durch die Wahl der Fächer und Leistungskurse seinen eigenen Schwerpunkt bildet. Einen Klassenlehrer gibt es auch nicht, sondern einen Tutor, der uns bei der Anzahl der zu wählenden Fächer behilflich ist. Je nach der Zusammenstellung der Kurse gibt es in der Oberstufe drei verschiedene Aufgabenfelder. Ich habe vor, mich für den sprachlich-literarischen-künstlerischen Zweig zu entscheiden.

Wir werden noch in die Abiturprüfungsordnung eingewiesen, weil eine sinnvolle Planung unserer Schullaufbahn nur möglich sein soll, wenn wir bereits jetzt die wichtigsten Bestimmungen der Abiturprüfung kennen.

Und dann beginnt der Alltag. Schulalltag, wie ich es kenne. Aber heute sehe ich es anders an. Ich habe gelernt, daß die Dinge einem aus den Händen rinnen, wenn man sie nicht bewußt betreibt, daß das eigene Schicksal unkontrolliert wird, wenn ich kein Interesse zeige. Wenn ich alles laufen und andere entscheiden lasse.

Ich habe vor, alles gezielt zu tun, mir eine Meinung zu bilden.

Zu Hause arbeite ich an der Vorplanung der Kurse, die ich belegen will. Meinen Eltern lege ich das Formular zur Unterschrift vor. »Laß das den Papa mal unterschreiben«, sagt meine Mutter.

Mein Vater liest sich das Papier genau durch. Dann unterschreibt er wortlos. Ich packe meine alte Schultasche für den nächsten Tag.

Mit meinen Eltern sehe ich mir die Nachrichten im Fernsehen an. Ich möchte gern einen Kommentar dazu abgeben. Mir fällt aber nichts dazu ein. Weil ich keine Ahnung habe. Von der Welt.

Dann kommt die Werbung. Ich überlege mir eine Formulierung. Als sie die Waschmittelwerbung bringen, den ewig grinsenden Mann, der seinen blondgelockten Kopf bei jedem Satz leicht neigt, als ob er den Zuschauer direkt anspricht und dadurch Vertrauen erweckt wie der gute Onkel Doktor aus einem alten Hausbuch, sage ich: »Die perfekte Manipulation des Kaufverhaltens des Endverbrauchers.« Das zweimalige ›des‹ im Satz gefällt mir nicht, ich konnte es aber nicht rausbringen. Meine Eltern sind trotzdem beeindruckt. Sie drehen sich um, sehen mich beide an. Mein Vater nickt, als ob er meiner Meinung ist. Meine Mutter sagt: »Aha.«

Es ist das erste Mal, daß sich meine Eltern nach mir umdrehen. Ich finde den Satz jetzt blöd. Er klingt, als ob ich ihn in einer Fachzeitschrift für freie Marktwirtschaft gelesen habe. Trotzdem bin ich etwas stolz. Weil ich meine Eltern bewegt habe. Ich setze mich ein wenig aufrechter hin. Irgendwie fühle ich mich erwachsen.

8.

Es bildet sich schnell eine Clique in unserem Jahrgang heraus. Obwohl wir in einigen Fächern verschiedene Kurse belegen, gibt es bald eine Gruppe, die in den Pausen miteinander redet, sich bei den gemeinschaftlich besuchten Fächern zusammensetzt. Es gibt wenig Mädchen in unserem Lehrgang. Ich habe mich mit Franzi angefreundet, instinktiv, weil wir dieselbe Wellenlänge haben, auch zu zweien besser gegen die Übermacht der Jungen ankommen. Um uns beide scharen sie sich, der enge Kreis mit Martin, Rollo, Benji und Wolf, dann der Rest des Lehrgangs. Zum ersten Mal bin ich Mittelpunkt. Etwas erschrocken bin ich, aber es tut mir sehr gut. Auch amüsiert Franzi und mich der Trubel, der um uns herum geschieht. Wir können kaum allein sein, allein miteinander reden. Es ist wie eine Jagd auf irgend etwas. Martin konzentriert sich auf Franzi. Es fällt nicht so sehr auf in der Gruppe, durch die Menge ist man geschützt, aber ich sehe, wie er auf Franzi fixiert ist. Sie ist da auch etwas empfindsam. Wenn er morgens zu uns stößt, ist sie noch eine Spur freundlicher. Strahlender. Für so was hab ich ein Gespür.

Oft bleiben wir nachmittags in der Schule, machen unsere Hausaufgaben im Aufenthaltsraum. Es geht sehr gut, wenn mehrere arbeiten, insbesondere in Mathematik kann man fehlende Lücken ausgleichen. Den Pythagoras habe ich nun endlich kapiert. Die Jungen erklären so was gern, wir können uns nicht vor ihnen retten.

Im Herbst wollen Franzi und ich einen Ausflug ins Mittelgebirge machen. Das hat die ganze Meute spitzbekommen. An einem Samstag sind alle da: Martin, Benji, der Rollo und Wolf.

Wir laufen quer durch den Wald auf die Berge zu und hinauf. Das rote Laub raschelt unter unseren Füßen. Die Jungen sind albern, lassen die Blätter hochstieben. Es riecht feucht und etwas nach Vergänglichkeit. Der Aufstieg ist beschwerlich. Martin nimmt Franziskas Hand und läßt sie nicht mehr los. Auch mir wird Hilfestellung geboten. Aber ich lache und laufe allein. Ich kann mich für keine Hand entscheiden. Oben gibt es Kakao und Brot in einem Restaurant. Ich bin müde geworden. Wir genießen die Aussicht. Nach dem Spaziergang im dunklen Herbstwald ist die Sonne auf dem Gipfel fast unerträglich hell.

Zurück geht es die andere Seite hinunter. Fast die ganze Zeit rennen wir. Es geht leicht. Ich trage meine Hush Puppies an den Füßen. Die sind rutschsicher und engen nicht ein.

Vor der Bushaltestelle kehren wir noch einmal in eine Gaststätte ein, um warmen Tee zu trinken. Wir machen das Spiel ›Welches Tier möchtest du sein?‹. Man kann sich wundern, was die so alles sein möchten. Die Franzi will Adler sein. Sie stellt es sich schön vor zu fliegen, frei zu sein. Martin ist begeistert; er entscheidet sich für einen Panther. Ich denke, ich nehme den Bär. Er ist so weich und stark und kuschelig, ja, ich nehme den Bär. Die Jungen fühlen sich gleich in der Beschützerrolle. Im Bus halten sie mir alle einen Platz frei. Bis auf Martin, natürlich, der hat Franzi voll in Beschlag genommen. Franzi lächelt den ganzen Tag über. Es hat sie voll erwischt.

Wir machen noch einen Termin ab für einen Schlittschuhlauftag. Ich muß mit dem Fahrrad in die Stadt fahren. Dann geht's mit dem Bus weiter bis vor die Stadt zum Eisstadion.

Meine Mutter ist am glücklichsten in diesen Tagen. Sie strahlt, wenn ich weggehe, um mich mit der Clique zu treffen.

»Es sind doch alles Jungen aus gutem Hause«, sagt sie.

Noch nie bin ich Schlittschuh gelaufen. Die passenden Schuhe kann man sich am Stadion ausleihen, gegen eine Gebühr und ein Pfand. Ich lasse meine Uhr da.

»Los«, sagt Franzi.

»Einfach so?« frage ich.

»Klar«, sagt Franzi. »Man muß einfach anfangen.«

Ich habe echt zwei linke Füße. Sie rutschen ständig in entgegengesetzte Richtung, und das geht nicht gut. Bis Rollo kommt und mich bei der Hand nimmt. Er hält fest, selbst wenn ich zu kippen drohe. Er kann tadellos Schlittschuhlaufen und zieht mich mit, ob ich will oder nicht. Runde um Runde drehen wir zusammen. Meine Fußknöchel schmerzen, sie müssen den ganzen Druck des Leders aushalten, wenn meine Beine umknicken wollen. Aber Rollo hält mich.

Wir lassen den Bus sein und laufen zur Stadt. Es ist kalt geworden. Unterwegs trinken wir einen heißen Apfelwein mit Zucker und Zitrone. Es glüht in meinen Backen.

Wir müssen über die Straße laufen. Rollo greift nach meiner Hand. Er läßt sie nicht los, als wir auf der anderen Straßenseite sind. Eine Zeitlang gehen wir schweigend. Dann sagt Rollo: »Na, Miss Hegewald?« Es ist eine Anspielung auf den gemeinsamen Englischunterricht. Was soll ich sagen? Er hält mich fest. Ein ganzes Stück weiter vorn gehen Martin und Franzi. Die anderen Jungen albern auf der Straße herum. Ich habe das Gefühl, die Jagd ist zu Ende. Alles ist verteilt worden. Und ich stehe mit Rollo da.

Im Englischunterricht hat sich Rollo neben mich gesetzt. Er nimmt sein Buch nicht heraus, ich muß meines in die Mitte des Tisches legen. Wir arbeiten mit dem gleichen Buch. Er findet das toll. »Man kann sich kaum auf den Unterricht konzentrieren«, sagt er. Ob das so toll ist?

Ich bin nun gar nicht mehr allein. Rollo folgt mir überall hin. Daß er mich nicht aufs Klo begleitet, ist auch alles. In der Bibliothek fragt mich Rollo, ob wir ins Kino gehen könnten, Samstag abend. Okay.

Samstag abend. Ich fahre mit dem Bus in die Stadt. Rollo wartet schon auf mich. Wie könnte es auch anders sein. Er nimmt meine Hand, und wir gehen durch die Stadt zum Kino. Ich stelle mir vor, daß er nicht gekommen ist. Wie ich aussteige, suchend um mich blicke, warte, mich auf eine Mauer setze, aufspringe, ungeduldig bin, auch verletzt, wünsche, daß er kommt, meine Hand hält. Ich steigere mich in diese Vorstellung hinein. Da geht es besser. Ich erwidere den Druck seiner Hand.

Im Kino bringen sie den alten Film *Wenn die Kraniche ziehen.* Das soll ein besonderer Streifen sein. Ich bekomme fast nichts von dem Stück mit, weil Rollo seinen Arm um mich gelegt hat. Seine Hand liegt dicht über meiner Brust. Auch im Dunkeln habe ich Angst. Was ist, wenn die Leute etwas merken? Was ist, wenn er nicht still sitzt? Wenn er seine Hand nicht ruhig liegen läßt? Ich bin mordsaufgeregt und weiß nicht, wie ich reagieren soll.

Nach dem Kino gehen wir in ein Fischrestaurant. Wir essen aber keinen Fisch, sondern trinken ein Bier. Das heißt, Rollo trinkt Bier und ich meine Cola. Rollo strahlt mich die ganze Zeit über an. Das kann ich nicht gut haben.

Später bringt Rollo mich zum Bus. Er möchte ein Bild von mir haben. Ich verspreche ihm, eines mitzubringen, am Montag, zur Schule. In der überdachten Bushaltestelle küßt Rollo mich. Gott sei Dank sind keine Leute da. Rollo drückt seine Lippen auf meine. Einfach so. Ich finde es sehr banal. Es gibt mir auch nichts. Rollo streicht mit den Händen über meinen Rücken. Alles besteht aus Einzelteilen: Rollos Kopf, die Hände, seine Schuhe vor meinen Füßen, sein Mund. Ich stelle mir vor, wie ich mir einen Kuß wünschte. Ich stelle mir Willi vor, den Elbstrand, den Sand unter mir. Da geht es besser. Ich küsse Rollo wie verrückt, ich könnt in ihn hineinkriechen. Meine Augen kneife ich fest zu. Ich konzentriere mich. Als ich aufhöre, sagt Rollo: »Du lieber

Gott, ich wußte gar nicht, daß du das so toll kannst.« Also das finde ich wieder Scheiße.

Es hat sich so eingespielt. Martin und Franzi, Rollo und ich. Die Gruppe bröckelt auseinander. Es geht paarweise und jeder für sich.

Nachmittage mit Rollo, Wochenenden mit Rollo.

Meine Eltern sind begeistert. Ich mein, man sieht es ihnen nicht an. Sie sind ja von Natur aus fast unbeweglich. Aber kleine Gesten zeigen, wie einverstanden sie mit Rollo sind. Der extra große Schlag Sahne meiner Mutter auf Rollos Pfirsichtortenstück. Mein Vater bietet ihm ein Schnäpschen an oder eine Flasche gut gekühltes Bier.

Zu Abwechslung dann bei Rollos Eltern. Ebenbilder von den meinigen. Kein Haus in der Siedlung, eine Stadtwohnung, aber sonst gleich. Rollos Vater in Pantoffeln, weil ich schon zur Familie gehöre. Die Mutter belegt einen Tortenboden mit Ananasstückchen. Sonntags findet das Kaffeetrinken statt. Hier oder dort. Dann Küsse von Rollo. Am Busbahnhof. Oder heimlich vor der Haustür. Da regt meine Mutter sich dann auf.

»Wenn das die Nachbarn sehen«, sagt sie. »Das muß doch nicht sein.«

Da rege ich mich dann auf. Aus Trotz küsse ich weiter. Vor der Haustür.

Aber sonst ist alles okay. Bei schönem Winterwetter gehen wir spazieren. Auch im Ort. Meine Eltern vorneweg. Rollo und ich hintennach. Daß alle uns sehen können, im Ort. Wir werden viel gegrüßt, von anderen Spaziergängern, die kennen uns alle, klar, in so einem kleinen Ort.

»Immer dasselbe«, sage ich, wenn der Sonntag kommt. »Die ewigen Spaziergänge mit Rollo.«

»Im Sommer könnt ihr dann ja mal schwimmen fahren«, sagt meine Mutter. »Ein netter Junge, aus so gutem Haus.«

»Nicht, was du meinst«, sage ich. »Der Vater ist nur Finanzbeamter in der Kreisstadt. Muß mit dem Bus ins Finanzamt fahren. Also nicht so, wie du meinst.«

»Immerhin«, sagt meine Mutter. »So ein lieber Junge.«

Manchmal träume ich vom Schlittschuhlaufen. Allein. Gleite über die spiegelglatte Fläche. Aber ich bin ja nur ein Bär. Kein Adler. Und Bären sind so erdverbunden.

Der Rollo ist sehr zufrieden. Mit sich, mit mir. Mit der ganzen Welt. Wenn die Sonne scheint, ist er guter Laune. Wenn es regnet, genießt er es, mit mir unter dem Regenschirm zu laufen. Alle paar Minuten bleibt er stehen, deckt den Schirm dichter über uns und küßt mich. Er öffnet seinen Mund. Seine Zähne kratzen auf meinen. Nach einigen Küssen gehen wir weiter, nur ein paar Meter, dann fängt es von vorne an, wir bleiben stehen, der Schirm deckt uns vor den Blicken der Passanten ab, wir küssen uns, seine Zähne kratzen auf meinen. Ich entdecke, daß Rollo Hasenzähne hat.

Ich bin ehrgeizig, ich mag es, wenn Leute gut in der Schule sind, wenn sie was können, irgendwo eine Begabung haben. Der Rollo ist Durchschnitt, normal. Stinknormal. Er mag es nicht, wenn ich mich hinsetze und die Nachmittage über den Büchern verbringe. Ich verderbe die Preise, sagt er.

»Ich will was aus mir machen«, sage ich. »Ich weiß noch zuwenig, ich bemühe mich, mehr zu wissen.«

»Ach, Spätzchen«, sagt Rollo. »Das ist doch nicht so wichtig. Auf uns beide kommt es an.«

»Was wir hier machen, die Schule und so, ist eine einmalige Chance«, sage ich. »Das kommt nie wieder. Ich will so viel wie möglich davon haben.«

»Mensch, deshalb brauchst du doch die anderen nicht auszustechen«, sagt Rollo.

»Ich mag kein Mittelmaß«, sage ich.

»Ich bin mittelmäßig«, sagt Rollo.

Eben.

»Laß dir ein bißchen mehr Zeit für uns«, sagt Rollo. »Ich habe gar nichts von dir.«

»Setz dich auch hin und lern. Ich freu mich, wenn du eine gute Note bekommst«, sage ich.

»Wirklich?« fragt Rollo.

»Wirklich«, sage ich. Ich sehe zu ihm auf, er ist einen Kopf größer als ich, sieht auf mich herab, seine Augen lächeln auch, wenn er mich ansieht. Ich bin in ihnen gespiegelt. Dieser Blick ist so beschützend, umfassend, umarmend.

»Okay, Spätzchen«, sagt Rollo. Ich sehe hoch, so dicht vor ihm komme ich mir klein vor. Muß ich beschützt werden? Seine Arme sind kräftig. Rollo ist warm mit streichelndem Atem. Mein Kopf liegt an seiner Brust. Ich bin klein und muß beschützt werden. Ich bin ein Spätzchen.

Rollo schafft es, in Französisch eine Drei zu schreiben. Er ist auf dem Weg der Besserung. Ich freue mich. Ich muß ihn anspornen.

Nachmittags gehe ich in die Stadt. Zum feinsten Herrenausstatter. Ich suche eine Krawatte aus.

»Für einen jungen Herrn?« fragt der Verkäufer.

Ich nicke. Karierte Krawatten mag ich nicht. Ich wähle eine blau-grün gestreifte aus. Wenn man sie bindet, faltet sich nur der blaue Stoff in den Knoten. Der Verkäufer führt mir das vor. Es sieht apart aus. Es ist eine gute Krawatte. Wolle mit Seide, und teuer.

»Als Geschenk einpacken?« fragt der Verkäufer.

»Ja bitte«, sage ich.

Rollo ist gerührt. »Ach mein Spätzchen«, sagt er. Sonntags trägt er die blau-grün gestreifte Krawatte.

»Ich könnte mir vorstellen, daß ich etwas mit Zeitungen zu tun haben möchte«, sage ich. »Journalistin, Redakteurin oder ähnliches. Vielleicht studiere ich Zeitungswissenschaften. Oder fange irgendwo als Volontärin an.«

»Ich weiß nicht, ob das so klappen wird«, sagt Rollo. »Zeitungswissenschaften kann man nicht überall studieren.«

»Na und«, sage ich. »Ist doch egal, wo. Hauptsache, irgendwo. Ich mein, es reicht, wenn sie irgendwo ein Plätzchen für mich haben. Studienplatz für Zeitungswissenschaften. Publizistik. Das kann von mir aus in München sein oder in Hintertupfingen oder in der Antarktis.«

»Na hör mal«, sagt Rollo. »Wir müssen schon zusammen auf die gleiche Uni, das ist doch klar.«

»Wieso eigentlich?« frage ich. »Ich kann doch meinen Weg gehen.«

»Wir gehören doch zusammen«, sagt Rollo. »Oder nicht? Zweifelst du?«

»Nein«, sage ich.

»Siehst du, Spätzchen«, sagt Rollo. »Noch zwei Jahre Schule, vielleicht fünf Jahre Studium. Sieben Jahre, das sollte man gemeinsam machen. Da geht alles leichter.«

»Was für Pläne du hast«, sage ich.

»Da muß man doch dran denken«, sagt Rollo. »Ich stell mir das genau vor. Wie es sein wird, morgen, in einem Jahr, in sieben Jahren. Obwohl dann der ganze Pfeffer weg sein kann. Zwischen uns, mein ich. Sicher, aber das ist ganz natürlich, nach so vielen Jahren wird man ruhiger, ausgeglichen. Dann ist der Pfeffer weg. Aber das nehm ich in Kauf. Spätzchen.«

Rollo umarmt mich. Ich drücke mich gegen seinen kratzigen dicken Pullover. Die Augen halte ich geschlossen. Ich kneife sie fest zu.

Wir sitzen auf dem Klappbett in meinem Zimmer. Rollo küßt mich. Er saugt an mir. Ich werde ganz klein, ein Spätzchen an Rollos Brust. Daß ich bloß die Augen zuhalte! Ich klammere mich an Rollo fest. Ganz eng. So habe ich das noch nie gemacht. Ich umschlinge ihn mit meinen Armen.

Und mit meinen Beinen. Presse meinen Kopf an seinen Oberkörper, als ob ich in ihn eindringen wollte. Ich sehe nichts und höre nichts. Sein Knie liegt zwischen meinen Beinen. Ich drücke ganz fest. Mir wird warm. Der Kuchen liegt wieder in meinem Bauch. Wie bei Willi. Warm und weich und weit. So ein Zuckerstrom ist in mir. Breitet sich von meinem Bauch aus. Setzt sich im Magen fest, schlägt in meinen Adern am Hals. Und zwischen meinen Beinen. Ich höre auf zu denken, bin in eine Schwärze abgesackt. Ich bin süß und klebrig. Ja, ja, ja, ja, ja schlägt es in mir. Als ich wieder zu mir komme, ist es, als ob ich nach einem Sprung vom Zehn-Meter-Brett vom Boden des Schwimmbades durch das Wasser hochtauche. Ich schnappe nach Luft. Höre wieder, draußen die Stare. Habe das Gefühl verloren für die Dinge um mich herum. Den Rollo halte ich noch umklammert. Wir fallen von der Bettkante. So zusammen wie wir sind. Es knallt fürchterlich.

»Teufel auch«, sagt Rollo. Er ist ganz verschwitzt, rappelt sich hoch, um sich auf das Bett zu setzen. Meine Mutter hör ich auf der Treppe. Sie kommt ins Zimmer, ohne anzuklopfen.

»Was war denn das?« fragt sie.

Ich sitze noch auf dem Boden. »Hingefallen«, sage ich.

»Wie kommt denn das?« fragt meine Mutter.

»Gestolpert«, sage ich.

Meine Mutter sieht mißtrauisch aus. Sie schließt nur zögernd die Tür hinter sich.

Spaziergang im Wald. Rollo balanciert auf Baumstämmen. Gehe ich neben ihm, neben den Stämmen, ist er noch ein Stückchen größer. Auf Waldwegen gehört es sich, daß der Herr die Dame an den Schultern umfaßt. Das ist romantisch. Rollo ist romantisch. Auf Waldwegen gibt es viele Küßchen.

Ich weiß nicht, wenn ich von zu Hause weggehe, suche ich vorher die Toilette auf. Das steckt mir in den Knochen seit meiner Kindheit. Da hat meine Mutter drauf geachtet. »Geh Pipi machen, Kiki«, hat sie gesagt, fast drohend. Das ist mir in Fleisch und Blut übergegangen, morgens, gleich nach dem Aufstehen, suche ich die Toilette auf, und wenn ich von der Schule nach Hause komme. Überhaupt, bevor ich aus dem Haus gehe. Ich muß nie draußen.

Rollo muß im Wald. Bei jedem Spaziergang. Es gibt ja viele Bäume im Wald. Einen findet Rollo immer dick genug, um sich dahinter zu stellen.

»Versteh ich nicht«, sage ich. »Wieso muß man im Wald müssen? Du kannst dich ja wohl beherrschen. Ich mach das ja auch nicht, geh einfach in die Büsche. Ich seh das gar nicht ein, warum man das muß. Ich stell mich ja auch nicht hinter jeden Baum. Kann ich auch nicht, so einfach, wann immer ich das will.«

Mich machen die Waldspaziergänge verrückt.

Im Frühjahr zählt Rollo die Kuckucksrufe. Das macht mein Vater auch immer, weil das Glück bringen soll. Oder Geld. Im Sommer kann man sich auf Baumstämme setzen und küssen. Rollo küßt lange und intensiv. Seine Zähne kratzen auf meinen. Ich mag seine Zunge nicht. Sie ist gespalten. Es gibt da eine tiefe Rinne mitten durch seine Zunge.

»Wie soll es mit uns weitergehen, Spätzchen?« sagt Rollo. »Das geht doch auf die Dauer nicht so weiter. Küsse auf Baumstämmen, das bißchen Geknutsche auf deinem Zimmer. Wenn du verstehst, was ich meine.«

»Ach laß mich«, sage ich. Ich versteh, was er meint.

»Früher oder später kommt es sowieso dazu«, sagt Rollo. Er möchte mit mir schlafen. Es ist so problematisch geworden. Das liegt nicht an mir. Es ist mit einem Traum verbunden, das Mit-jemandem-Schlafen. Ich habe es mir manchmal vorgestellt, wenn alles so weich ist und zärtlich. Auch mit Traurigkeit hat es zu tun, die Tränen schießen mir in die Augen, wenn ich an so was denke. Ich mache es mit jemandem, den ich gern habe. Ich sehe ihn an, sehe in seine Augen, die vor meinen sind, ein bißchen kommen mir die Tränen hoch. Ich küsse ihn auf den Mund, ganz weich und nur etwas, berühre ihn, streichel ihn.

»Ist dir das klar?« fragt Rollo. Er weckt mich auf.

»Es ist doch ganz natürlich, früher oder später. Wie soll es mit uns weitergehen?«

Ich zähle die Kuckucksrufe, sechsmal, siebenmal.

»Siebenmal hat der Kuckuck gerufen«, sage ich, schlage mit der Hand auf meine Hosentasche, in der ein paar Münzen klimpern.

Rollo geht pinkeln. Sucht sich einen dicken Baum aus.

»Wie soll es mit uns weitergehen?« frage ich meine Mutter. Die wird rot. »Großer Gott«, sagt sie. »Der Papa und ich haben nie über so was gesprochen.«

Soll sie sagen, das beste ist, ihr trennt euch, bis ihr euch sicher seid, manchmal klären sich die Dinge durch den Abstand, am besten ist, ihr trennt euch, für eine gewisse Zeit.

Meine Mutter wendet sich um. Sie sieht auf ihren Kirchenkalender, blättert um, reißt ein Blättchen ab. Ist es schon der nächste Tag?

»Man kann auch mit der Hand«, sagt meine Mutter. »Oder – o Gott – mit dem Mund. Aber sag keinem, daß du das von mir hast. O Gott.«

Soll sie doch sagen, das beste ist, ihr trennt euch, und so weiter, und so weiter.

»Auf keinen Fall mit den Teilen zusammen«, sagt meine Mutter. »Weißt? Weißt schon. Auf gar keinen Fall.«

Früher hat meine Mutter mal erzählt, daß man, bevor man jemanden heiratet, sich überlegen soll, ob man sich mit der Zahnbürste des Partners die Zähne putzen könnte. Und ob man ihn in der Badehose sehen kann. Ich mein, daß einem nicht schlecht wird. Daß man hingucken kann. Und was drittes war es noch. Das habe ich vergessen.

Ich putze mir die Zähne mit meiner Zahnbürste mit den v-förmigen Borsten. Die Bürste ist mit Zahnpasta verklebt. Ich kann sie gar nicht mehr unter fließendem Wasser reinigen. Die Zahnpasta, die sich zwischen den Borsten festgesetzt hat, ist älteren Datums. Eigentlich schaue ich mir meine Zahnbürste nie an. Diese werfe ich weg, hole mir eine neue aus dem Vorrat meiner Mutter im Medizinschränkchen. Sie hat einen blauen Stil. Blau ist meine Lieblingsfarbe, seit irgendwann einmal. Ist das schon so lange her? Und Rollo hat diese gespaltene Zunge.

Man hat sich sehr an uns gewöhnt, an Rollo und mich. In der Schule läßt man uns zufrieden. Benji und Wolf haben sich dem Rest des Jahrgangs angeschlossen. Martin und Franzi stecken immer noch zusammen. Franzi sieht glücklich aus. Manchmal möchte ich sie fragen, warum sie so zufrieden ist. Dabei ist es bei denen doch nicht anders als bei Rollo und mir.

Martin und Franzi machen auch ihre Arbeiten zusammen. Franzi hört dem Martin die Referate, die er halten muß, ab. Martin wird immer besser in der Schule. Die Franzi immer schlechter. Eines Tages erklärt Franzi, daß sie abgehen würde. Das versetzt mir schon einen Schlag. Sie hat sich so auf Martin konzentriert, daß sie sich selbst vernachlässigt hat. Es macht ihr aber gar nichts aus, sie ist immer noch glücklich dabei. Franzi hat sich für eine Ausbildung als Stewardeß beworben, sie ist angenommen worden. Martin ist stolz auf seine Franzi. »Was muß sie soviel lernen, wenn sie später doch nur Windeln waschen muß«, sagt er. Die Franzi lacht darüber, sie ist schrecklich verliebt. Ob er das mit den Windeln ernst gemeint hat?

Den Rollo hat das auch angesteckt. Er schaut sich nach jedem Kinderwagen um und streicht kleinen Buben im Vorbeigehen übers Haar. Es kotzt mich an.

Wir fahren mit den Rädern hinaus an den Baggersee zum Schwimmen. Ich mag Baggerseen nicht. Sie sind so klein und haben mit dem Meer nichts zu tun. Ist so wie mit dem Spatz in der Hand. Aber damit kann ich mich nicht zufriedengeben.

Dem Rollo macht das Baden im undurchsichtigen, sandigen Wasser Spaß. Ich sitze auf der Grasböschung und sehe zu. Den Rollo in der Badehose schaue ich mir genau an. Er trägt so ein einfaches, blaues Ding, das ganz lose sitzt. Die Hose muß er ständig hinaufziehen. Wenn er nach seinem albernen Geplansche grinsend zu mir hochkommt, fummelt er die ganze Zeit am Gummiband der Hose herum. Ich habe mir eigentlich nie Leute in der Badehose intensiv angesehen. Aber ich meine, irgend etwas stimmt mit Rollo nicht. Anatomisch, mein ich. Wenn ich an diese Zeichnungen im Lexikon unter ›G‹ denke, für ›Geschlechtsorgan‹. Der Rollo trägt sein Ding anders herum. Ich mein, von unten nach oben. Auf den Zeichnungen sieht man es immer so: von oben nach unten. Auch die griechischen Jungen, diese Bronzeplastiken, machen es von oben nach unten. Es macht mich grad verrückt, den Rollo anzusehen. Ständig zieht er an seiner Hose, vielleicht, weil sein Ding nach unten will.

Rollo deckt uns mit seinem Strandlaken zu. Ich krieche darunter hervor und gehe schwimmen.

»Also, wo ich jetzt grad war«, sagt Rollo. Ich weiß, daß er abgeschafft ist. Ich will ihn ärgern. Weit schwimme ich in diesem Dreckloch hinaus. Bis meine Arme müde sind.

Der Rollo ist mit Sack und Pack umgezogen vom Rand der Böschung, von der aus man den ganzen See beobachten konnte, weiter hinten ins hüfthohe Gras, kurz bevor der Wald anfängt. Ich muß ein ganzes Stück laufen. Der hat doch was vor!

Ich trockne mich ab und sonne mich. Lieber wäre mir schon die Hanglage am See. Der Rollo beugt sich über mich und küßt mich. Mit den Hasenzähnen. Über mir hängen die weit herausgestreckten Zweige einer Kiefer. Ich mag Kiefern sehr. Sie haben was mit Sonne zu tun und Trockenheit. Mit Heide und Geestrücken. Irgendwo habe ich noch mein kleines Heidesträußchen, fällt mir ein. In einer Schublade. Ich werde es mir wieder ansehen, dran riechen, mich versenken, von Kühen träumen und vom Elbstrand.

Der Rollo springt plötzlich auf, hockt sich auf meine Beine. Er streichelt meine Oberschenkel. »Laß mich dich da küssen«, sagt er. Er hat mich doch schon die ganze Zeit über geküßt. Wie ein Weltmeister. Mit dieser Besessenheit, wie diese Frau in der Porzellangroßhandlung ihre Schreibmaschine bearbeitete. Dann kapiere ich aber, daß er mich gar nicht auf den Mund küssen will, sondern zwischen meine Beine. Ich bin doch nicht pervers. »Ich bin doch nicht besoffen«, sage ich. Der Rollo ist schwer beleidigt. Legt sich aufs Handtuch und tut, als ob er schläft. Ich packe meine Sachen und gehe wieder zur Böschung. Das ist mir aber auch zu blöd. Was tu ich eigentlich hier? Ich zieh mich an und klemme die nassen Sachen auf den Gepäckträger. Ich rase nach Hause. Die Fahrt tut mir gut. Wie der Wind meine Haare trocken bläst.

Ein paar Tage lang läßt sich Rollo nicht bei uns zu Hause blicken. Auch in der Schule vermeidet er, mich anzusehen.

»Seid ihr verkracht?« fragt der Benji.

»Frag ihn doch«, sage ich.

Der Benji greift nach meiner Hand.

»Könntest doch mal mit mir«, sagt er. »Für ein Weilchen.«

»Ich hab die Nase voll«, sage ich. Ich weiß, was davon kommt, vom Händchenhalten.

Aber der Rollo steht wieder auf dem Teppich. Als ob nichts war. »Fahren wir gemeinsam in die Ferien?« fragt er. »Jobben zuerst ein bißchen herum, damit wir Kohlen haben. Dann in die Jugendherbergen. Oben, an der See.«

Was hat der Rollo am Meer verloren? Und jobben? Nudelfabrik? Teller waschen im Restaurant? Ich zucke mit den Schultern. Der Rollo zieht seine Hosen hoch. Mit so einer Geste von Hand und Ellenbogen. Als ob ihm was hinunterrutscht. Seit dem Badehosentag fällt mir das auf, daß er ständig diese Bewegung macht. Ich werde krank dabei.

»Vorsichtig müßt ihr schon sein«, sagt meine Mutter. »Wenn man zusammen in die Ferien fährt. Du weißt, daß du nichts tun sollst, was du nicht verantworten kannst. Ich mein, ihr werdet doch mal Führungspersönlichkeiten, der Rollo und du. Ihr sollt doch mal die Leute leiten, oder Kinder. Da müßt ihr euch auch so verhalten, wie man es von euch erwartet.«

»Soll ich die ganze Nation mit mir herumschleppen?« frage ich.

»Es wird was von euch erwartet«, sagt meine Mutter. »Daß ihr handelt, wie man es verlangt, nach Grundsätzen. Auch wenn die kleinen Leute oft sich nicht daran halten, solltet ihr bewußt handeln, mit Verantwortung.«

»Wo hast du denn das gelesen?« frage ich.

»Das ist so«, sagt meine Mutter. »Ihr müßt da Übersicht haben, wissen, daß man auf euch schaut, später. Da könnt ihr nicht so einfach machen, was ihr wollt. Ihr seid Beispiele für andere Menschen. Deswegen müßt ihr bewußt handeln, so mit Köpfchen, mein ich, nicht einfach los, wie es euch gefällt.«

»Ich möchte nur gern tun, was ich für richtig halte«, sage ich, »etwas tun, wofür ich mich einsetzen kann, richtig leidenschaftlich. Im Beruf, auch irgendwie mit einem Menschen. Nicht so'n Larifari wie mit Rollo.«

»Ach der Rollo wird schon seinen Weg gehen. Der ist geradeaus«, sagt meine Mutter. »Der wird schon nichts Schlechtes machen. Da bin ich ganz zuversichtlich. Der legt dich schon nicht rein. Du siehst alles zu grau. Fröhlich solltest du sein, jung und unbeschwert. Aber verantwortungsbewußt. Du hast da noch so Spinnerideen, irgendwo. Das Leben ist anders. Du sollst dich abfinden damit, wie es ist, und das Beste draus machen. Damit du dich nicht zu schämen brauchst.«

»Es ist alles so normal geworden«, sage ich. »Ich benehme mich doch mit dem Rollo nicht anders als ihr. So schläfrig. Kein Gespräch, das sich um andere Dinge dreht als um uns. Nichts Großes, Großartiges. Alles so normal, so stinknormal.«

»Das ist nun mal so«, sagt meine Mutter. »Mach das beste draus. Besser als wir habt ihr es allemal.«

Wieso ist alles so lau geworden? Ich versuche, auszusteigen, wenn ich über meinen Büchern sitze, ein Referat vorbereite. Da knie ich mich voll hinein, da kann ich mich noch begeistern. Ich mag es, wenn ich etwas tue, wenn man etwas von mir verlangt, was ich geben kann. So ein Referat, wenn ich es halbwegs frei wiedergeben kann, ist schon ein Erfolgserlebnis. Aber wenn es fertig geschrieben, vorgetragen ist, kommt mit einem Ruck der Alltag wieder, mein Schreibtisch und der Geruch von Mutters gerösteten Zwiebeln, die gelangweilte Klasse und Rollos Pausenbrot, von dem ich abbeißen darf.

Mensch, die Zukunft besteht doch nicht nur aus einer

Fahrt an die Nordseeküste. Was ist nächstes Jahr? Wo will ich in zehn Jahren sein? Da ist der Pfeffer weg.

»Da kümmer dich bloß man gut drum«, sagt mein Vater. »Das mit den Zeitungswissenschaften. Ob das nicht nur so'ne brotlose Kunst ist? Nachher sitzt du auf der Straße wie letztes Jahr. Haben wir ja alles schon gehabt. Kennen wir doch. Jetzt soll doch was Gutes aus dir werden. So'n Schreiberling verdient doch nicht viel. Kann ich mir nicht vorstellen. Da muß es doch noch was anderes geben. Kinderärztin, als Frau zum Beispiel, oder steh dem Rollo zur Seite, wenn er fertig ist. Habt doch ein geruhsames Leben, später, und viel Ferien, wenn er Lehrer wird. Und Beamte sind die doch auch.«

Manchmal möchte ich alles zuhalten, meine Ohren, meine Zimmertür. In Ruhe mal nachdenken können. Alle halten es für normal, das mit Rollo und mir, für selbstverständlich. Merkt keiner, daß ich unsicher bin? Ja, ich bin mir nicht sicher. Und ich finde das mies, Rollo gegenüber. Wenn ich ehrlich bin, müßte ich ihm sagen, daß ich ihn nett finde. Lustig ist er, jovial, bestimmt würde er mir nie was Schlechtes antun. Er sorgt dafür, daß ich genug frische Luft bekomme und Bewegung. Daß ich an mich denke, nicht immer an die Arbeit für die Schule. Aufgehoben bin ich, habe Leute, die sich für mich einsetzen, meine Eltern, auch die von Rollo. Sie würden sich um mich kümmern, wenn es mir dreckig ginge. Ich stelle mir vor, ich hätte ein Kind von Rollo. Liege im Krankenhaus. Sicher, Blumen von Rollo, Blumen von meinen Eltern, Blumen von Rollos Eltern. Sonntag nachmittags besuchen sie mich. Links am Bett stehen die Schwiegereltern, rechts sitzt meine Mutter. Mein Vater kann stehen. Rollo strahlt. Päckchen liegen auf meinem Bauch. Man streitet sich dann, wer das Kind ausfahren möchte. Wir sind alle glücklich.

Mensch, die Welt geht mich doch nichts an. Bin ich froh, daß es mir gut geht. Braucht man nur die Nachrichten zu sehen, um sich vorstellen zu können, wie mies es draußen ist, vor den eigenen vier Wänden. Mord und Totschlag und Krieg und Einsamkeit. Ich hab doch Rollo, kann mich an seinen kratzigen Pullover drücken, an seine breite Brust. Er umarmt mich, ich schließe die Augen, mir wird warm. Ich lasse meinen Schreibtisch Schreibtisch sein, renne in den Keller, fahre mit dem Rad die Allee hinunter in die Stadt. Ich werfe mich an Rollos breite Brust, drücke mich gegen seinen kratzigen Pullover.

»Was ist denn los, Spätzchen?« fragt Rollo.

»Ach nichts«, sage ich. »Ich habe es doch so gut.«

Der Rollo möchte mit mir schlafen, er hat wieder seine Kommt-doch-sowieso-Haltung. »Ein Dreivierteljahr sind wir zusammen«, sagt er. »Da ist das doch ganz natürlich. Wir gehören doch zusammen.«

»Aber wenn ich ein Kind kriege?« sage ich. So viel ist mir die Sache nicht wert, so verrückt nach dem Rollo bin ich auch nicht.

»Vielleicht kümmerst dich drum, Spätzchen«, sagt Rollo. »Gehst zum Arzt, wegen der Pille oder so was.«

»Nee«, sage ich, »wegen einmal soll ich mich mit dem Zeug vollstopfen? Einfach so! Ich weiß doch gar nicht, wie das ist, ob ich das mag, und da soll ich das Zeug schlucken. Also nee.«

»Herrgott, Spätzchen, Spätzchen«, sagt Rollo. Er küßt mich.

»Können wir nicht mal über was anderes reden?« sage ich. »Immer nur: du und ich. Als ob die ganze Welt nur aus uns beiden besteht. Gibt es nicht so viele andere Probleme?«

»Du bist das wichtigste in meinem Leben«, sagt Rollo.

Da weiß ich nun keine Antwort.

Im Grunde weiß ich auch nicht, wo man so was machen soll. Zu Hause? Bei meinen Eltern? Bei seinen Eltern?

»Es ist so schön draußen«, sagt Rollo. »Wir finden schon ein Plätzchen.«

»Du hast zuviel gelesen«, sage ich. »Von Heu und Stroh. Da mache ich nicht mit. Das habe ich gar nicht nötig, mich irgendwo zu verdrücken.«

»Wann?« fragt Rollo.

»Ach laß mich«, sage ich. Ob man so was überhaupt planen kann? Ich komme mir vor wie in einem Bazar. Als ob ich zu kaufen bin.

Meine Eltern haben ihr Betriebsfest. Rollo und ich sollen mit. »Was wärt ihr für ein schönes Paar«, sagt meine Mutter.

»Ich habe keine Lust, vorgeführt zu werden«, sage ich. »Ich bleibe zu Hause. Schaue ›XY‹ oder was es so gibt. Der Rollo kommt bestimmt auch.«

»Besser, ihr schaut euch ›XY‹ bei seinen Eltern an«, sagt meine Mutter. »Da seid ihr nicht so allein. Oder, ist auch egal, hast ja eh deine Tage.«

Aller Gedanken kreisen nur um das eine. Bin ich denn als einzige bekloppt?

Am Freitag sind meine Tage zu Ende, und ich überlege haarscharf, ob das Risiko heute nicht am geringsten ist. Weiter will ich noch nicht denken.

Ich plane alles genau, lasse in meinem Zimmer die Rolläden herunter. Hoffentlich ziehen die Nachbarn nicht ihre Schlüsse daraus.

Dann rufe ich Rollo an, er soll schon früher kommen, zum Abendessen. Ich bereite belegte Brote vor, stelle Gläser hin für Bier und Cola. Das Bier ist für Rollo. Etwas komme ich mir vor wie meine Mutter, als ich den Tisch decke, ordentlich mit Sets und so. Dann warte ich und bin nervös. Am liebsten möchte ich davonlaufen. Essen machen, auf einen Mann warten, mit ihm schlafen, es ist mir ganz und gar zuwider.

Ich stelle mir vor, wie ich in einer anderen Stadt bin, in der ich keinen Menschen kenne. Ganz allein gehe ich durch die Straßen, sehe die Schaufenster an, überlege mir, ob ich etwas zum Anziehen kaufen soll. Aber für wen denn? Den Rollo sehe ich in einer anderen Stadt. Er hat ein Mädchen bei der Hand. Sie lachen zusammen, sind fröhlich und ausgelassen. Wie ich das so sehe, tut mir das weh. Richtig eifersüchtig bin ich. Vielleicht kommt Rollo gar nicht. Das darf doch nicht wahr sein, wo ich mich jetzt so aufgeregt habe und auf ihn warte, ihn unbedingt hier haben möchte.

Kurz vor Beginn von ›XY‹ kommt Rollo. Ich habe es sehr gemütlich gemacht, noch mit Kerzen. Ich beobachte, wie der Rollo ißt. Einen guten Appetit hat er. Das Bier läßt er ins Glas zischen, es gibt eine hohe Schaumkrone.

»Schön hast du das gemacht, Spätzchen«, sagt Rollo.

Ich muß mir das wieder vorstellen: ich allein in der Stadt, Rollo mit einem anderen Mädchen.

»Okay«, sage ich. »Komm mit.«

Rollo läßt sich brav führen.

»Küß mich«, sage ich.

»Spätzchen«, sagt Rollo.

Er küßt mich und ist ganz wild dabei. Seine Bartstoppeln kratzen mir über das Gesicht. Es tut weh, und meine Haut wird heiß. Bestimmt sehe ich ganz rot und zerscheuert aus. Es geht sehr schnell. Wir ziehen uns aus, und ich kneife meine Augen fest zu. An den Elbstrand denke ich, ein bißchen auch an Willi.

Zuerst denke ich, es wird nicht gehen. Da bin ich froh. Wenigstens ist es aufgeschoben. Aber dann geht es doch, obwohl ich so verkrampft und steif bin und irgendwo hellwach. Gelesen habe ich, daß alles ganz anders sein sollte. Meine Eltern haben eine Zeitlang Bücher quartalsweise von einem Bücherclub bezogen. Es sind schön gebundene Bücher in kräftig bunten Einbänden. Sie stehen im Wohnzimmerschrank hinter der rechten Schranktür. In vielen Büchern steht geschrieben, wie eine Frau mit einem Mann schläft. Eines handelt von Hawaii, mein ich, da trägt der Mann die Frau nackt zum Bett. Ihr ist ganz schummerig zumute, und die Luft bleibt ihr fast weg. Als er dann in sie eindringt, wird sie verrückt, Visionen hat sie, vom blauen Himmel und Wolken, glaube ich. Auch in anderen Büchern über die Südstaaten der USA werden die Frauen in den Armen ihrer Liebhaber schwindelig und halb ohnmächtig. Die Erde dreht sich, dunkel wird's, und eine geheimnisvolle Macht läßt Mann und Frau schweben.

Nichts davon wahr. Der Rollo schwitzt wie ein Schwerarbeiter, und ich bin voll da. Außerdem tut es weh. Ich glaube, wir passen nicht zueinander, bei mir ist alles zu eng. Als Rollo aufhört, zittert er mächtig. Ich habe Mitleid mit ihm. War das alles? Ich habe damals, als wir vom Bett plumpsten, mehr davon gehabt. So'n schönes, warmes, trauriges Gefühl, so'ne tiefe Süße, so'n sagenhaften Pulsschlag im Bauch und zwischen den Beinen. Hat mich an die Sache mit der Turnstange erinnert. Vor Jahren. Als wir im Turnunterricht die Kletterstangen raufmußten und uns oben von einer zur anderen gehangelt haben, bis wir alle durchhatten. Da hatte es mich auch erwischt. Wir waren so elf Jahre alt. Beim Klettern stieg mir so eine Süße in den Bauch, ein Kitzeln, das nicht aufhörte. Ich wurde ganz schwer und dachte, ich halt's nicht mehr aus. Wollt mich fallen lassen, war mir alles egal. Aber ich bin weiter geklettert, hielt die Augen zu und angelte mich reihum, immer mit diesem Gefühl im Bauch. Ich wollte auch, daß es nie mehr aufhört. Als ich wieder unten war, fragte ich die Ulli, ob es sie auch so kitzeln würde beim Klettern. »Nee«, sagte die Ulli und guckte mich groß an. Na, das war dann mein Geheimnis. Später bekamen wir eine neue Turnlehrerin, die ließ uns nicht mehr klettern. Die wird das mit dem Gefühl auch gewußt haben.

Der Rollo ist eingeschlafen. Er schnarcht mit offenem Mund. Ich wecke ihn, weil wir ja nicht ewig so liegen können.

»Ach Spätzchen«, sagt Rollo. Er küßt mich auf den Hals. Er ist wohl glücklich. Bis Rollo sich angezogen hat, bleibe ich liegen.

Als er aufs Klo geht, packe ich meine Sachen zusammen auf einen Stuhl. Mein Bettzeug ist beschmutzt, etwas blute ich. Ich weiß nicht, ob das wegen meiner gerade beendeten Tage ist oder weil ich mit dem Rollo geschlafen habe. Ich ziehe mich an. Den Rollo will ich schnell los werden, weil ich allein sein muß.

Rollo bringt den Abend nicht viel mehr heraus als ›Spätzchen‹. Ich bin ganz cool.

Schließlich bin ich allein. Ich wasche die verschmutzte Stelle vom Bezug durch, damit meine Mutter nichts merkt. Mit dem Haarfön trockne ich den Stoff. Es dauert fast eine Stunde, bis die Feuchtigkeit verflogen ist. Dann dusche ich. Immer noch blute ich etwas. Ich gehe ins Bett, bevor meine Eltern vom Betriebsfest zurückkommen.

Ich schlafe lange. Meine Mutter weckt mich.

»Wie war's?« fragt sie.

»Was?« sage ich. »Wie war's denn bei euch?«

»Herrlich«, sagt sie. »War wieder mal richtig schön. So'n Betriebsfest. Hättest auch mitkommen sollen. Reißt einen so richtig raus aus dem Trott.«

Später ruft der Rollo an. Ich liege immer noch im Bett.

»Sag ihm, daß ich nicht da bin«, rufe ich.

»Habt ihr euch verkracht?« fragt meine Mutter.

»Nee«, sage ich, »aber ich will ihn jetzt nicht sehen.«

»Das kann ich ihm doch nicht sagen«, sagt meine Mutter.

»Ach sag ihm doch, was du willst«, sage ich.

Es gibt ganz schönen Krach in der nächsten Zeit.

»Was benimmst dich denn so komisch?« sagt Rollo. »Als ob ich dir was getan hätte. Dabei wär's früher oder später sowieso dazu gekommen.«

»Es hat damit nichts zu tun«, sage ich.

»Was benimmst dich denn so komisch?« sagt Rollo. »Das nächste Mal wird's bestimmt besser, wenn es dir nicht gefallen hat, das erste Mal. Das ist meistens so, bei Mädchen. Das nächste Mal ist's besser. Ach, Spätzchen.«

»Ich sagte doch, es hat damit nichts zu tun«, sage ich.

»Was ist es denn?« fragt Rollo.

»Weiß nicht«, sage ich. »Ich brauche Luft. Du beengst mich.«

»Du bist nervös«, sagt Rollo. »Die Sache macht dich nervös. Ich verstehe dich ja.«

»Du mit deinem ewigen Verständnis«, sage ich. »Ich glaube nicht, daß du auch nur etwas von mir verstehst. Ich will auch gar nicht verstanden werden. Es reicht, wenn ich mich verstehe.«

»Du bist egoistisch«, sagt Rollo.

»Gut«, sage ich. »Ich bin egoistisch.«

»Mensch, wir können doch nicht jetzt Schluß machen«, sagt Rollo.

»Doch«, sage ich. Ich bin froh, daß er davon angefangen hat.

»Du wirst noch froh sein, daß du mich hast«, sagt Rollo. »Angenommen du kriegst ein Kind.«

»Ich krieg schon kein Kind«, sage ich. »Laß das meine Sorge sein.«

»Wirst noch froh sein«, sagt Rollo. »Wenn du mal mit 'nem Kinderwagen rumlaufen mußt, wirst froh sein, daß du mich hast.«

»Ach, scheiß dich aus«, sage ich.

Es war ganz einfach. Ich bin froh. Laufe nachmittags durch die Stadt, sehe die Dinge anders, mit meinen Augen, bewußter, habe Luft zum Atmen.

»Wie kannst du ihm einfach den Laufpaß geben?« fragt meine Mutter. »Er ist ein lieber Junge. Viele Mädchen würden sich die Finger nach ihm lecken.«

»Das ist für mich ausgestanden«, sage ich. »Das Kapitel.«

»Der hat dich doch gern, der Junge«, sagt meine Mutter. »Du nimmst aber auch auf keinen Rücksicht. Hast keinen ein bißchen gern.«

»Ich mag mich«, sage ich. »Du, das reicht mir im Augenblick.«

»Denkst nur an dich«, sagt meine Mutter.

»Laß sie doch«, sagt mein Vater. »Wenn sie nicht will, dann soll sie nicht. Laß sie in Ruhe.«

Mir schießen die Tränen hoch. Das habe ich nicht von meinem Vater erwartet. Ich könnte ihn küssen, wenn ich mir das nicht über all die Jahre hinweg abgewöhnt hätte. Das tut mir gut, ›laß sie in Ruhe‹. Ich will nicht, daß sie sehen, wie mich das rührt, laufe so schnell ich kann die Treppe hinauf. Ganz laut spiele ich meine Kassette.

»I cannot follow you my love, you cannot follow me. I am the distance you put between our love the moment that we will be. You know who I am. You stared at the sun. Well, I am the one who loves changing from nothing to one.«

Werde ganz ruhig, I'm cool to the bottom, happy to be alone.

9.

»Jetzt sind ja alle deine Pläne ins Wasser gefallen«, sagt meine Mutter. »Was willst in den Ferien machen? Kannst nur noch zu Hause hocken. Oder willst zur Tante Lisbeth hoch?«

Einen Augenblick lang überlege ich. Mir fällt ein Sprichwort ein, ich glaube, es ist ein chinesisches: ›Man kann nicht zweimal im gleichen Fluß baden‹. Ich möchte keine halben Sachen machen, nie mehr. Ich will nicht in etwas hineingetrieben werden, das ich nicht beeinflussen kann oder wo ich unsicher bin. Ich möchte meine Dinge selbst gestalten.

»Ich bleibe hier«, sage ich. »Hab genug zu tun, zu lesen, mich vorzubereiten oder aufzuholen. Werde mich auch mit den Zeitungen beschäftigen, in der Nähe die Verlage aufsuchen, Adressen sammeln, einen Rundbrief entwerfen. Ich werde mich genau informieren, wie ich die Sache anpacken muß. Hat zwar alles noch Zeit, aber ich werde schon genau planen, mir gegebenenfalls den Studienort schon aussuchen. Hab genug zu tun.«

»Immer noch deine Spinnerei«, sagt meine Mutter. »Weiß nicht, ob der Papa dich unterstützt, wenn es um solche Hirngespinste geht.«

»Angst machen könnt ihr mir nicht«, sage ich. »Ich weiß, was ich will. Und das tue ich.«

»Wo du deinen Dickkopf her hast«, sagt meine Mutter. »Wir sind doch nicht so. Vielleicht vom Bruder meiner Mutter. Das war auch immer so'n Querulant. Schon als Kind, hab ich gehört. Wie sich das alles so weitervererbt! Den Dickkopf hast du von ihm. Bestimmt ist das so.«

Zwei Wochen vor Ferienbeginn bekomme ich eine Sommergrippe. Mir geht's schon ziemlich elend, bleibe in meinem Klappbett liegen. Die ersten Tage kommt alles Essen raus.

»Kommst ins Wohnzimmer«, sagt meine Mutter. »Bist nicht so allein, und ich brauch die Treppe nicht ständig hoch.«

»Ich liege ganz gern allein«, sage ich. Aber meine Mutter läßt sämtliche Türen offen stehen, damit sie mich ja auch husten hört.

Zwei Tage nach Krankheitsbeginn höre ich es unten an der Haustür schellen. Meine Mutter ist freudig erregt, als sie die Tür öffnet. »Das ist aber eine schöne Überraschung«, höre ich sie sagen.

Sie bringt den Rollo hoch. Meine Tür schließt sie hinter ihm sorgfältig. Dieses Mal.

Ich sehe aus wie ein gerupftes Huhn, bestimmt. Aber das ist mir egal. Ich bin gewappnet.

Der Rollo bietet all seinen Charme auf. »Wollt mich mal nach dir erkundigen«, sagt er.

Ich warte.

»Wie es dir geht und so.« Seine Hände schlägt er zusammen, als ob er etwas Wichtiges in Angriff nehmen will. Mir fällt auf, daß er diese Geste schon ständig gemacht hat. Warum habe ich es früher nie gemerkt? Ich sehe auch, daß er kurze Finger hat, fast, als ob ein Glied fehlen würde. Ich starre fasziniert auf diese Hände, bin auch angeekelt. Richtig losreißen muß ich mich, um ihm ins Gesicht zu schauen. Noch immer warte ich.

»Was hast du denn?« fragt Rollo.

»Grippe«, sage ich. »Vielen Dank der Nachfrage.«

Rollo klatscht wieder in die Hände. Er reibt die Innenflächen aneinander. »Bist du sicher?« fragt er.

»Sommergrippe«, sage ich. Wieso soll ich nicht sicher sein?

»Na, wenn's dir so schlecht geht«, sagt Rollo.

»Was dann?« frage ich. Ich werd doch wohl noch wissen, wann ich eine Grippe habe.

»Na, wenn du sicher bist«, sagt Rollo.

»Ja«, sage ich.

Der Rollo sieht sich im Zimmer um, als ob er es noch nie gesehen hat. »Na, dann geh ich mal wieder«, sagt er.

Ich halte ihn nicht.

»Wollen Sie schon gehen?« fragt meine Mutter im Treppenhaus. »Noch auf ein Täßchen Kaffee, vielleicht?«

Hier haben zwei die gleichen Wünsche und Gedanken.

Aber Rollo geht. Mich schaudert's. Was ist da für ein Krug an mir vorbeigegangen? Ich schließ meine Augen und wühle mich tiefer in mein Bett, genieße meine Grippe.

Am letzten Wochenende vor den Ferien gibt's ein Schulfest. Das ist so üblich. Mit allen Schülern, auch den ehemaligen. Eltern dürfen ebenfalls teilnehmen.

»Meinst, es fällt nicht unliebsam auf, wenn wir nicht kommen?« fragt meine Mutter. Ich habe ihr zu verstehen gegeben, daß ich keinen großen Wert auf ihre Anwesenheit lege.

»Ich weiß gar nicht, ob ich selber gehe«, sage ich.

»Das mußt du aber schon«, sagt meine Mutter. »Das gehört sich so.«

»Ich weiß nicht, was ich da soll«, sage ich. »Teestuben von den Kleinen und 'ne Schüleraufführung von der ›Minna‹. All das übliche. Und jeder macht sowieso für sich allein rum. Großen Wert darauf lege ich nicht.«

Aber ich gehe doch. Ziehe mein Folklorekleid an. Ein Jahr lang hat es im Schrank gehangen. Und soviel ist anders geworden in der Zwischenzeit. Vor allen Dingen: ich mag mich. Ich stecke die Hände in die tiefen Taschen des Kleides und laufe zur Stadt. Treffe die Ulli vor ihrem Fotografenladen. »Nein«, sagt die. »Die Kiki. Was?«

»Hey«, sage ich.

»Du hast dich aber verändert«, sagt sie.

»Nee«, sage ich. »Kleid schon ein Jahr alt und so.«

»Ist nicht das Kleid«, sagt die Ulli. »Das bist du selber. Du bist anders geworden. Die Augen, vielleicht, oder was sonst? Du hast Persönlichkeit. Du bist wer. So sieht es jedenfalls aus. Was machst du denn jetzt?«

»Schule«, sage ich. »Im Moment. Und noch zwei Jahre.«

»Ja?« sagt die Ulli. »So richtig mit Abitur und so?«

»So richtig mit Abitur und so«, sage ich. »Und dann Publizistik. Theaterwissenschaften vielleicht noch. Jedenfalls auf der Linie.«

»Mensch«, sagt die Ulli. »Toll. Also sagenhaft. Könnt dich grad beneiden.«

Wirklich?

»Wie ist's bei dir?« frage ich. »Wie du es dir vorgestellt hast?«

»Ja«, sagt Ulli, etwas gedehnt. »So ungefähr. Also, arbeiten muß man schon. Und der Tag ist lang. Auf ewig kann ich das nicht hier. Vielleicht mach ich mal was anderes. So Parfümgeschäft aufmachen oder Boutique. Das schwebt mir so vor. Nichts Tolles, wie du. Also, ich kann mich nicht einkriegen. Sagenhaft, was aus dir geworden ist. Irgendwie was Engelhaftes um dich herum, so ausgeglichen. Aber gleichzeitig: du bist da. Das ist nicht zu übersehen.«

Ich gebe der Ulli die Hand. Engelhaft. »Du, ich muß jetzt gehen«, sage ich. »Tschüs.«

Hinter der nächsten Hausecke krame ich erst mal meinen Taschenspiegel aus dem Lederbeutel. Ich sehe mich an. Irgendwie ist doch noch alles gleich: immer etwas traurige Augen, sie sehen sich die Dinge genau an. Vielleicht ist es das. Ganz bewußt mache ich es: mir die Dinge betrachten. Die Leute auf der Straße, die immer gleichen Häuser, die Hände der Menschen – kurze Finger, dicke Finger? –, die Gesten, die Augen. Höre auf die Reden der Leute. Kann ich mir ein Bild von ihnen machen?

In der Aula gibt es eine Band. Die Ehemaligen der Schule und die oberen Jahrgänge haben sich dort versammelt. Ich betrete den Raum, engelhaft, »hey«, sage ich.

Mein Jahrgang hat sich zusammengegluckt. Aus den Augenwinkeln sehe ich, daß Rollo die blau-grün gestreifte Krawatte trägt.

Mein Gott. Immer diese Signale.

Ich setze mich an die Wand der Aula, höre dem Bang-bang der Musikgruppe zu. Der Raum füllt sich, einige Leute tanzen. Ich trinke eine Cola und beobachte die Menge. Habe keine Lust, mich der Clique zuzuordnen, mich nochmal einer Jagd auszusetzen.

Martin ist ohne Franzi gekommen, weil diese Dienst hat, sie fliegt auf der Route Berlin-Frankfurt. Martin erzählt lautstark von seinen Zukunftsplänen. Bei ihm ist man sicher, daß es klappen wird, wie es auch schon mit der Franzi und ihm geklappt hat. »Sanitätsoffizieranwärter«, sagt Martin. »Das ist eine klare Linie. Fünfzehn Jahre lang Verpflichtung, dafür zahlt der Bund die Ausbildung.«

»Als was?« frage ich.

»Mediziner«, sagt Martin. »Medizin studieren als Sanitätsoffizieranwärter mit Unterstützung der Bundeswehr, von der man beurlaubt wird. Danach wird man Oberfähnrich und später beim Bund Stabsarzt, insgesamt für fünfzehn Jahre. Danach: entweder bleibt man oder es ergibt sich was anderes.«

»Also nee«, sage ich. »Eher würde ich Kriegsdienstverweigerer. So skrupellose Ausnutzung: also nee.«

»Was heißt skrupellos«, sagt Martin. »Abhängig bist du immer. Von deinen Eltern, von einem Stipendium, von irgendeinem Job. Warum nicht vom Bund? Und schließlich ist es gleich, wo du praktizierst. Draußen oder drinnen. Menschen sind gleich. Anatomisch gesehen. Jedenfalls habe ich einen festen Arbeitsplatz. Später.«

»Also nee«, sage ich. »Eher würde ich Kriegsdienstverweigerer.«

Ich sag das so. Aber ich habe mich noch nie damit auseinandersetzen müssen. Das spielte sich außerhalb meines Lebens ab, das war Theorie, ein Diskussionsthema in der Schule: ›Verliert die Bundeswehr in Krisenzeiten an Sympathie?‹. Ich würde Kriegsdienstverweigerer, bestimmt, würde vor dem Prüfungsausschuß nach meinem Gewissen antworten, meine Haltung begründen und verteidigen. Den sechzehn- oder achtzehnmonatigen Dienst würde ich ableisten in einer Institution der Altenbetreuung, des Katastrophenschutzes oder bei der Arbeiterwohlfahrt. Würde ich das? Kein Blut kann ich sehen, keinen Hintern könnt ich abputzen, ich mag die Menschen nicht anfassen, kann das gar nicht, schon bei meinem Vater fällt mir das schwer, Blue kann ich anfassen und meine Mutter. Wen noch?

»Na ja«, sage ich. »Jedenfalls sollte man sich mehr Gedanken über seine Zukunft machen als du. Auch wenn man zum Bund geht. Ich meine, man sollte das mit einem moralischen Unterbau tun.«

»Manche geben nur gute Ratschläge und machen sich selber keine Gedanken, um sich nicht und um andere nicht«, sagt der Rollo so in die Luft hinein.

Na, mir reicht's. Ich brauche Luft zum Atmen. Ich geh. Durch die Stadt schlendere ich, sehe die Fenster an. An der Zeitungsagentur haben sie die neueste Wochenendzeitung angeschlagen. Ich lese die Überschriften, ein paar Artikel. Ob ich einmal so etwas schreiben kann? Wie fängt man das an? Vielleicht im lokalen Teil: Hund entlaufen, oder so.

›Gestern gab es im historischen Altstadtviertel eine denkwürdige Feier.‹

›Ein aufgeschlossenes Publikum bei der Eröffnung der Theater-Saison.‹

Oder mehr? Irgendwann einmal nicht nur einen Bericht,

sondern meine Meinung? ›Das Erstlingswerk des jungen Autors ist ein interessanter Versuch, die Erlebnisse des crash-driving auf amüsante Weise zu schildern.‹

›Die Aussage des Innenministers über den Alkoholismus läßt erkennen, daß hier ein verantwortlicher Mann vor der Not vieler Menschen den Kopf in den Sand steckt und ein eklatantes Laster für eine gesellschaftsfähige Angewohnheit ausgibt.‹

Nächste Woche werde ich mich erkundigen. Noch einmal: Berufsberatung, Studienberatung. Der Besuch beim Zeitungsverlag.

Der Anzeigenteil der Wochenendausgabe. Möbel verkaufen sie, Kinderwagen. Einige Leute suchen Ehepartner. Wohnungen werden gesucht und angeboten, möblierte Zimmer. Möblierte Zimmer! Nein, ich weiß nicht. So blitzartige Gedanken schießen durch meinen Kopf. Das Frühstück selber machen, mein Bett. Müssen Blusen gestärkt werden?

Und die Luft, die Luft zum Atmen!

Ich laufe den ganzen Weg nach Hause. Die lange Allee. Der Weg zur Schule wäre nicht so weit von einem möblierten Zimmer in der Stadt aus. Wie bringe ich es ihnen bei?

»Na, das ist doch die Höhe«, sagt meine Mutter. »Kommt gar nicht in Frage. Das geht doch nicht. Du kannst dich doch nicht um dich selber kümmern. Du bist zu jung. Du kannst doch nichts.«

»Ich werde es lernen«, sage ich. »Schau, noch nicht einmal Frühstück mache ich selbst. Keinen Knopf nähe ich an. Ich bin doch kein Kind mehr. Ich möchte meine Dinge selber in die Hand nehmen. Ich will lernen. Verstehst du.«

»Das geht doch nicht«, sagt meine Mutter. »Zur Schule gehen und sich selbständig machen, das geht doch nicht.«

»Einmal muß sie doch flügge werden«, sagt mein Vater. »Und in zwei Jahren wär sie sowieso soweit.«

»Unterstütz sie auch noch«, sagt meine Mutter. »Wer soll das bezahlen? Hier ist alles umsonst. Ja, wer soll das bezahlen?«

»Ich weiß noch nicht so genau«, sage ich. »Jedenfalls kann man BAFÖG beantragen ab der elften Klasse. Das hängt natürlich vom Einkommen ab.«

»Na, so arm sind wir sicherlich auch wieder nicht«, sagt mein Vater.

»Sie hat doch hier alles«, sagt meine Mutter. »Es kostet doch nichts extra. Wer soll denn das bezahlen?«

»Ich will mich doch nicht verkrachen mit euch«, sage ich. »Ich will auch in den Ferien jobben. Das reicht sicherlich nicht. Ich brauch schon von irgendwoher zusätzliches Geld. Und einen Zuschuß zu den Lebenshaltungskosten gibt's von der Stadt im BAFÖG-Rahmen. Ich weiß ja nicht, was der Papa verdient. Aber wenn wir uns alle querstellen, geh ich zum Sozialamt.«

»Na, die wenden sich doch gleich an mich«, sagt mein Vater. »So arm sind wir wieder nicht. Wie sieht das aus. Das Sozialamt!«

»Nachhilfestunden könnt ich geben«, sage ich. »Und in den Ferien jobben. Das Essen hier bezahlt ihr doch auch für mich. Da könntet ihr mir doch Geld geben. Ich käme schon zurecht.«

»Einer mehr beim Essen fällt doch gar nicht auf«, sagt meine Mutter. »Das läuft doch hier so nebenbei, mit all dem Gemüse im Garten.«

»Ich nehme auch Gläser«, sage ich. »Wirklich, ich will mich doch nicht verkrachen. Aber es ist wegen der Luft. Die Luft zum Atmen, wenn ihr das versteht. Mit gutem Willen wird's doch irgendwo gehen. Ich will nicht immer jemanden auf mir sitzen haben. Ich brauche Luft zum Atmen.«

»Was sie so redet«, sagt meine Mutter. »Sie will nur ihre sturmfreie Bude. Das sehe ich doch.«

»Ich will meinen eigenen Kram machen«, sage ich. »Und übrigens, wenn du das meinst: mit dem Rollo habe ich auch hier geschlafen.«

»Großer Gott«, sagt meine Mutter. »Da lebt man unter einem Dach, tagtäglich wohnt man zusammen, tut alles zusammen, denkt, man kennt das Kind. Und dann? Nichts da, alles vorgemacht, alles gelogen, die ganze Zeit über hast du uns für dumm verkauft, den Papa und mich. Ganz schön reingelegt sind wir. Und so vertraut haben wir dir.«

»Das geht alles nur mich an«, sage ich. »Da mußt du dich dran gewöhnen.«

Meine Mutter lacht leicht. »Noch vor kurzem so'n kleines Mädchen, und jetzt tut sie so, als ob sie die Welt kennt. Was sind das für Zeiten heute. Für dumm verkauft wird man. Und ausbaden muß man sowieso alles. Später. Wenn's schief gegangen ist. Aber ich habe es immer gesagt: kleine Kinder, kleine Sorgen, große Kinder, große Sorgen.«

»Mach dir keine Sorgen«, sage ich. »Ich nehme alles in meine Hand. Ich mache schon keine Dummheiten.«

»Du kümmerst dich zuviel um sie«, sagt mein Vater. »Hockst ständig auf ihr rum. Sie kann wirklich selbst entscheiden. Also wirklich.«

»Davon verstehst du nichts«, sagt meine Mutter. »Ich bin doch die Mutter. Das ist ganz natürlich, daß man sich Sorgen macht. Du hast dich ja nie um sie gekümmert. Es ist ja auch alles gelaufen. Das war ja so bequem für dich. Immer hast du es am leichtesten gehabt.«

»Nun laß sie doch«, sagt mein Vater. »Kannst ja nicht auf ewig die Wäsche für sie waschen.«

»Macht ja doch, was sie will«, sagt meine Mutter. »Ohne zu fragen. Man wird ja noch nicht mal gefragt. Vor vollendete Tatsachen wird man gestellt. Als ob man nicht ein Recht darauf hätte. Aber ich bin schon still. Es ist ja eh alles gelaufen. Es ist weiter, als ich dachte. Man denkt, sie ist ja noch ein Kind. Aber Pustekuchen.«

»Laß sie es mal draußen probieren«, sagt mein Vater. »Wenn's nicht geht, kommt sie zurück.«

»Wer soll das bezahlen?« fragt meine Mutter.

»Wir schießen was zu«, sagt mein Vater. »Hast ja eh das Kotelett extra bezahlen müssen. Leicht wird's ihr nicht fallen. Wir sind keine Krösusse. Viel kann sie nicht von uns erwarten. Aber vielleicht gibt's auch einen Teil von diesem BAFÖG. Wo wir noch das Haus abzahlen. Die Zinsen für die Hypothek und diese Abschreibung. Das Finanzamt erkennt das auch an.«

Ich packe meine paar Dinge in einen Koffer, auch den Recorder und Leonard Cohen. »Die Bücher hole ich später ab«, sage ich. Ein bißchen graut's mir schon. So ein winziges Zimmer habe ich gefunden. Alles in weiß. Stahlrohrbett und alter Kleiderschrank. Aber ein stabiler Schreibtisch steht drin. Küchenbenutzung ist im Mietpreis inbegriffen. Eigentlich ist es ein gräßliches Zimmer. Beim Packen habe ich einen Kloß im Hals. Ich will nicht zeigen, daß ich gerührt bin oder so. Ehrlich, ich habe eine Scheißangst. Vor diesem weißen Zimmer. Ein bißchen auch vor dem Alleinsein. Aber in mein Zimmer kann nur jemand rein, der anklopft. Und ich muß ›herein‹ sagen. Das ist wichtig, neben der Luft, meiner ureigenen Luft zum Atmen.

»Tschüs«, sage ich. »Ich rufe an. Und komme bald. Morgen, übermorgen. Je nachdem, wie ich einen Job für die Ferien finde. Es geht doch alles weiter wie bisher.«

»Wenn du dich da mal nicht irrst«, sagt meine Mutter. Sie hängt sich an meinen Hals und heult mir die Bluse naß. »Paß bloß auf. Daß dir nichts passiert.«

»Ich bin doch nicht aus der Welt«, sage ich.

»Ich kriege langsam Hunger«, sagt mein Vater. »Steht so früh auf und gleich so'n Theater. Könntest langsam Frühstück machen. Oder soll ich dich fahren?«

»Nee«, sage ich. »Ich komme allein zurecht.«

Ich gehe zur Haustür und öffne sie.

»Warte«, ruft meine Mutter. »Ich muß mir noch ein trockenes Taschentuch holen.«

Durch den Vorgarten gehe ich zur Straße. Mein Vater steht in der Tür. Er trägt noch Schlafanzug und Schlappen. Meine Mutter läuft durch den Korridor. Sie stellt sich neben meinen Vater, prustet heftig in das Taschentuch. Man hört es bis auf die Straße. Mit der freien Hand winkt sie. Noch an der Ecke, als ich mich umdrehe, sehe ich meine Mutter in der Haustür stehen. Sicherlich sitzt mein Vater schon am Eßtisch, wartet auf den Morgenkaffee.

Bücher von Dagmar Chidolue

Aber ich werde alles anders machen
Roman. 196 Seiten, Gulliver Taschenbuch (78730)
Kiki hat Angst vor dem geregelten Leben, wie ihre Eltern es führen. Sie will mehr, will ihr Leben selbst bestimmen. Sie will alles anders machen.

Fieber oder Der Abschied der Gabriele Kupinski
Roman. 168 Seiten, Gulliver Taschenbuch (78717)
Gabriele will weg aus der Kleinstadt. Ihr Abschied wird zu einer großen Anstrengung, aber es ist der Anfang zu einem neuen Leben.
Ausgezeichnet mit dem Hans-im-Glück-Preis

Ein Jahr und immer
Roman. 136 Seiten, Broschur (80680)
Gerti hat eine Lehre als Bürogehilfin begonnen, dabei wäre sie viel lieber Floristin geworden. Für Gerti ist es schwer, sich an den Büroalltag zu gewöhnen.

Lady Punk
Roman. 176 Seiten, Gulliver Taschenbuch (78711)
Terry ist fünfzehn, sieht aber aus wie siebzehndreiviertel. Sie ist ein Biest und ganz schön verrückt, crazy. Lady Punk. In diesem Sommer will sie wissen, was es mit der Liebe auf sich hat. Aber alles kommt anders als gedacht.
Ausgezeichnet mit dem Deutschen Jugendliteraturpreis

London, Liebe und all das
Roman. 184 Seiten, Broschur (80682)
Katharina verliebt sich in London in einen Studenten, und es beginnt eine wunderschöne Liebesgeschichte. Eine ganz einfache, wie Katharina denkt. Doch zu Hause steht alles kopf, denn Katharina hat sich in einen Afrikaner verliebt.

Beltz & Gelberg
Beltz Verlag, Postfach 10 01 54, 69441 Weinheim

Gulliver zwei
Taschenbücher für Jugendliche
bei Beltz & Gelberg

Rafik Schami
701 EINE HAND VOLLER STERNE
Roman
200 Seiten (78701)

Mirjam Pressler
702 ZEIT AM STIEL
Roman
168 Seiten (78702)

Hannu Aho
703 DAS FERNE GRÜNE MEER
Roman
Aus dem Finnischen von
Anu Pyykönen und Friedbert Stohner
192 Seiten (78703)

Robert Leeson
704 ES IST MEIN LEBEN
Roman
Aus dem Englischen von Lieselott Baustian
136 Seiten (78704)

Oliver La Farge
705 INDIANISCHE LIEBESGESCHICHTE
Roman
Aus dem Amerikanischen von
Lulu von Strauß und Torney
Überarbeitet von Irmela Brender
244 Seiten (78705)

Christine Nöstlinger
706 ANDREAS ODER DIE UNTEREN
SIEBEN ACHTEL DES EISBERGS
Roman
208 Seiten (78706)

Wolfgang Gabel
707 FIX UND FERTIG
Roman
208 Seiten (78707)

Liva Willems
708 MANCHMAL BIN ICH EIN JAGUAR
Pedros Geschichte
Aus dem Niederländischen
von Mirjam Pressler
120 Seiten (78709)

Christine Nöstlinger
709 STUNDENPLAN
Roman
136 Seiten (78709)

Mirjam Pressler
710 KRATZER IM LACK
Roman
136 Seiten (78710)

Dagmar Chidolue
711 LADY PUNK
Roman
176 Seiten (78711)

Monika Pelz
712 DIEBE DER ZEIT
Phantastischer Roman
452 Seiten (78712)

Hadley Irwin
713 LIEBSTE ABBY
Erzählung
Aus dem Amerikanischen
von Fred Schmitz
152 Seiten (78713)

Reinhold Ziegler
714 NENN MICH EINFACH SUPER!
Erzählung
112 Seiten (78714)

Michail Krausnick (Hrsg.)
715 »DA WOLLTEN WIR FREI SEIN!«
Eine Sinti-Familie erzählt
Mit Fotos
180 Seiten (78715)

Silvia Bartholl (Hrsg.)
716 TEXTE DAGEGEN
Autorinnen und Autoren schreiben
gegen Rassismus und Fremdenhaß
200 Seiten (78716)

Dagmar Chidolue
717 FIEBER ODER DER ABSCHIED DER GABRIELE KUPINSKI
Roman
168 Seiten (78717)

Reinhold Ziegler
718 »ES GIBT HIER NUR ZWEI RICHTUNGEN, MISTER«
Roman
276 Seiten (78718)

Warren Miller
719 KALTE WELT
Ein Bandenchef aus Harlem erzählt
Aus dem Amerikanischen von Harry Rowohlt
208 Seiten (78719)

Klaus Kordon
720 ICH MÖCHTE EINE MÖWE SEIN
Erzählung
104 Seiten (78720)

Wolfgang Gabel
721 EINFACH IN DEN ARM NEHMEN
Erzählungen
144 Seiten (78721)

Frederik Hetmann
722 GEORG B.
oder Büchner lief zweimal von Gießen nach Offenbach und wieder zurück
Erzählung mit Dokumenten
168 Seiten (78722)

Christine Nöstlinger
723 »PFUI SPINNE!«
Roman
152 Seiten (78723)

Karel Eykman
724 LIEBESKUMMER
Erzählung
Aus dem Niederländischen von Mirjam Pressler
64 Seiten (78724)

Henky Hentschel
725 DIE HUNDE IM SCHATTEN DES MANDELBAUMS
Erzählungen
88 Seiten (78725)

John Donovan
726 DIE SCHUTZSCHICHT IST BEHUTSAM ZU ENTFERNEN
Erzählung
Aus dem Amerikanischen von Irmela Brender
88 Seiten (78726)

Sophie Brandes
728 TOTAL BLAUÄUGIG
Roman
216 Seiten (78728)

Virginia Hamilton
729 M.C. HIGGINS, DER GROSSE
Roman
Aus dem Amerikanischen von Heike Brandt
352 Seiten (78729)

Dagmar Chidolue
730 ABER ICH WERDE ALLES ANDERS MACHEN
Roman
200 Seiten (78730)

Nadia Wheatley
731 EINGEKREIST, COLS GESCHICHTE
Roman
Aus dem Englischen von Susanne Koppe
216 Seiten (78731)

Beltz & Gelberg
Beltz Verlag, Postfach 100154, 69441 Weinheim